太宰治

戦中と戦後

郡継夫

笠間書院

Kasamashoin

太宰治　戦中と戦後　目次

太宰治　戦中と戦後

太宰治——戦中と戦後

『津軽』について

小説『津軽』（昭一九・一一）の末尾で「私」が「たけ」と三十年ぶりに再会する場面は感動的である。この場面をもりあげるために、太宰は、いくつかの伏線を張っている。小泊に行く前日五所川原を訪れた「私」は道案内に立ってくれた中畑さんの娘に、「あした小泊にいつて、たけに逢はうと思つてゐるんだ」と打ち明ける（「五、西海岸」）。そして、「思ひ出」の中の「たけ」について書かれた文章の引用がされたあと、「こんどの津軽旅行に出発する当初から、私は、たけにひとめ逢ひたいと切に念願してゐたのだ。（中略）たけのゐる小泊の港へ行くのを、私のこんどの旅行の最後に残して置いたのである」という「私」の意図が明かされる。そのあと「私」は叔母の家にいた従姉ともたけについて話しあって「逢へるかどうか」と心配している。中里で親戚の娘さんに逢ったときも、「どこへ」と訊かれて、早くたけに逢ひたくて、返事も上の空になる。小泊に着いて、運動会の開かれている国民学校へと辿りながら「私」は、ここまで訪ねてきた自分を、「海を越え山を越え、母を捜して三千里歩いて」と形容している。

再会をしたあと、「私」とたけとは運動会の会場を出て竜神様の桜を見にいく。八重桜の咲いているそばまで来たとき、それまで無口だったたけは「堰を切ったみたいに能弁にな」り、「私」にむかって、

まさか、来てくれるとは思はなかつた。小屋から出てお前の顔を見ても、わからなかつた。修治だ、と言はれて、あれ、と思つたら、それから、口がきけなくなつた。（中略）三十年ちかく、たけはお前に逢ひたくて、逢へるかな、逢へないかな、とそればかり考へて暮してゐたのを、こんなにちやんと大人になつて、たけを見たくて、はるばると小泊までたづねて来てくれたかと思ふと、ありがたいのだか、うれしいのだか、かなしいのだか……


と、「手にしてゐる桜の小枝の花を夢中で、むしり取つては捨て、むしり取つては捨て」ながら喋り出す。この小説の中でも一番読む者の胸を打つ場面である。

しかし、この場面は、太宰の創作であり、実際にあったことではないと相馬正一はいう（同氏著『評伝　太宰治』第三部）。氏が、越野タケから直接聞いたところによると、現実の太宰は竜神様の場面で一言もタケと言葉を交わしていなかったという。タケはこの時近所の主婦（婆さま）たち十人ばかりと一緒であって、その人たちと語らいあっていた。その群のあとから太宰

は一人ついていき、手にした桜の花をむしりながら、婆さまたちの参詣するのを待っていたという。

竜神様にいったときには「特に二人だけで話もしませんでした」というタケの言葉（相馬正一「越野タケ氏に聞く」・「解釈と教材の研究」昭四九年二月号）が本当だとしたら、太宰の創作の効果はまことにみごとというほかはない。たけを慕い、彼女に逢うことにこの旅の最大の目標を置いていた「私」の期待に対して、小説の中のたけの言葉と態度とはいわば十全に応じたのである。ここでは、「私」のたけに対する思いと、それに呼応するたけの側の「私」にたいする思いとが交錯し共鳴していて、高い小説的効果がもたらされている。だからわたしは、これが太宰のつくりごとであったことについてとやかく言おうとは思わない。ただ、「私」の側にたけに対する熱い思いがあったにしても、タケの側にも、それに匹敵するような「私」にたいする思いがあったであろうか、ということだけを言いたい。現実のタケは小説に描かれているほどに「私」を懐かしがっていただろうか、ということである。

近村タケ（のち越野タケ）は、明治四十四（一九一一）年四月、数え年十四歳の年に太宰の叔母・キヱの専任女中として津島家に奉公にあがり、キヱの育てていた幼い太宰（数え年三歳）の子守を仰せつかる。そして五所川原町に分家したキヱにつかえるために大正六年に太宰の家を去っている。太宰、数え年三歳のときから九歳のときまで都合六年間幼い太宰のそばにいたわけである（『太宰治全集』別巻所収山内祥史作「年譜」による）。タケが津島家にあがったのは、小作米の納付ができなかった父の借財の代償としての年季奉公のためであった。そのような境遇におかれた女中が、奉公先を去ったあと、往時面倒を見たことのある主人の息子を時に思い出すことがあるにしても、それは太宰がこの小説で描いたような風にであるかどうかは疑問のあるところである。現にこの『津軽』の旅で訪ねてきた太宰の顔をはじめて見たときの自分の気持について、昭和四十八年十一月三日に相馬氏にむかって次のようにタケは語っている〈前出「越野タケ氏に聞く」〉。

「向うは私の顔を忘れないでくれていましたが、私の方はどうしても思い出せなくて……。何せ、子供の時見たきりで逢っていないものだから、金木の〈源のオンジです、と言われてもピンと来ませんでした。修治だよと言われてやっと分かったようなもんです。」

タケは五所川原に移った年の翌大正七年に叔母・キヱの家の女中を辞めて、実家に帰る。そして同じ年に小泊村の履物業・越野正代のもとに嫁いでいる。辞めたあと津島の家にやってきたたけについては「思ひ出」に描かれているし、それが『津軽』の中に引用されてもいる。このときの模様を『津軽』では敷衍して描いて、

一年ほど経つて、ひよつくりたけと逢つたが、たけは、へんによそよそしくしてゐるので、

私にはひどく怨めしかつた。それつきり、たけと逢つてゐない。

としている。再会のときのたけは「よそよそし」かったのである。これらのことから、太宰のたけに対する思い入れと、タケの太宰に対する関心との間には大きな落差があったことが推定できる。彼女にとって津島修治は、小作人である父の借金のカタにわが身を拘束している地主の家の子であり、半分は義務で面倒を見なければならなかった主家の坊ちゃんである。自分によくなついてくれたにしても、奉公をやめれば、日々に繋がりの薄くなっていく存在であるにすぎなかっただろう。越野タケに実際に逢った相馬氏によると、『津軽』の末尾に描かれている運動会の当日、太宰が自分を訪ねてきた事を知って、「タケの側にすれば、ほとんど記憶から遠のいてしまっていたヤマゲンの修ちゃ（太宰の幼児の呼称）が、何のためにここまで訪ねてきたのか見当がつかず、さいわい春洞寺の和尚さんが相手をしてくれているので一応ホッとして」（前出『評伝　太宰治』）いたのだということである。

すでに小品「黄金風景」（昭一四・三〜四）に、子供の頃の「私」がいじめたことのあるかつての女中が、今は巡査の妻になっていて、自分を褒めてくれる、その言葉を立ち聞きして、「私」の心が和むというようなことが描かれていた。そこには、かつての女中が二十年もたってなお、主家の子に少なくない関心を抱いてくれているという構図があった。同じ構図がここにも現われている。欠落していた母の代わりを女中にもとめないではいられなかった太宰にとって、女中の存在は、とくに幼い自分の面倒をみてくれた女中の存在は大きく、思い出の中でその存在は一層ふくれてくるだろう。その自分の熱い思いを当の女中たけに投射して、たけの側にも自分に対する熱い思いがあるにちがいないと思いこむ、あるいは思い込もうとする。たけの側にそうした熱い思いがなければ、自分の思いは片思いの辛さにおちこんでしまう。そうした太宰の側の思いが、この結末のたけの「堰を切つた」ような言葉を虚構させたのである。

小説の締めくくりを形成するところに所在した、太宰の側の一方的思い込みの対象への投げかけという構図、あるいは太宰の側の願望を投射した人物の造形という構図は、ふりかえってみると、この小説の仕組みのいわば骨格をなしていたことに気付く。太宰は「十五年間」（昭二一・四）のなかで、この旅を省みて、「私がこの旅行で発見したものは〈津軽のつたなさ〉といふものであつた。拙劣さである。不器用さである」と書き、「私はまた、自分自身にもそれを感じた」と書いている。ここで、「また、自分自身にもそれを感じた」というのはおそらく順序が逆なのにちがいない。東京での生活のなかで日頃痛切に自分自身のつたなさ、不器用さを感じていたということがまずあって、その上でそれを津軽の上に投射し、投射された虚構の影を見て発見したつもりになっているというのが太宰に即したほんとうのところだろう。

おなじことは津軽人の反骨の気風について書いたところにも見られる。『津軽』の「序編」の弘前について述べているところで、津軽地方の人はどんなに勢強きものに対しても、かれは賤しきものなるぞ、ただ時の運つよくして威勢にほこる事にこそあれ、とて、随はぬのである。

と書いたすぐあとで、

何を隠さう、実は、私にもそんな仕末のわるい骨が一本あつて、そのためばかりでもなからうが、まあ、おかげで未だにその日暮しの長屋住居から浮かび上る事が出来ずにゐるのだ。

と記している。これもおそらく順序が逆なのである。「私」に「勢強きもの」にたいして、何するものぞとつい反抗し、意地になってしまう損な性格があることを、日頃しみじみと自認していたということがまずあって、その上でそれを故郷に投射して、あたかもそうした気質が津軽人一般の通性であるかのように思い込んでみずから納得しようとしているというのがことの真相だろう。この小説の「二、蟹田」でも、小説好きのHさん、Mさんを交えて、N君、T君、Sさんたちと観瀾山へ花見にいったときに、志賀直哉とおもわれる「日本の或る五十年配の作家の仕事」について問われるところに、同じ「私」の性癖が出ている。

私はかねてその作家の奇妙な勢威を望見して、れいの津軽人の愚昧なる心から、「かれは賤しきものなるぞ、ただ時の武運つよくして云々」と、ひとりで興奮して、素直にその風潮に従ふことができなかつた。

ここではまた、自分の「愚昧なる」性格が「津軽人の愚妹なる心」へと転嫁されていることも見てとれる。

同じような例をもう一つあげておく。蟹田で、病院の分院の事務長をしているSさんの家に行って歓迎される場面である。Sさんの「疾風怒濤の如き接待」を受けたときのことを描きつつ、太宰は次のように記す。

その日のSさんの接待こそ、津軽人の愛情の表現なのである。しかも、生粋の津軽人のそれである。これは私に於いても、Sさんと全く同じ事がしばしばあるので、遠慮なく言ふ事が出来るのであるが、友あり遠方より来た場合には、どうしたらいいかわからなくなつてしまふのである。（中略）私も木曽殿みたいに、この愛情の過度の露出ゆゑに、どんなにいままで東京の高慢な風流人たちに蔑視せられて来た事か。

「私」と同様の過度の接待をするSさんが生粋の津軽人とされている。ここでも「私」の気質を津軽に投影してそれを生粋の津軽的なものとしていることが窺える。太宰とおぼしき人のこのような過度の愛情の表現については「秋風記」(昭一四・五)にすでに記されていた。

僕には、花一輪でさへ、ほどよく愛することができません。ほのかな匂ひを愛づるだけでは、とても、がまんができません。突風の如く手折つて、掌にのせて、花びらむしつて、それから、もみくちやにして、たまらなくなつて泣いて、唇のあひだに押し込んで、ぐしやぐしやに噛んで、吐き出して、下駄でもつて踏みにじつて、それから、自分で自分をもて余します。

「私」による津軽人気質のこのようないわば発見=規定が、「私」の観察にもとづくものではないことを「私」は正直に告白している。「二、蟹田」でN君を紹介しているところのすぐあとの文章である。

都会人としての私に不安を感じて、津軽人としての私をつかまうとする念願である。言ひ方を変へれば、津軽人とは、どんなものであつたか、それを見極めたくて旅に出たのだ。私の生き方の手本とすべき純粋の津軽人を捜し当てたくて津軽へ来たのだ。さうして私は、実に容易に、随所に於いてそれを発見した。誰がどうといふのではない。乞食姿の貧しい旅人には、そんな思ひ上つた批評はゆるされない。(中略)私はまさか個人々々の言動、または私に対するもてなしの中に、それを発見してゐるのではない。そんな探偵みたいな油断のならぬ眼つきをして私は旅をしてゐなかつたつもりだ。私はたいていうなだれて、自分の足もとばかり見て歩いてゐた。けれども自分の耳にひそひそと宿命ともいふべきものを囁かれる事が実にしばしばあつたのである。私はそれを信じた。私の発見といふのは、そのやうに、理由も形も何も無い、ひどく主観的なものなのである。（中略）とにかく、現実は、私の眼中になかつた。「信じるところに現実はあるのであつて、現実は決して人を信じさせる事が出来ない。」といふ奇妙な言葉を、私は旅の手帖に、二度も繰り返して書いてゐた。

純粋の津軽人を捜し当てようとしたときに、現実がどうであるかは眼中になかったと太宰はいう。信じるところに現実はあるのだという。そして、太宰の発見した津軽人気質なるものには理由も何もない。それは、うなだれて足もとばかり見て歩いている自分の内側から囁きかける声にしたがって確認されたものにすぎない、ひどく主観的なものなのだ、という。この旅の中で発見された津軽人気質なるものが、太宰が感じていた自分の性格・性癖の客体に投射されたものにすぎないと、わたしがいう所以である。

このような投射の末に客体化された津軽人の気質なるものに、こんどは太宰は津軽人としての自分の宿命を見る。右に引用した文章の中にも、歩きながら宿命ともいうべきものの囁きを聞いたとあるし、Sさんの「疾風怒濤の如き」接待について記したあとには、「私はSさんに依つて私自身の宿命を知らされたやうな気がして、帰る途々、Sさんがなつかしく気の毒でならなかつた。」とある。

それでは、自分が宿命として背負っている津軽人気質とはどのようなものであると太宰は考えていたか。その一斑についてはすでに見たが、『津軽』の中からほかのものを拾ってみる。太宰が考えていた津軽的なものの特色は、津軽的でない西海岸の大戸瀬と深浦を描いたあたりの「私」の感慨に見られる（「五、西海岸」）。「私などただ旅の風来坊の無責任な直感だけで言ふのだが」として、大戸瀬の風景についてつぎのようにいう。

もうこの辺から、何だか、津軽でないやうな気がするのである。津軽の不幸な宿命は、ここには無い。あの、津軽特有の「要領の悪さ」は、もはやこの辺には無い。（中略）ばかな傲慢な心は持つてゐない。

深浦の風景についてはつぎのように言う。

これは、成長してしまつた大人の表情なのかも知れない。何やら自信が、奥深く沈潜してゐる。津軽の北部に見受けられたやうな、子供つぽい悪あがきは無い。（中略）かうして較べてみるとよくわかる。津軽の奥の人たちは、本当のところは歴史の自信といふものがないのだ。まるつきりないのだ。だから、矢鱈に肩をいからして、「かれは賤しきものなるぞ」などと人の悪口ばかり言つて、傲慢な姿勢を執らざるを得なくなるのだ。あれが、津軽人の反骨となり、剛情となり、佶屈となり、さうして悲しい孤独の宿命を形成するといふ事になつたのかも知れない。

津軽人の「拙劣さ」「不器用さ」「反骨の気風」についてはすでに出てきたので、ここでは、「要領の悪さ」「ばかな傲慢な心」「子供つぽさ」「剛情、佶屈」「孤独の宿命」に注目しておこう。風景についての感想であるが、それがおのずから気質について言っているのであることは見やすい。そしてこうして並べてみると、これらの言葉が、太宰の吐露している平生の彼の自己把握の言葉と瓜二つであることに気づく。「要領の悪さ」が、昭和十年代の太宰が自身について痛切に感じていたことであることは、いくつもの例証があるのでいちいちそれを引用しない。この小説では、小泊に行って運動会をしている小学校の校庭を二度まわってあるいてたけのいるところが見つからず、逢えずに帰らねばならぬのかと思ったところで、「逢へずに帰るといふのも、私のこれまでの要領の悪かつた生涯にふさわしい出来事かもしれない」と書いている。これまでの自分の生涯を「要領の悪」さでくくっている。「要領の悪さ」という津軽人気質も太宰の性癖の投射であることがこれでわかる。

「孤独の宿命」については、大久保典夫が「『津軽』論ノオト」（同氏著『昭和文学の宿命』所収）で、「分家除籍」以後の太宰は「家から切り離されたことの孤独感に身をさいなまれていたにちがいない」としていることを言っておく。「花燭」（昭一四・五）には、太宰その人に擬せられている「男爵」が、田舎の家族一同の写真を見て、評判の悪いままに自分が帰郷しなければならぬことが起こったら、家の人たちはどんなにつらい思いであろうと思う場面がある。似たような思いが「善蔵を思ふ」（昭一四・四）にも披瀝されている。もっとも、これらの作品に描かれたような孤独感は、昭和十六年からの四度におよぶ帰郷を経て、津軽旅行のときにはだいぶ薄れてはいた。

「子供っぽさ」に関しては、この小説の中（「一、巡礼」）に、

　大人といふものは侘しいものだ。愛しあつてゐても、用心して、他人行儀を守らなければならぬ。（中略）人は、あてにならない、といふ発見は、青年の大人に移行する第一課である。大人とは、裏切られた青年の姿である。

という述懐がある。世間、他人とまともにうまくつきあっていく才能が自分には欠けているという思いは、この頃の太宰につきまとっていた。世間とまともにうまくつきあってゆくのが大人である。それができないのは子供のままにとどまっていることになる。「姥捨」（昭一三・九）

の嘉七は「おれはまだ子供だ。子供が、なんでこんな苦労をしなければならぬのか」という。太宰は、「永遠の少年（プェル・エテルヌス）」の一面をもっていた。

自分の気質なり性格なりがその人にとって宿命的なものであるとしたなら、それを投射された「津軽人の気質」が「私」にとって宿命として受けとられたのも当たり前のことである。津軽人の気質を自己の宿命として受け取った「私」（太宰）は、そのことの自覚によって故郷津軽とのいわば一体感を強く抱くようになる。すでに「序編」には「私の先祖は代々、津軽藩の百姓であつた。謂はば純血種の津軽人である」とあった。血統の上で純血の津軽人であることを確信した「私」は、金木に戻って高流というちいさな山に遊びに行ったときに（「四、津軽平野」）、丘の頂上から見わたした津軽平野の風景を眼下にみて「うつとりとしてしまふ」。その日金木の家に帰って「私」は兄に「金木の景色もなかなかいい、思ひをあらたにしました」と告げる。一体感の表明である。

太宰がこの旅行で津軽と自分との一体感を感得し、あるいは津軽気質を発見できた背後には、この度の旅行が太宰にとって「心地よい」（赤木孝之『太宰治　彷徨の文学』所収「津軽序論」）ものであったことが事情としてはたらいていたと見てよいだろう。この旅で太宰は東京でそこそこに通用している作家としてひとびとに迎えられたし、生家の長兄とのこだわりも著しく薄まっていた。四年前に「善蔵を思ふ」を書いたときに想像した辛い故郷とはまったく別の相貌を故郷は示した。太宰がすなおに自分を感情移入でき、感情投射できるほどに、故郷は太宰にたいして門戸を開いたのである。

一体感を抱いたあとの「私」に見られるのは、いわば「津軽パトリオティズム」と名付けてもよいような、愛郷の思いの吐露である。「本編」の「四、津軽平野」で、太宰は津軽の歴史を振りかえるために、『日本百科大辞典』、日本歴史の教科書、喜田博士の著書、小川琢治理学博士の著書、竹内運平の『青森県通史』などを参看している。そして、小川博士がその著書の中で、奈良朝前後に粛慎人および渤海人がこの地方に来着したことに触れながら、当時の東北蛮族は皇化以前に大陸との直接の交通によって低くない文華の程度に達していたにちがいないと論断していることを紹介する。そして小川博士がこれに言い添えて、大和朝廷の大官たちが蝦夷（えみし）や毛人（けびと）などと名乗ったのは、奥羽地方人の勇猛と異国的なハイカラな情緒とにあやかりたいという意味もあったのではないかと考えるのも面白いではないか、と書いていることを紹介する。その上で、津軽人の祖先もただうろうろしていたわけではなかったようだと自分の感想を述べている。また喜田博士の説に触れて、「この北端の国は、他国と戦ひ、負けた事が無いといふのは本当のやうだ。服従といふ観念に全く欠けてゐたらしい。（中略）昭和文壇に於ける誰かと似てゐる」と書いている。このような一種のパトリオティズムは、「三、外ケ浜」で津軽の凶作の歴史を紹介したあとでつぎのように言っているところにも現れている。「生れ落ちるとすぐに凶作にたたかれ、雨露をすすって育った私たちの祖先の血が、いまの私たちに伝はつてゐないわけは無い。（中略）私はやはり祖先のかなしい血に、出来るだけ見事な花を咲かせるやうに努力するより他には仕方がないやうだ。」そして、佐藤弘理学士が奥州産業総説の中で、現代の奥州は文芸復興直前のイタリヤが持っていたような「鬱然たる台頭力」を持っており、「住民の分布薄疎にして、将来の発展の余裕、また大いにこの地にあり」としているのを、「有難い祝辞」であるとうけとっている。

「十五年間」のなかで太宰が、この旅行でみつけたものは「津軽のつたなさ」というものだと言っていることはすでに紹介しておいた。そのあとの方で太宰はつづけて、津軽の拙劣さ、不器用さに健康を感じたといい、ここから全然新しい文化や新しい愛情の表現が生れるのではなかろうかと思ったと記している。そして、「自分の血の中の純粋の津軽気質に、自信に似たものを感じて帰京したのである」と書いている。また、そのすこしあとのところでは、「私はやはり、〈文化〉といふものを全然知らない、頭の悪い津軽の百姓でしか無いのかも知れない。（中略）しかし、私はこれからこそ、この田舎者の要領の悪さ、拙劣さ、のみ込みの鈍さ、単純な疑問でもつて、押し通してみたいと思つてゐる。いまの私が、自身にたよるところがありとすれば、ただその〈津軽の百姓〉の一点である。」と書いている。ここから窺えるのは、いってみれば津軽的なものへの「居直り」ともいうべき姿勢が太宰に生れているということである。その姿勢の意味するものについては後で考察する。小説『津軽』の中には、こうした姿勢を示す言葉は少ないが、その萌芽と目されるものはある。金木の実家にもどった翌日、雨の庭をひとり眺めて歩いて、蛙が池に飛び込むチャボリという小さな音をきいて芭蕉翁の古池の句の真意を理解した場面である。森閑たる山の中の蒼然たる古池にドブンと蛙が飛び込み、余韻嫋々、一鳥啼きて山さらに静かなり、とはこのことだ、という風に学校で教えられてきたが、そんな読みをするからこの句が月並な駄句になるのだ。そうではなくて、ただチャボリと、いわば世の中のほんの片隅の、実にまずしい音、貧弱な音なのだ。芭蕉はそれを聞き、わが身につまされるものがあった。ここにはただまずしいものの、まずしい命だけがある。こう解釈して納得し、手帖に「古池や、無類なり」と書きつけている。世の中のほんの片隅の、まずしいもののまずしい命にまで後退して、そこにいわば拠点をもとめようとする当時の太宰の心がこの解には反映している。ここと、先に引用した「いまの私が、自身にたよるところがありとすれば、ただその〈津軽の百姓〉の一点である」との間にはほとんど隔たりはないだろう。

以上わたしは、たけに対する「私」の願望の投射による小説の結末の効果的な創出、自分の性質・性癖の津軽人への投射にもとづく「津軽気質」なるものの発見について述べてきた。さらに太宰の宿命の自覚、津軽との一体感、津軽パトリオティズムとも言うべきものなどがこの作品には表白されていることをいい、あげく、津軽的なものへの一種居直りとも言うべき事態が読み取れることを言ってきた。ここに見られるものは、自己から発して自己へと帰ってくる円環的なうごきと言ってよいだろう。その動きは閉域の中で、とぐろをまくようにしてなされている。

作品にみられる「私」の感慨がこのような、閉じられた「私」の世界の中だけで動いているのと照応して、「私」の旅もまた同じような性格を帯びている。この津軽旅行は、いってみれば、「私」の知り合いから知り合いへの旅だからである。このことについては既に多くの人が触れているのでこれ以上言う必要はあるまい。こうした知り合いに抱かれた旅の中にあって、「私」が他人というか、他者というか、身内のものでない人に接したことが二度ある。ひとつは深浦で酒を飲ませる小奇麗な料亭に上がったときである。四十年配のおばさん相手に呑んでいるところにあらわれた太った若い女中がきざなので、「君、下へ行つてゐてくれないか」と声をかけたら、二人とも居なくなってしまう。赤の他人から受けた仕打ちである。もう一つは、小泊を訪れて、運動会最中の小学校で、たけの掛小屋を探しあぐねて、昼食最中の団欒の掛小屋に顔を突き入れて、金物屋の越野さんの居所を知らないかと訊いたときである。ふとったおかみさんに不機嫌そうに「わかりませんねえ」と言われて、とりつく島もない。おなじく赤の他人とのにがにがしい出会いである。この二つのケースが目立つのは、他が全ていわば身内の人々との接触であるのに、これらが他人との接触であり、この小説に一種の外部への開けをもたらしているからである。

「私」はこの旅で「津軽人としての私をつかまうと」こころざした。「津軽人とはどんなものであつたか」「手本とすべき津軽人を捜し当てたくて津軽へ来た」のであった。そして、念願の「津軽人」を発見した。しかし、それはいわば鏡に映された自分の像を見たのに等しかった。だからそれは自分の内部における反射（リフレクシィヴ＝再帰的な運動）であり、自己内還帰にすぎない。「私」の旅もまた同じ再帰的構造をもっている。身内、知人に囲まれ、保護された旅でしかなく、孤独な旅であったならば当然に経験したであろう外部の経験、他者との出会いをほとんど欠いている。

すでに別のところで述べたことであるが、太宰には相反する二つの志向があった。ひとつは反抗と脱俗の孤高へと彼をつき動かす志向であり、いわば芸術意識あるいは芸術家意識とでも呼ぶべきものである。もうひとつは日常性に、あるいは俗、庶民、一般性につくことによって選ばれてある高みの不安から解放されて平安を回復したいとする志向であって、生活意識とでも呼ぶべきものである。この二つの志向は太宰の中にあってせめぎあっていた。いわゆる中期の太宰が俗と一般性とに寄り添う道を歩もうとしたことは事実であるが、そのような歩みが、太宰内部の芸術家意識にどのような苦悩をもたらしたかは、「八十八夜」（昭一四・八）、「春の盗賊」（昭一五・一）などに読みとることができる。「駄目なのだ。もう、これ以上、私は自身を卑屈にできない」と笠井さんは叫ぶが、それは「十萬億土、奈落の底まで私は落ちた」という汚辱への失墜意識をもともなうものであった。

おそらくそれは、このときの俗あるいは一般性なるものが、卑屈、凡庸さ、世渡りの巧さ、狡さといったものと避けがたく結びついていたがためだろう。そうした一般性は太宰にとって鬼門なのである。しかし、いま「俗」はその属性を一変させて津軽の百姓の装いで立ちあらわれてきている。「反骨」「佶屈」「不器用さ」「要領の悪さ」「剛情」「孤独な運命」が津軽の俗の特性である。このとき津軽人というのは太宰にとっては自分の属するいわば「種」なのであり、だから右にあげた津軽人の特性は津軽という「種」の持つ一般性として太宰に立ちあらわれてきたことになるだろう。

芸術家としての精神の独りの高さを失わずに、しかも俗（一般性）に帰ることが当時の太宰の願いであったことは疑いがない。だとすると、右のような特性をもつ津軽の俗の発見は、それに寄り添うことが自分を卑屈にも汚辱にも導くことがないと期待できる一般性（俗）が太宰の前に出現したことを意味することになる。孤高の高みと俗の低みとが融け合える可能性がそこにはある。あるいは、俗（庶民）への志向が「自身を卑屈」にすることには繋がらない可能性がそこにはある。それこそは作家太宰にそのあらたな出発の方向を告知するような、可能性の出現であっただろうと推定できる。さきにも引用したが、「自分の血の中の津軽気質に、自信に似たものを感じて帰京した」ときに、また「自身にたよるところがありとすれば、ただその〈津軽の百姓〉の一点である」と感じたときに、おそらく太宰はこのような事情をひそかに感得していたにちがいない。

さきにわたしは、右に引用した言葉には津軽的なものへの居直りが感じられると書いたが、太宰が発見した津軽気質なるものが太宰の生得の気質の投影されたものであることをおもえば、（太宰は意識していなかったにせよ、）それは同時に太宰の自己への居直りでもあったわけだ。「津軽の百姓」の一点だけがたよりだということは、自分のもって生まれた気質だけがたよりだということにほかならない。太宰が津軽的な一般性、俗へのもどりと考えていたものは、実は彼の自己の本性へのもどりだったのである。そして、おそらくこのとき太宰の作家意識にはあらたな自信が加わったのである。『津軽』一篇もそうした自信が生んだものにちがいない。

「富嶽百景」について

一

太宰治が「原稿生活者」としての自覚のもとに、いわゆる「中期」的生活への志向を固めはじめたのは、山内祥史作成の年譜によれば、昭和十三年の半ば頃からである。最初の妻・初代と別れてからほぼ一年あとのことである。同じ年の九月には、天沼の鎌滝方を引き払って、井伏鱒二の誘いで御坂峠におもむいている。それは石原美知子との見合いへの出立でもあった。昭和十二年から十三年にかけては、作家としての太宰の変貌を予告する「燈籠」（昭一二・一〇）「満願」（昭一三・九）「姥捨」（昭一三・一〇）のほかに、当時未発表だった「サタンの愛」（後改稿されて「秋風記」）、「悖徳の歌留多」（後の「懶惰の歌留多」）、「貴族風」（後の「古典風」）、「花燭」の初稿、なども書かれている。だから昭和十三年という年は、生活的にも作家的あるいは小説方法的にも太宰にとってはなかなかに重要な意味を持つ年であったことになる。この年の一月に書かれた「一日の労苦」（「新潮」三月号）は、そうした時期の太宰について、それでは何を語っているのだろうか。

このエッセイでは、それまでの「古典的完成」を目指す道を捨てて、これからは「浪漫的完成」を求めることが言われているが、その間のいきさつを鳥居邦朗が手際よく解説しているので、それを借りることにする。

〈古典的完成〉を目指す姿勢とは、いわゆる「排除と反抗」の姿勢である。絶対なるもの、純粋なるもの、完璧なるものを希求した太宰は、それと相容れないものをすべて排除しようとした。その結果は、おのれの存在そのものをまで排除してしまうことになってしまったのである。そこで改めて選んだ道が、「牢屋にいれられても、牢屋を破らず、牢屋のまま歩く」という〈浪漫的完成〉への方向だったのである。不純なるもの、完璧でないものをも一つ一つ排除するのではなく、より高い次元を目指そうというのである。自身の未熟さ、醜さをもいたずらに拒否することなく、それらを認めたままで完成を目指そうというのである（同氏著『太宰治論—作品からのアプローチ』昭五七雁書館、一〇二頁）。

この解説につづいて鳥居氏は「春の盗賊」（昭一五・一）の文章を引用したあとで、「浪漫的完成」というのは「いたずらに自己を絶対化するのではなく、相対的な存在として、一歩ずつ向上を目指そうというのである」と解説している。「古典的完成」「浪漫的完成」の解説としては、ほぼ妥当な説明がされているといえるだろう。

わたしが「一日の労苦」にこだわるのは、このエッセイでは「浪漫的秩序」「浪漫的完成」を敷衍して、たとえば次のようなことが云われているからである。

「排除のかはりに親和が、反省のかはりに、自己肯定が、……すべてがぐるりと急転回した。私は、単純な男である。」「ロマンスの洪水の中に生育して来た私たちは、ただそのまま歩けばいいのである。一日の労苦は一日の収穫である。」「無性格、よし。卑屈、結構。女性的、さうか。……お調子もの、またよし。怠惰、よし。変人、よし。」「古典的秩序へのあこがれやら、訣別やら、何もかも、みんなもらつて、ひつくるめて、そのまま歩く。ここに生長がある。ここに発展の鍵がある。称して浪漫的完成、浪漫的秩序。これは、まつたく新しい。鎖につながれたら、鎖のまま歩く。十字架に張りつけられたら、十字架のまま歩く。」「笑つてはいけない。私たち、これより他に生きるみちがなくなつてゐる。」

「鎖につながれたら、鎖のまま歩く」こと、「何もかも、みんなもらつて、ひつくるめて、そのまま歩く」こと、無性格も、卑屈もよしとすること、こうしたことと浪漫的との関係が判らなかったし、「これより他に生きるみちが」ないということもよくわからない。カール・シュミットは『政治的ロマン主義』(大久保訳、みすず書房昭四五刊)のなかで、つぎのように言っている。

《ロマン主義は或る独特の概念によって最も明瞭に特徴づけられる。それはOCCASIOの概念である。これはたとえば機因、機会、おそらくはまた偶然といったような概念によって置き換えられ得る。……この概念はCAUSAの概念の否定、すなわち思量し得る因果性の強制の否定であり、なおまたあらゆる規範への拘束の否定なのだ。……生と事象とに首尾一貫性と秩序を与えるものはすべて、単にOCCASIONELLなるものの観念とは一致し得ないからである。

《機会原因論的(オッカジオナリスティシュ)と言われる形而上学説においては、神は究極絶対の決裁者であり、世界の中で起こるすべてのことは神ひとりの活動の機因にすぎない。これは壮大な世界像であるが、この特徴的な態度を保ちながら神のかわりにたとえば国家とか民族とかあるいは個人の主観とかが最高の決裁者となることもあり得る。この最後の場合がロマン主義である。私はそれ故次のような公式を提出したのである。ロマン主義は主観化された機会原因論(オッカジオナリスムス)である。換言すればロマン的なものにおいてロマン主義的主観は世界を自己のロマン的生産の機因および機会として見ている、と。

《ロマン主義が主観化されたオッカジオナリスムスであるのは、世界とのオッカジオネルな関係がロマン主義にとって最も重要なのだが、ただし今度は神のかわりにロマン主義的主観が中心の位置を占め、世界とそのなかで生起するすべてのことを単なる機因にしてしまうからである。

《ロマン主義を全面的に定義するものが何かあるとすれば、それは一つの原因〔カウザ〕とのいかなる関係も欠いているということなのである。

《所与の事実は政治的、歴史的、法律的、もしくは道徳的な関連において客観的に見られるのではなく、美的＝感情的な興味の対象であり、ロマン主義的な熱狂を燃え上がらせるものなのだ。このような種類の生産性にとっては、重要なものは何よりも主観的なもの、ロマン主義的な自我が自分自身の内部から取り出して付け加えるものにあるのであって、その結果正しく考えれば客体や対象などというものはもはや問題ではなくなる。なぜならば対象は単なる「きっかけ」に、「発端」に、「跳躍点」に、「刺激」に、「賦形材」に、あるいはその他さまざまの、OCCASIOという言葉のロマン主義的な言い換えになってしまうからである。……すべての現実的なものはきっかけにすぎない。対象は実体も本質も機能も持たず、ロマン主義的な空想の戯れがそれをめぐって漂っている具体的な一点でしかない。

すなわちシュミットは、ロマン主義者の心的態度は、神を中心とした機会原因論が自己を中心に変容した形であり、全ての触れるものを自分の創造行為の触発の機会（オケイジョン）としてとらえる態度なのだというのである。そういわれてみると、「一日の労苦」のなかの「なにもかも、みんなもらつて、ひつくるめて、そのまま歩く。ここに生長がある。ここに発展の路がある」という態度が浪漫的な態度だという太宰の言い分も、あるところまで判ることになる。これに、ヘーゲルがシュレーゲル批判の中で言っていた、ロマン主義者がその内面に抱えている空虚という事態をつけ加えれば、太宰の言葉はいっそうわかることになるだろう。

ところで、このような機会原因的な、あるいは偶然原因的な態度というのを「一日の労苦」に寄り添って受け取ってみると、このエッセイにある、与えられた条件なり境遇なりをそのまま受け取って、そこで自分を生かし生面を切り開いていくという態度には、巷間いわれる「随所に主となる」という言葉を連想させるものがある。「変人、よし。化物、よし。……十字架に張りつけられたら、十字架のまま歩く」という言葉が、そのような連想をさそう。だから、太宰が「富嶽百景」（昭一四・二〜三）を書くちょうど一年前にこのようなことを書きつけておいたということは、この小説を見ていく際に頭のすみに置いておかねばならない。右には「随所に主となる」と言ったが、これは「随時に主となる」であっても構わないわけで、太宰的な浪漫的秩序にあっては、おそらく人は随時随所に主となるのである。それが「排除のかはりに親和が」といった意味なのでもあるだろう。「随時に主となる」とは「新郎」（昭一七・一）でいわれている、「一日一日を、たつぷりと生きて行くより他は無い。……けふ一日を、よろこび、努め、人には優しくして暮したい」という姿勢に通じるものだろう。だとするとそれは、明日ゆえに今日を失ってはならず、昨日ゆえに今日をないがしろにしてはならないという心構えであり、時間を今を中心にしてとらえる態度だといえるだろう。そこには未来と過去とを現在の一点に収斂して捉える、太宰流の終末論的時間把握の萌芽がすでにあったことになる。

二

種茂勉は「『富嶽百景』序章の重要性」（昭四九・一一初出、「日本文学研究資料叢書」『太宰治・二』所収）のなかで、「富嶽百景」の書き出しの三つの段落の文章を「序文」と名づけて、それらが持つ芸術論的性格を解明している。その際、氏は、この三つの段落の富士山の「スケッチ」のそれぞれを、「科学的に見れば平凡としかいいようのない富士」「十国峠から見た完全なたのもしさを感じさせる富士」「東京のアパートから見る沈没しかけてゆく軍艦の姿に似たくるしい富士」ととらえて、それぞれに「平凡な富士」「たのもしき富士」「くるしい富士」という簡明な呼び名を与えている。そして、太宰は、この三つの富士に「自己を投影させようとしたものと見られる」が、「またもっと意図的に、科学的事実に対する理想と現実の相剋という論理的図式を描こうとしたものと見ることも可能であろう」と書き、その両者は「ともに作者のねらいの中にあったかもしれない」としている。わたしは、氏がこの論文では「深入りしない」ことにした、「三つのスケッチ間の関連性」あるいは氏のいう「論理的図式」にしばらく立ち止まってみようとおもう。

多少図式的に過ぎるかもしれないが、これら三つの富士のスケッチは、語り手（主体）の生にたいする身構えの三つの在りように照応していると捉えることができる。「平凡な富士」は現状に安住しようとする構えに応じて立ち現れてきた富士の姿であり、「くるしい富士」は懐古的、反省的な構えに、そして「たのもしき富士」は前進的、未来志向的な姿勢にそれぞれ応じて出現してきたものだろう。

開巻劈頭、広重、文晁、北斉の描いた富士の持つ鋭い頂角と、陸軍の実測図をもとに描いた断面図の富士の鈍い頂角との対比がなされている。広重らの絵に描かれた富士の「いただきが、細く、高く、華奢」なのに対比して、実測による富士は「鈍角も鈍角、のろくさと拡がり、……決して、秀抜の、すらと高い山ではない」とされる。そのようなのろくさとした姿の山がひとびとに訴えるのは、秀抜の富士という前宣伝があり、ひとびとがそれに乗って、高い山であれという「あらかじめの憧れ」あるいは祈念を抱いて富士を見るからだという。しかし、そうした宣伝を知らず、憧れをいだかない「純粋の、うつろな心」に、富士が「どれだけ訴へ得るか」をおもうと、実際は富士は「心細い山」であるという。このように、ひとびとの祈念・期待が富士を実際以上に高い山にしているのであることを言ったあとで、「あれくらゐの裾を持ってゐる山」ならば、もう一・五倍高くなければならない、と語り手自身の期待・願望が吐露されている。

このように、願望と無縁な「うつろな」心をもった目に対してあらわれてくるのは、「低い、のろくさとした、心細い」富士であった。それは、未来へと思いを馳せることを知らない、現在に滞留する目が浮かびあがらせた富士の姿だろう。いわば客観的な物理的な存在としての富士である。これに対し「十国峠から見た富士」は「高かつた。あれは、よかつた」という。その富士は、はじめ雲の中にいただきを隠していた。「私」は「たぶん、あそこあたりが、いただきであらうと」雲の一点にしるしをつけて予想していたが、雲が切れてみると、それよりも「倍も高いところ」に富士は頂きをあらわした。予想を裏切った、完全にたのもしい富士の出現である。あのあたりに頂上を現してほしいという「私」のあらかじめの期待が、いわば未来志向的な心的構えが「完全にたのもしい」富士を現出させたのである。

「くるしい富士」は、語り手の回想のなかに浮かびあがってきた富士である。東京のアパートの便所の四角い窓からは富士が見えた。「暗い便所の中に立ちつくし、窓の金網撫でながら、じめじめ泣いて、あんな思ひは、二度と繰りかへしたくない」と「私」はいう。ここでは富士は「私」の心の痛みに食い入ってきている。そうした痛みの中の目には、富士は「沈没しかけてゆく軍艦の姿に似た」心細いものに見えたのである。超えらるべき過去のまつわりついた富士である。

ここにはだから、同じ富士の姿に、過去、現在、未来という時間の三態を見据えている「私」がいるとおもわれる。別言すれば、眼前の同じ富士が、過去と未来とをあわせ持って現在目の前にあるのである。それがどのような相貌で立ち現れてくるかは「私」次第なのである。

　昭和十三年の秋「思ひをあらたにする覚悟」で「私」は旅に出たが、その「私」を迎えた甲州の山々の起伏の線は「へんに虚しい」ものとして「私」に映る。ここで言われている「思ひをあらたにする覚悟」というのが、書き手である太宰に即したときにどのような内実のものであったかは、相馬正一の『太宰治と井伏鱒二』（津軽書房昭四七刊）や同氏著『評伝　太宰治・第三部』（筑摩書房昭六〇刊）の「職業作家への転身」の章に詳しいので、ここには書かない。相馬氏のことばを写せば、それは「死ぬことばかりを考えて周囲にもたれかかって生きてきた太宰が、而立三十にしてはじめて生きることを意志し、職業作家としての第一歩を踏み出す決心をした」と要約できるような種類の覚悟であったといえる。前期から中期にむけての転換のドラマの開始をつげる覚悟と言ってもよい。太宰は昭和十三年十月十七日付けの山岸外史あての手紙に、「太宰も、このごろは、多少、屹つとなつて居ります。少しづつ重量感できました。むかしのニヤケタ、ウソツキの太宰もなつかしいが、あれでは、生きてゆけません。」と書いている。この「屹つとなる」ということばを借りれば、このときの覚悟というのは、地面を這いつくばっていたような過去と絶縁して、新しく現世に「屹立しよう」とする覚悟であったといえよう。

　そのような「屹立」の思いを抱いて甲州にやってきた「私」に、その地の「山々の起伏の線」の「なだらかさ」が、「へんに虚しい」ものに見えたのは当然であった。それは自分の生をこれから鋭角的に立ち上げようとする「私」の思いにそぐわないのである。だから、それらの山々がまともではない「げてもの」の山、「山の拗ね者」に感じられたのであろう。

御坂峠の茶店を宿にしている「私」のところへ、吉田の町の郵便局に勤める二十五歳の新田がいろいろな青年を連れてやってくる。皆は「私」を「先生」と呼ぶが、「私」は、自分の経てきた苦悩だけを「藁一すぢの自負」として、その呼称を受けとめる。一ばん仲良くなった新田と田辺という二人の青年に吉田の町に連れていってもらったときに、町中の道路に沿って流れている清水を見て、「私」は、モウパスサンの小説に出てくる令嬢の話を出す。貴公子のところへ毎晩河を泳いで逢いにいったという令嬢である。そのとき彼女は着物をどうしたのだろう、「まさか、裸ではなからう」と「私」はいう。「私」には、令嬢が着物のまま水にはいって、ずぶ濡れの姿で貴公子に逢ったのかどうかが気掛かりである。また、日高川を泳いで安珍を追いかけた清姫は、川を「泳ぎまくつた」のだからすごい、と「私」はいう。町中をながれる清水を見て、「私」はどうして不意にモウパスサンの小説のことを思い出したのか。そして河を泳いでいく人の「裸」にこだわったのか。おそらくこのとき「私」には、今自分の置かれている状況が背水の陣を敷いたかたちそのものに見えたのであり、そこで問題に処している自分の様が裸になっての取組みと見えたのにちがいない。あるいは、自分の人生への今度の再出発が文字どおり裸になっての、無一物からの出発と感じられていたのにちがいない。

小説の中では、ちょっとあとのことになるが、「そのころ、私の結婚の話も、一頓挫のかたちであつた」とある。結婚の話を前にして「うちからの助力は、全く無いといふことが明らかに」なる。「このうへは、縁談ことわられても仕方が無い、と覚悟をきめ、とにかく先方へ、事の次第を洗ひざらひ言ってみよう」と決心して「私」は峠を下りて、甲府の娘さんのお家へお伺いする。そこで悉皆の事情を告白する。当時太宰の書いた井伏鱒二あての手紙（昭一三・一〇・一九日付）によると、「私は、あれから斉藤さんとこに行つて、私の貧乏なことを、どもりながら告白」している。そして、そのあと娘さんに逢って「私の分家させられてゐること、財産は、一文もないこと、もう八年も故郷へかへってゐないことなど、ありのままに」言っている。いわば裸になっているのである。手紙の末尾には、この二、三日「苦しみを掻きわけ掻きわけ、死なずに、少しでも建設に努力して居ります」とある。背水の構えである。ここで背水の構え、無からの出発というのが、決して金銭的なものに限られない事情であったことはいうまでもない。

その夜、青年たちと呑んだあと、「私」はひとり吉田の町を歩く。月夜であり、富士が月光をうけて透きとおるようで、「私」は狐に化かされているような気がする。富士は青く、燐が燃えているような感じである。鬼火、狐火、ほたる、すすき、葛の葉と連想がすすむにまかせ、「足のないやうな気持で」歩いているうちに、いつしか「私」は自分を「維新の志士」だと思い、「鞍馬天狗」だと思う。自分は、いつの間にか、そうしたものに成りかわっているのであり、生まれかわっている。転生した自分の姿である。いわば再出発する「私」の点睛である。

そのときの「私」には財布を落としたことも「興あるロマンス」となる。無財布からの出発なのである。それを「私」はあとで、あの夜は富士に化かされたのであり、あのとき自分は「完全な無意志であつた」と回想する。意志の放棄はおそらく運命の受容だろう。かくて、無からの出発、裸からの出発を、その夜とその夜の富士とは「私」に明示し、「私」はそれを確認し受容したのである。

吉田に一泊して峠の茶店にもどってきた「私」は、茶店のおかみさんやそこの十五歳の娘さんからの反発をうける。不潔なことをしてきたのではないかと疑われたのである。それを懸命に否定して、娘さんの機嫌をなおすことに「私」は成功する。そんなことのあったある朝、「私」は、「お客さん！ 起きて見よ！」という茶店の外からの娘さんの「かん高い」「絶叫」で起こされて、雪の富士に対面する。このところは感動的な場面である。なんとか御坂の富士の素晴らしさを「お客さん」に認めてもらいたいと願う娘さんの「私」にたいする信頼が、「私」の心を開くのである。娘さんや吉田の青年たちとの交遊をはじめとする人々の信頼に支えられた「私」の中に生まれた、このような人間信頼の心の恢復を背景として、次の場面がある。

これは、バスの車窓から月見草を見た日よりもあとのことであるが、「私」は月見草の種を両手のひらに一ぱいとってきて、それを茶店の背戸に播く。そして茶店の娘さんに「これは僕の月見草」であり、「来年また来て見る」のだから、ここに洗濯水など捨ててはいけないと言う。すでに「私」は月見草が「富士によく似合ふ」ことを発見していた。その際、月見草にひそかに「私」が仮託されていたことは確かである。けなげな月見草に自分のけなげさを重ねていたのである。そして、いま「私」は、けなげな月見草が一年あとにみごとに育つ姿を思い描いているのである。みごとに育った月見草には、一年後の自分の姿が重ねあわされている。「また来て見るのだからね」というのは明日の約束であり、明日への信頼なしにはいえないことばだろう。これは、「私」に未来が開けてきていること、を示している。

三

《「ここへお洗濯の水なんか捨てちやいけないよ。」娘さんはうなづいた。》ここまでで「富嶽百景」のいわば前半分は終わっている。前半分は昭和十四年の「文体」二月号に掲載された。後半分は同じ雑誌の三月号に発表された。いわば続篇である。続篇では新妻（結婚式は一月八日）を相手としての口述筆記が採用されている。続篇は、「富士には月見草がよく似合ふと、思ひ込んだ事情があつた」、そのことへと日をさかのぼって語られている。

その日、「私」は河口局で郵便物を受け取り、いつものバスで戻ってくる。そのとき車内には、いわば二つのグループの人間がいた。「甚だ散文的な」呟きに似た説明をする女車掌の、「皆さん、けふは富士がよく見えますね」という呼びかけに応じて、一斉に窓の外の富士を仰いで「間の抜けた嘆声を」発している乗客が一つのグループである。そして、富士に一瞥も与えようとしない、憂悶を抱いているように見える老婆と、その老婆の態度に共鳴を覚えている「私」とがもうひとつのグループである。富士山をみて嘆声を発しているのが「俗な」グループだとするなら、「あんな俗な山、見度くもないといふ、高尚な虚無の心」をいだいている「私」のグループがこれと対照をなしている。「私」は老婆の苦しみ、わびしさをみなわかっているような素振りをし、老婆も「私」に安心したような感じで、隣に座っている「私」に、「おや、月見草」といって、細い指で路傍の一か所をゆびさす。

さつと、バスは過ぎてゆき、私の目には、いま、ちらとひとめ見た黄金色の月見草の花ひとつ、花弁もあざやかに消えず残つた。／三七七八米の富士の山と、立派に相対峙し、みぢんもゆるがず、なんと言ふのか、金剛力草とでも言ひたいくらゐ、けなげにすつくと立つてゐたあの月見草は、よかつた。富士には、月見草がよく似合ふ。

ここでは、はじめ「あんな俗な山」であった富士が、けなげな月見草がそれによく似合うものとして、その価値を転換されている。月見草のけなげな立ち姿に清められて、富士山はこれまでの俗さを洗い流されたかたちである。

そこに行く経過をみてみる。まず、「端正な顔の、六十歳くらゐ」の、「胸に深い憂悶でもある」かのような老婆の様子を、「私」は「からだがしびれるほど快く」感じる。そして、自分の「高尚な虚無の心を」老婆に見せてやりたく思って、共鳴の素振りをあらわすのである。老婆との間に「私」が感じたものは、二人ともが「俗」でない「高尚な」心の持ち主であるという共感だろう。もう一つのグループが示す俗な世間とはひとまたぎ区別されているという矜恃の心だろう。「私」は「虚無の心」を抱いている。それは老婆のわびしさに通じるものであり、いわば二人ともがある否定性をかかえている。ふたりの心に宿るその否定性が、尊大に構えている富士山に対して拒否的にはたらくのである。そして、同じその否定性が、路傍に自生している小さな月見草に惹かれ、そして共感する。月見草は「けなげにすつくと立つてゐた。」〈けなげ〉というのは、否定性に隈取られた存在が、にもかかわらずそれに負けていないことに対して抱かれる感情だろう。だから、ここでは「私」や老婆の持つ否定性が〈けなげ〉な月見草の抱懐する否定性に共感し、声援を送っているのである。そのような月見草がみごとに対峙している富士山は、けなげな月見草と映発しあい、月見草の否定性に媒介されることによって、凡俗さから脱皮するのである。

ところで、ここで「似合ふ」とはどういうことなのだろうか。富士山を背景にしたときに、月見草の姿が一段と映えて見えるということなのか。それとも、月見草が富士山と「立派に対峙して」いるということそのことなのか。「けなげにすつくと立つてゐたあの月見草は、よかつた。富士には、月見草がよく似合ふ」と書かれていることからすれば、「けなげに対峙する」ことが、似合っているとされていることの内実とみなければならないだろう。それにしても、

「けなげに対峙する」ことが、どうして「似合ふ」ことになるのだろう。おそらくは、三七七八米の富士山の大きさをバックにしたときに、小さな草のけなげさがいっそう引き立つということなのだろう。だから、富士には月見草が似合うのであるよりも、月見草には富士がよく似合うというのが正確かもしれない。しかし、さきに解したように、月見草の持つ否定性によって富士の持つ俗さが解消されるというように解釈すれば、富士には月見草がよく似合うことになる。いずれに解するにしても、ここで富士と月見草とはいわば「対」をなして現れている。「対」をなしているから「似合ふ」ことも可能なのだ。二つの事象のあいだに「対」の関係、すなわち「対化（パールング）」が生まれるためには、両者のあいだに類似による連合（つながり）があることが必要だと、現象学の知見は教えている。それでは、ここで富士と月見草との間のどのような類似が、両者を「対」のものとしたのだろう。いうまでもないことだが、両者を「対」のものとしてとらえたのは語っている「私」である。

だから、月見草と富士とを連合させる「私」の意識のなかば受動的あるいは自動的な動きを考えてみなければならない。すると、おそらくはじめに月見草と連合をなしたのは「私」自身であって、富士ではなかったのにちがいない。「みぢんもゆるがず、金剛力草とでも言ひたいくらゐ、けなげにすつくと立つてゐる」月見草に、まず「私」が自分を同化させたのだ。人生の再出発をはじめた「私」は、「みぢんもゆるがず」に立つ自分を願い、思い描いていた。そうした歩みを歩もうとしている最近の自分が、意識の底では「私」に「けなげ」なものに見えていた。その隠れた自負を月見草の姿が触発したのである。あげく「私」は、「けなげにすつくと立つてゐる」月見草に自分の姿と相似のものを見ることになる。月見草イコール「私」である。ところで、「のつそり黙つて立つてゐ」る富士を見て、つい先頃「私」は「富士は、やつぱり偉い」「よくやつてゐる」と思ったばかりであり、そのとき「私」は富士には「かなはない」と思い、「いいとこある」富士に自分を同化させたいと願った。擬人法的にいえば、その「私」を介して、こんどは月見草がそのけなげな志向で富士を仰ぐのである。「立派に対峙し」という「私」の月見草把握はそこからくる。つまり、月見草は「私」の祈念を介して富士につながるのである。そうした迂路を経て、月見草と富士とは連合する。「対化」が生じたのである。この事情を別の面からみればつぎのようになる。〈けなげさ〉にはある否定性が宿っているとさきにわたしは記したが、けなげな月見草は、その否定性のゆえにこの世を超出しうるのであり、その超出を介して、下界を超出して高く聳える富士と映発しうるのである、と。

四

茶店のおかみさんに「おさびしいのでせう」と言われた日かそれに近い日の夜、寝るまえに「硝子窓越しに」水の精のような夜の富士を見て、「私」はため息をつく。星が大きい。「あしたは、お天気だな、とそれだけが、幽かに生きてゐる喜びで、……」。カーテンをしめて寝床にはいる。「あした、天気だからとて、別段この身には、なんといふこともないのに、と思へば、をかしく、」ひとりで蒲団の中で苦笑する。明日はお天気、「それだけが、幽かに生きてゐる喜び」だということとには、茶店の背戸に種を蒔いたときとおなじような未来への開けがある。別にどうということのない明日、すなわち未来一般が、拡がりを持った地平として「私」の前に存在していている。「私」の生が未来への開けとしてあることがここには示されている。

そのような「私」は、しかし「くるしいのである。」未済の空白である明日が、それの充実を「私」に求めてくるからである。それは何で充たしてもよいというものではない。私の世界観、芸術、あすの文学、総じて新しさというもの、それらが「私」に解決を迫ってきており、それに応えねばならないのに、「私」は「未だ愚図愚図、思ひ悩み、誇張でなしに、身悶えしてゐ」るからである。

ところで「私」の思っている世界観、あすの文学、総じていわば新しさとはどのようなものなのか。「私」はいう、「素朴な、自然のもの、従つて簡潔な鮮明なもの、そいつをさつと一挙動で掴へて、そのままに紙にうつしとること、それより他には無い」と思っていると。そして、そう思うときには眼前の富士の「姿は、この表現は、結局、私の考へてゐる〈単一表現〉の美しさかも知れない」と「富士に妥協しかけ」るが、この富士のあまりにも棒状の素朴さには閉口する。「これがいいなら、ほていさまの置物だつて」いいことになるとおもって、富士イコール「単一表現」からは引き返すのである。

ここで「それより他は無い」とおもっている「あたらしさ」の内容は、いったいどのようなものなのだろう。「私」の思っていることが「単一表現」ということばで括られていることはたしかだろう。そこで目指されているものが、〈素朴で自然で簡潔鮮明なもの〉にかかわることは明瞭である。まず、そうしたもの（〈素朴で自然で簡潔鮮明なもの〉）が「私」のめざす表現の対象、あるいは表出物の持つ性質であることもたしかだろう。「そのまま紙にうつしとること」が目指されているようだからである。また「そいつを一挙動で掴へ」るといわれているから、それが表現態度と表現方法をも含意していることもたしかだろう。つぎに「私の世界観」と言われているので、「私」の世界観をも〈素朴で自然で簡潔鮮明〉なものにすることが目指されていると受け取れる。それらをひっくるめたものが、おそらくここで「私」のいう「単一表現」なのだろう。

こうした「単一表現」の持つ多様な意味のそれぞれに深入りしているゆとりはないので、ここでは主として対象を〈表現方法〉に限定し、付随的に〈表現対象〉をも視野にいれて、若干の考察をしてみたい。

これまで〈表現方法〉としての「単一表現」が論の話題になるときにしばしば参照されたのは、井伏鱒二あての昭和十三年八月十一日づけの太宰治の書翰である。太宰はそこで「リアルな私小説は、もうとうぶん書きたくなくなりました。フィクションの、あかるい題材をのみ選ぶつもりでございます。」と書いている。そして、事実、九月はじめに御坂峠に居を移して以降は客観小説「火の鳥」の執筆にとりかかっている。「火の鳥」執筆の進行中とおもわれる時点で「私」が〈表現方法〉として「単一表現」を言ったのだから、そこで意識されていたのが客観小説、フィクショナルな小説への指向だろうと見ることは自然である。たとえば矢島道弘は、「単一表現」に「客観的でフィクションの強い方法」を読みとっている様子である（同氏著『太宰治ー法衣の俗人』六一頁）。また、内田道雄は、「結局、私の考へてゐる「単一表現」の美しさなのかもしれない」という「富嶽百景」の中の文章の、「私の考へてゐる……」にこだわって、これが「現在進行形で云われているかぎりに於て」、「単一表現」にフィクショナルな視点以外のものを想定することは困難だとする（双文社『作品論　太宰治』所載「〈富嶽百景〉私見」）。現在進行形とはおそらく「火の鳥」執筆が進行しているということなのだろう。

相馬正一は、その『評伝　太宰治・第三部』で、「単一表現」と当時の俳句の世界での「単一」をめぐる動きとの関連について考察したあとで、つぎのように書いている。

新しい方法として、〈単一表現〉なるものに思い到ったものの、それを採り入れるべきかどうかと思い悩み、決断をつけかねて悶々としていた主人公は、これに続くところでもやはり、「朝に、夕に、富士を見ながら、陰鬱な日を送」ることになり、〈単一表現〉によって何ひとつ解決されていないことを暗示している。少なくとも、ここでの文脈の上からはそのように読みとれる。

そう言われてみると、「単一表現」をあまり重視する必要はないのかもしれない。しかし、「私」が「新しい表現」をもとめて身悶えしていることは事実なのである。それで、もうすこし「単一表現」にこだわってみると、この言葉が出てくるのは「富嶽百景」の続篇においてである。山内氏作成の年譜によれば、太宰が「火の鳥」の執筆を百三枚で中断（断念）したのは、昭和十三年十一月末か十二月はじめである。また、「富嶽百景」の正篇の脱稿が十二月二十日ころであり、続篇の脱稿は一月二十二、三日であるから、続篇が綴られていた時期は、「火の鳥」断念から一カ月弱たっていたことになる。この間に「短篇小説コンクール」参加作品「黄金風景」（昭一四・三）が新妻を相手に口述筆記されている。このように見てくると、続篇で「単一表現」と書いたときに、太宰の念頭にあった作品が「火の鳥」でなかった可能性も否定できないことになる。作品の主人公「私」がこの時苦吟しているのは、年譜的事実からみると「火の鳥」執筆のためと解釈できる。だから、作品の中の「私」に寄り添って描かれているなら、「単一表現」で思い悩む主人公は「火の鳥」執筆に関連して思い悩んでいることになる。しかし、続篇を書いている太宰が、これからの自分の創作方法を思っていて、それを「富嶽百景」の中に吐露したとしたら、それが「火の鳥」執筆と関係のないこともありうることである。問題は、「火の鳥」中断の原因がどこにあったかにも関連してくるだろう。太宰はそれについて直接触れていない。推察する以外にはない。

ところで、「火の鳥」中断の理由として言われていることは、大きくわけてつぎの二つになるとおもわれる。客観小説を目指したものの、構成面で行き詰まったとみるものと、客観小説の手法を採用したことそのことによるとみるものとである。前者にはたとえば、自分の前期の生き方の理想を託した主人公・幸代に、作者太宰がその生を続けさせることが困難になったためとみる渡部芳紀の読み（「太宰治―中期を中心として」（昭四六・一一初出、「日本文学研究資料叢書」『太宰治・二』所収））がある。後者にはたとえば、話法選択の失敗、すなわち太宰の気質に合った得意の説話体を用いずに「客観ロマンの形式」を採用したことを失敗の原因とする奥野健男の説（「太宰治再説」（昭四〇・八〜九初出、同氏著『太宰治』文芸春秋社昭四八刊所収））がある。どちらかというと、作者と作中人物との距離のとり方をも含めて、客観小説の手法をとったことに失敗の原因をもとめる説の方が多いように思われる。

五

右に触れた「太宰治再説」を著書『現代文学の基軸』（徳間書店昭四二刊）に集録するときに、奥野氏はこの論を二つにわけて、前半には「潜在的二人称の文学」、後半には「青春の文学と大人の文学」という題をつけた。前者では、太宰の文学を読み返してみて、その小説のほとんどが「読者に直接語りかけるかたちをとっていること」が、通常の小説と太宰の小説の違いであることに改めて気づいたことを述べる。そして、太宰の小説の読者はいわば隠された二人称として小説の中に登場させられているかたちであることを指摘している。読者は、読んでいる自分の耳もとで作者にささやかれたり、冗談を言われたりしている気持ちにさせられ、あげく自分が選ばれた特定の読者、あるいは太宰のただ一人の理解者にされているように感じるので、読んでいるうちに語り手と同化してゆくのだというのである。そして、太宰がこのような文章を書いたのは、外界との生きた接触感の欠如に常に悩まされていた彼が、他者に語りかけることによって仲間をもとめたためだとする。ついで後者では、読者に二人称で呼びかける説話体をとらなかったことが「火の鳥」中絶（失敗）の原因であったとする。登場人物たちの会話に、歯の浮くようなオーバーな言葉が出てきて（事実出てくるという）読者が照れくさく感じていても、作者が出てきて、それをやわらげてくれることをいつまでもしてくれない。それまでの太宰の小説では、キザな会話や行動が描かれていても、作者の説明や地の文がその青くささやキザっぽさを消していた。いやそのキザっぽさを超えて読者の心をひきずりこむ不思議な力を文章がもっていた。魂のリアリティともいうべき精神の運動のもつぎりぎりの真実さを文章が持っていた。ところが「火の鳥」にあっては、登場人物たちの言動は内的リアリティに支えられない、こつけいな、ひとりよがりのものになってしまったという。

わたしも「火の鳥」失敗の原因としては、どちらかというと奥野氏の説に加担する。というよりも、ここで太宰が客観的なロマンの形式をとったことが失敗の原因だと思う。

太宰には、自分および同時代の青春を首尾一貫した本格的ロマンとして書いてみたいという意図がかねてからあったと奥野氏はいい、その萌芽は「ゆるぎなき首尾が完備し」た小説を目指した「めくら草紙」にすでにあらわれている、とおなじ論で指摘している。この指摘はみごとだが、わたしに言わせれば、「めくら草紙」にあったのはむしろ本格的ロマンの失敗の潜在的な先例であったとおもわれる。

「めくら草紙」（昭一一・四）は『晩年』所収の「道化の華」以降のいわゆる実験小説数編のなかでもいちばん後に書かれたようである。この作品で「私」は、鋭い眼をして高邁な理想を持った主人公が理想ゆえに艱難辛苦を嘗めるという、小説らしい小説を書こうとおもっている。その小説はゆるぎなき首尾の完備したものであり、主人公の阿修羅の姿が百千の読者の心にせまるのである。しかし、「私」は「けれども、もういやだ」という。「水が、音もなく這ひ、伸びてゐる様を、いま、この目で、見てしまったから、もう、山師は、いやだ」という。実はさきほど、家人の洗濯している盥の水が庭のくろ土にこぼれ、音もなく這い流れる、それを「私」は見ていた。そして、水到りて渠成る、このような小説があったらそれこそ人工の極致だろうと思ったのである。小説らしい小説を書くことをやめた「私」は、枕草紙のペエジを繰って「心ときめきするもの」の節を読み、それを真似た「むなしきもの」などという文章を作ってみたりするのである。そして、この小説「めくら草紙」は、（つづめていえば）このあと隣家のマツ子という少女をめぐる身辺雑記的な報告で終わっている。「小説らしい小説」を書くという意図の挫折である。代わりに書かれたのが、一人称の「私」語りの身辺小説である。

ここで「私」を挫折させたものは何か。地面に渠をつくっていく水の自然の巧にくらべたら、どんな作品でも偽ものだという思いなのだろう。だが、「山師は、いやだ」という言葉には、それ以外の含蓄があるように思われる。それは客観小説が不可避的に抱えこまねばならない〈嘘〉の問題にかかわりがあるようにおもわれる。

小説の「いろは」の話になって恐縮であるが、小説には、「これは虚構の作品ですよ」ということを読者に示すいわば〈虚構信号〉が、はじめの方にかならず書かれているとされる。読者はその信号を見ることで、これから提示されることが〈つくりごと〉であることを予め知らされ、受容するのである。前田彰一はその『物語の方法論』（多賀出版平八刊）や『物語のナラトロジー』（彩流社平一六刊）のなかで、いくつかの作品を挙げて虚構信号の種類を例示している。それらは面白い例であるが、ここに引用するには長すぎるので、簡単な例ですますことにする。たとえば、カフカの「変身」はつぎのような文章ではじまっていた。「ある朝、グレゴール・ザムザがなにか気がかりな夢から目をさますと、自分が寝床の中で一匹の巨大な毒虫に変わっているのを発見した。」ここでの〈虚構信号〉とは、ザムザの夢の内容と彼におこった異常な事態とが彼の内面に即して語られているということそのことだろう。現実の世界ではわれわれは他人の思考や心理や夢の内容を推察することはできても、それをその他人に即して認識したり叙述したりすることはできない。そういうことは虚構の世界の創造主（全知の語り手）にのみ許された特権である。いわば三人称の人物、彼または彼女の内面を描写する表現の所在することが、その文章にフィクションとしての性格を与える〈信号〉のひとつということである。これを裏からいえば、彼または彼女、あるいは彼および彼女の内面描写をするという〈不自然さ〉を避けることができないのが、普通にわれわれの前に与えられた客観小説なるものの宿命であるということになる。小説冒頭の文章が与えるこの〈不自然さ〉を乗り越えたときに、読者はそれ以下に語られていることが虚構だということを受容する。だから、冒頭の数行の文章の持つ〈不自然さ〉がフィクションに向かって事態をいわば強行的に突破する役割をはたしていることになる。作者に即していえば、この〈不自然さ〉にこだわりはじめたら、客観小説を書くことはできない。「めくら草紙」「玩具」を書いたときの太宰には、この種のこだわりが芽生えていたといえるとおもう。

「玩具」(昭一〇・七)では、自分の三歳二歳一歳のときの記憶をよみがえらせる「ある男」のことを「私」が書こうとおもっている。その「男」がどうして自分の幼時の記憶を取り戻そうと思いたったのか、どうして記憶を取り戻し得たか、そのために「男」はどんな目に逢ったか、それらをすべて「私」は用意していた。これらのことを赤児の思い出話の前後に付け加えて、姿勢の完璧と情念の模範とを兼ね備えた物語を創作するつもりで「私」はいた。しかし、「私は書きたくないのである。」と「私」は言い、ついで「君だけでも丁寧に丁寧に読んで呉れるといふなら、」また、「私の赤児のときの思ひ出だけでもよいのなら」「書かうか」という。そして、作品に実際に示されているのは、赤児のときの「私」の思い出を書いた短い九つの話である。「赤児の思ひ出話のあとさきに附け加へ」られる筈だった「男」にまつわる経緯話は書かれることなく終わる。二つの特性を「兼ね具へた物語を創作するつもりでゐた」ものが、一人称語りの思い出の提示で終わっている。もともと「男」の思い出話は「思ひ出せば私が三つのとき、といふやうな書き出しから」はじまるものであったようだから、ここには「三人称」の語りが「一人称」に変わったということはないかもしれないが、ある「男」の経緯話が書かれなかったことは確かである。客観的な物語を構築する狙いはここでも瓦解している。

「玩具」の中には「姿勢の完璧」を解説したつぎのような文章がある。

姿勢の完璧といふのは、手管のことである。相手をすかしたり、なだめたり、もちろんちよいちよい威したりしながら話をすすめ、ああよい頃ほひだなと見てとつたなら、何かしら意味ふかげな一言とともにふつと姿を掻き消す。いや、全く掻き消してしまふわけではない。素早く障子のかげに身をひそめてみるだけなのである。やがて障子のかげから無邪気な笑顔を現はしたときには、相手のからだは意のままになる状態に在るであらう。手管といふのは、たとへばこんな工合ひの術のことであつて、ひとりの作家の真摯な精進の対象である。

ここにはいろいろなことが言われているだろうが、一番手っとり早く理解する道は、奥野氏が「潜在的二人称の文学」の中で言ったことを頭に置いてこの文章を読むことである。そこで奥野氏はつぎのように言っていた。《あらかじめ小説の中に、読者である「私」が、作者から見れば「あなた」が、ここで驚き、ここで笑い、ここでかなしみ、ここで感動するものとして参加させられている。読みはじめればいやでも小説の中に入りこまされる。》このようなことを可能にさせたものが、奥野氏によれば、「読者に二人称で呼びかける説話体」のスタイルであった。そして、このスタイルによって太宰はおのれの真実を、鶴谷憲三が「太宰治の〈単一表現〉」（昭五六・二初出、「日本文学研究資料叢書」『太宰治・二』所収）で使っている言葉を借用すればその「皮膚感覚・内的真実」を、作品に盛り込み、あるいは保証することができたのである。

たえず「私」で語り、ところどころで読者によびかけるスタイルが、太宰の内的真実あるいは皮膚感覚を作品に与えることを可能にしたとすると、三人称のスタイルを採用することは、そうした真実の作品内での実現をそこなう怖れをもっていた。また、太宰はその作品の中で絶えず嘘をつくり、嘘を語ったが、スタイルに強制されて嘘を語ることを受け入れることは、おそらくできなかった。三人称の語りのスタイルは、さきにも見たようにその最初において、「不自然」の突破を書き手に強要する。書き手は嘘を承知で、登場人物の内面を語らねばならない。そしてその嘘を続けねばならない。これは、虚構内容を構築する作業が要求する嘘とはまた別の嘘である。おそらく語りに付随するこの嘘の感じが、太宰の真実感と背馳し、彼をして三人称の小説を語りつづけることを不可能にしたのである。語りにまつわるそのような虚偽を身につけたまま、自己の真実を作品に生かすことはできないと感じたのだとおもう。このことの背後には、自意識の騒ぎあるいは波立ちとでも言うべき事態が伏在したのだろう。「玩具」

も「めくら草紙」も、三人称の客観小説が要求するこの種の嘘を突破する試みが結局は破綻したことを、実験小説のかたちで示していたといえる。

おなじ頃に書いた「道化の華」（昭一〇・五）は、「あいつは〈私〉を主人公にしなければ、小説を書けな」いと言われるのを避けるためもあって、一人称小説と訣別しようとした作品であった。しかし、せっかく三人称の主人公・大庭葉蔵を設定しておきながら、途中から作者の影武者のごとき「僕」を作品のなかに登場させて、一人称小説なら「私」ひとりであがなえた筈の真実感を、葉蔵と「僕」と二人がかりで贖おうとしはじめる。そして、あげくは「思ひ切つて僕は顔をだす。さうでないと、僕はこのうへ書きつづけることができぬ」として、「僕」を作品のなかに入り込ませている。こうなると私小説への逆戻りだろう。また「狂言の神」（昭一一・一〇）では、「今は亡き、畏友、笠井一について書きしるす」として小説をはじめ、笠井の生涯について「私」が思い出話的に描いてゆく途中で、突然、「今は亡き、畏友、笠井一もへつたくれもなし、ことごとく、私、太宰治ひとりの身のうへである。いまにいたつて、よけいの道具立てはせぬことだ」として、小説は「私」が私について語る小説にもどるのである。この二つの小説とも、太宰における三人称客観小説の困難を示しているように思えてならない。

さて、これだけの回り道をして、「富嶽百景」の続篇を書いていた当時の太宰に戻ってみると、「単一表現」を言ったときの太宰には、自分には客観的ロマンは不得手であり、性に合っていないという思いが、痛切にあったのかもしれないと思われてくる。「火の鳥」を書こうとした企図の無謀さについての反省といってもよい。そうだとすると、そこで「私」の言った「素朴な、自然のもの、従つて簡潔な鮮明なもの、そいつをさつと一挙動で掴へて」という表明には、自分の作家的資質に「自然な」一人称小説的な表現への戻りの志向が含意されていたとおもわれる。「素朴な」という表現には、実験的手法に傾きすぎてひとびとの理解を超えた作品を生んでしまった近い過去への反省が込められていよう。事実として、このあとの太宰の作品には客観的ロマンを目指したものは、まずない。それらしいものがあっても、それは既存の小説なり説話なりのパロディ的作品にかぎられる。「女生徒」(昭一四・四)も「正義と微笑」(昭一七・六)も「斜陽」(昭二二・七〜一〇)も私語りである。

六

おもうように小説の執筆も進まず、縁談も停滞したためか、「私」は「朝に、夕に、富士を見ながら、陰鬱な日を送つていた。」そうしたある日、吉田の町の遊女たちが団体で峠に遊びにやってくる。「私」は二階から彼女たちの暗くわびしい動きを見守っている。「二階のひとりの男の、いのち惜しまぬ共感も」その「幸福に関しては、なんの加へるところがない」遊女たちの一団を見て、「私」は「かなり苦し」くなる。そして彼女たちの運命を「富士にたのまう」と思いつく。「そんな気持で振り仰げば」富士は「傲然とかまへてゐる大親分のやうにさへ」

見える。この時富士は「私」のある種の祈念の対象としてあり、一種の超越として「私」の前に存在している。

そういえば、この作品では当初から富士は高みにある存在として「私」の前にあった。というよりも、「私」が日常性あるいは凡俗の地平から抜け出して、多少なりとも高い見地からこの世を見るためのよすがとしてあったといえるかとおもう。この山に自分の視座を同化させることによって、「私」は日常を超出した地平からものを見ることができるようになる。富士山は高く、その全容は大きい。富士の立場に視座を移すということは、ほとんどすべてのものを小さく低く見えるようにさせることである。日々富士を仰いで暮らすということは、このような視点を擬制的に自分のものにする生活をすることである。それは、ある種の否定性をもった目でこの世をみることを可能とさせる。否定性を帯びた月見草が富士山によく似合うということには、こうした事情も含まれていたとみられる。

そのようないわば超越的視点を自分に擬して、「私」は二階から遊女たちの一団を見下ろしている。文学のことに思いを馳せる自分にとっては彼女たちの運命は「私に関係したことではない」と、無理に自分に言い聞かせる。それはまた彼女たちの運命をどうすることも出来ない自分の卑小さを「私」が痛感することであり、倫理的負い目からの逃げの自覚でもあった。凡俗を見下ろす視点は同時に自分を卑小に見させる視座でもあった。だからそのあと茶店の六歳の男の子とむく犬とをつれてトンネルの中に入っていった「私」は、冷たい地下水を「頬に、首筋に、滴滴と受け」るのである。

この小説に一貫しているのは、「私」がたえず富士の姿を仰ぎ見つつ自分の生活を振り返っていることである。富士にいわば「私」の人生を映している。そして、その富士は不動である。昨日もあったし明日もまたそのままの姿であるだろう。富士には過去と未来とが象徴的に同時存在している。だから富士を視座として眺められた人生は、過去と未来との同時存在的な相のもとに現れてくるだろう。終末論的な相のもとにといってもよい。この小説が傑作であるのは、「私」の接する事物がそのような目によって眺められているかのような気配が全篇にただよっていることにある。特にここがそれだというところが目立つわけではないが、たとえば三ツ峠のパノラマ台で、老婆のかかげる富士の写真を見て、「いい富士を見た。霧の深いのを、残念にも思はなかつた」というところや、あした何があるわけでもないのに、落葉を掃きあつめている茶店のおかみさんに、「をばさん！　あしたは、天気がいいね」と「自分でもびつくりするほど、うわずつて、歓声にも似た声で」呼びかける場面だとかにそれが感じられる。

やがて結婚に関して「うちから助力は、全く無い」ということがわかり、この上は「縁談ことわられても仕方が無い、と覚悟をきめ」て娘さんの宅を訪れる。そして「私」は「悉皆の事情を告白」する。そして相手の母堂から「愛情と、職業に対する熱意さへ、お持ちなら」ば結構ですといわれる。「眼の熱いのを意識する。」かくて、頓挫していた「私」の結婚の話も一進展をむかえるのである。

このように、事に触れて進展するこの小説の形式に関して、太宰がかなり意識的に連句方式を採用した気配があることを、相馬正一はその「自虐の本質」（昭四九〜五一初出、同氏著『太宰治の生涯と文学』所収）で指摘している。そして歌仙三十六句を意識してこの小説がつくられたと想定してみせている。なるほど、数えてみると前半と後半とはそれぞれ十八の文節からなっていて、作品全体を三十六の節にわけることができる。この随想風の作品を、太宰がそこまで計算して書いていたとするなら、たいへんな配慮である。

ところで、連句についていえば、付句は前句と不即不離の立場で付けよとされているようであるが、前の人がどのような句を詠むかは直前までわからない。出てきた前句をみて、後の人はそれにとっさに応じて付けなければならない。「歌仙は三十六歩也。一歩もあとに帰る心なし。」といわれるように、一句ごとに新しい境地が開かれていなければならない。参加者は、自分に偶然的に提示される前句に対してその都度対処するわけであって、これはさきに述べたことでいえば、前句を「きっかけ」あるいは「刺激」にして、芸術的感興を発していく態度であるといえよう。だから、ロマン主義的な「オッカジオ」の芸術と言ってもよいだろう。そして、歌仙にならったという「富嶽百景」が、その都度の環境事物に触れて、それをきっかけとして揺れる「私」の心象を描いていくやりかたも、「みんなもらつて、ひつくるめて、そのまま歩く」「浪漫的秩序」に属するやり方だといえるだろう。「私」はその都度の随所に主となっているわけである。

この小説の末尾の一つ前の場面で、「私」は二人連れの女性に頼まれたカメラを空にむけてシャッターを切り、「富士山、さやうなら、お世話になりました。パチリ。」と挨拶をする。そして次の場面では「山を下りて」甲府の安宿に一泊する。その安宿からみた朝の富士は、「山々のうしろから、三分の一ほど顔を出して」いて、「酸漿に似てゐた」という。ほおずきは幼い日の遊びに結びつく。いわば過去である。「くるしい」過去ではなくて、遠く懐かしい過去である。ここには、富士山をそうした過去に見立てている「私」がいる。いわば懐かしい過去が、「さやうなら」と呼びかけて未来へと出立してゆく「私」を見送るのである。そうした出立と見送りの構図、あるいは過去と未来との対比の構図がここにはある。おそらく「私」に明日はひらけようとしているのである。

「瘤取り」論ノオト

『晩年』（昭一一・六）冒頭の作品「葉」の書き出しのパラグラフは要約すれば、「死なうと思つてゐた」が、正月にもらった着物が麻の布地の夏物であったので「夏まで生きてゐようと思つた」というものである。この人を仮に〈私〉とすれば、もし着物が春物の布地であったなら〈私〉は死ぬ時期を春までのばそうと思ったにちがいない。貰った布地が春物であるか夏物であるかは、その時の偶然である。〈私〉は、いわばその偶然に自分の生命をあずけるわけである。

ロジェ・カイヨワは人を遊びに駆り立てる心理的な要因として「競争」「偶然」「模擬」「眩暈」の四つをあげ、運命の宣告を受動的に待つ姿勢である「偶然」を要因とする遊びを「優れて人間的な遊びだ」としている（『遊びと人間』岩波書店、昭四五・一〇）。「偶然」（運）はサイコロ遊びやルーレット遊びの原理であるだけではなく、規則の支配する遊び（トランプ、麻雀など）

や、熟達が重要な意味をもつ遊び（ゴルフなど）でも大切な要素となっている。成り行きがあらかじめわかっていたら遊びの興味は失せてしまうからである。「偶然」に自分を預ける態度というのは、だからすぐれて遊び的な姿勢なのである。ここで〈私〉は夏物の着物をもらったという偶然に自分をあずけることによって、いわば「偶然性の遊び」を遊んでいるとみられる。

「人間失格」（昭二三・七）の「第一の手記」の冒頭で「自分（葉蔵）」は、「よほど大きくなってから」はじめて汽車を見たときに、停車場のブリッヂを「構内を外国の遊戯場みたいに、複雑に楽しく、ハイカラにするためにのみ」設備されたものだとばかり思っていたことを告白している。また、絵本で見る地下鉄というのは、地下の車に乗った方が「風がはりで面白い遊びだから」案出されたものだと思っていたという。ほかにも寝具や枕のカバーをつまらない装飾だと思っていて、「それが案外に實用品だつた事を、二十歳ちかくになつてわかつて、人間のつましさに暗然」としたとも記している。ここに見られるのは、葉蔵が、世の実用的な物事や物の配置を、まずもっぱら審美的に、あるいは遊びの見地から受け取ってしまう人間であったということである。葉蔵の人間逸脱はまず審美的もしくは遊び的なそれなのである。

文学的出発時の作品と掉尾を飾る作品に現れたこのような〈遊び〉を見ると、〈遊び〉的に人生に対処するということは、太宰の作品の登場人物にとっては、案外ファミリアなものかも知れないと思われてくる。

ふつう〈遊び〉というときにわれわれは、「よく学び、よく遊べ」の例のように、〈遊び〉を世俗の生活のなかで〈仕事〉と相補をなすものというように受け取っている。カイヨワは、「遊びと聖なるもの」（邦訳『人間と聖なるもの』せりか書房、平成六・三、所載）で〈聖―俗―遊〉三項からなるシェーマを提示して、〈聖〉と〈遊〉とを実人生（〈俗〉）からはっきりと区別した。〈俗〉とは実利を追ういわば現実生活の世界であり、間違うと取り返しのきかないなかなかにシリアスな世界である。これに対して〈遊〉の世界は、実生活から離脱した気楽で自由な領域であり、実生活を支配する効用原則とは無縁の地帯である。カイヨワは、遊びの根底には解放の要求があり、それと並んで、気晴らしと気儘の欲求があるとしている（『遊びと人間』）。多田道太郎は、ホイジンガやカイヨワのいう〈遊び〉の自由が、「～への自由」（参加の自由）にかたよっていて「～からの自由」を軽視しているといっているが（同氏著『遊びと日本人』筑摩書房、昭五〇・六）、わたしも、「たえざる脱却の衝動、あらゆる束縛からの解放という意味での」「～からの自由」が遊びには基本的だとみたい。「遊びは単に〈労働〉に対立するというよりも、もっと広く〈現実〉あるいは〈実生活〉に対置される概念としてとらえられる」と井上俊は書いている（同氏著『死にがいの喪失』筑摩書房、昭四八・四）。

*

「お伽草紙」（昭二〇・一〇）の「浦島さん」で、浦島は亀に次のようにして龍宮へ誘われる。

私はただ、あなたと一緒に遊びたいのだ。龍宮へ行つて遊びたいのだ。あの国にはうるさい批評なんか無いのだ。……あそこは遊ぶには、いいところだ、……歌と舞ひと、美食と酒の国です。

この誘いに乗って浦島は、会話といえば「人の悪口か、でなければ自分の広告」ばかりの陸上生活を離れるのである。〈俗〉を離れた〈遊〉の世界への逃れである。そして龍宮で、「無限にゆるされた」三百年間を遊びの中に過ごす。龍宮で奏でられている琴の曲名は「聖諦」だと亀はいうが、ここには浦島が遊びに行った龍宮がある超越の世界であることが暗示されていよう。おそらく〈遊〉はその極まりにおいて〈俗〉を〈聖〉の方へと超えるのである。

「舌切雀」の四十歳にもならない主人公は親の仕送りで暮らしているが、その生活態度の「消極性は言語に絶するものがあるやう」である。女中あがりの妻とはそりがあわない。その彼が、世間と家に容れられない憂さを子雀との戯れの中に晴らしていたが、雀が舌をむしられて飛び去ったあと、「がむしやらな情熱をもつて」毎日雀捜しに熱中する。それを指して語り手は、「自分の家にゐながら、他人の家にゐるやうな浮かない気分になつてゐるひとが、ふっと自分の一ばん気楽な性格に遭ひ」、これを捜しもとめるのであって、いわば「恋」のようなものだと解説する。やがてこの男は、雀の家に案内され、病床についている雀のお照さんの枕元に座る。涙を流す上品で美しいお人形さんのお照さんを見ているうちに、彼は、「生れてはじめての心の平安を経験」する。そして僅かの酒に「陶然と酔ふ。」ここでは雀の宿の雀たちが身長二尺くらいの「お人形さんみたい」であることに注目すべきだろう。ここには子供のときの「お人形遊び」が重ねられている。この自称爺さんが「心の平安を経験し」、一杯のお酒で酔ったのはお人形遊びの中においてなのである。雀の宿という異世界での遊びにおいて、はじめての心の平安を経験するといういきさつがここにはある。〈俗〉からの〈遊〉による超出と救済の劇だといえよう。

「瘤取り」の爺さんの態度もまた〈遊〉的である。ここで〈俗〉を代表しているのはお婆さんであり息子の阿波聖人である。

お婆さんは七十歳に近いけれども、腰も曲がらず、まじめに家事にいそしんでいる。爺さんが「もう、春だねえ。桜が咲いた」とはしゃいでも、「さうですか」と興のないような返事をして、「ちよつと、どいて下さい。ここを、掃除しますから」という。それでお爺さんのはしゃぐ気持はしぼんでしまい「浮かぬ顔にな」らざるを得ない。

お爺さんの息子は「阿波聖人」と呼ばれる堅物であって、品行方正、酒も飲まず煙草も吸わず、笑わず怒らず、よろこばず、妻をめとらず、ただ黙々と野良仕事をする四十ちかくになる男である。「結局、このお爺さんの家庭は、實に立派な家庭、と言はざるを得ない種類のもの」なのである。お爺さんには何の心配もない。安心してお婆さんと息子とに任せておける。けれどもお爺さんは、そうした家庭にあって、浮かない気持でいる。お酒を飲まないではいられない気持になる。しかし、家で晩酌をすると、酔ったお爺さんが、「いよいよ、春になつたね。

燕も来た」と思いを燕に遊ばせようとしても、お婆さんも息子も相手をしてくれない。いわば〈実〉と〈直〉とにだけ生きている二人の態度がお爺さんには重苦しく、家の中には気を晴らすところがない。

この瘤取りの爺さんも、そして浦島と舌切り雀の男の三人ともが、その抱えている生活のわびしさと憂さにおいて、太宰そのひとの思いを反映しているといえるだろう。そして、そうした状態から逃げたいという彼らの希求もまた同じだろう。パロディにおいて自己を語るという太宰の常套がここにも見られる。

天気のよい日に剣山にのぼり、たきぎ拾いをすませたあとで、岩上にあぐらをかいて、四方の景色を眺めながら、瓢箪に入れてもってきたお酒を飲むのが、だから、お爺さんの楽しみとなる。その時のお爺さんは「實に、楽しさうな顔をしてゐる。うちにゐる時とは別人の觀がある。」ここには、お婆さんと阿波聖人とが醸しだす堅苦しさからの逃れがあるとともに、酔いに自分をあずけての遊びがあるといえる。「酔い」もまた、カイヨワによれば人を遊びにかりたてる四つの要素の一つである「眩暈（めまいの追求）」のあらわれである。

爺さんは右の頬の瘤を可愛い孫のように思い、酒を飲むときの話相手にして自分の孤独の慰めとしている。邪魔な瘤をこのようにあつかうというのは、自分の運命を受容して、運命と戯れているということになるだろう。瘤という避けられぬ現実から逃れて、いわば遊びの態度をもってこれに対するのである。

夕立に降り込められて、山桜の大木の空洞に雨宿りしているうちに寝てしまった爺さんが目覚めてみるとあたりは夜である。こんなに遅く帰宅しては気まずいことになりそうだと、お婆さん、聖人の顔を思い浮かべた爺さんは、瓢箪に残っていた酒を飲んで、その思いから逃げ、ほろりと酔う。そして洞から這いでると、爺さんの前に「この世のものとも思へぬ不可思議の光景が展開」する。虎の皮のふんどしをした十数人の鬼たちが円陣をつくって月下の酒盛りをしているのである。酔って気丈になった爺さんは、お婆さんも聖人もなにするものぞという気になり、酒を飲んでいる鬼たちを見ているうちに、酔う者どうしの親和感をおぼえ、ひどく陽気で無邪気な鬼たちの様子に安心する。やたらに跳ね回ったり地面に転がったりするほかに能のない鬼たちの踊りを見ているうちに、この低能の踊り手たちに自分の踊りを見せてやろうという気になって、鬼たちの円陣のまんなかに飛び込んでいく。そして、軽妙に自慢の阿波踊りを踊りつづけ、阿波の俗謡を歌いつづけて、鬼どもをキャッキャッケタケタと笑いころげさせ、喜ばせる。爺さんのおかげで鬼どもの酒宴は盛り上がるのである。ここには、岩上でした爺さんのひとりの酒宴の拡大した姿がある。〈直〉と〈実〉とからの爺さんの〈遊び〉への逃れの拡大がある。

鬼たちとの遊びのあげくに、爺さんの瘤が「むしり取られ」るのは、爺さんが〈遊〉によってある種の超越の境地に達していたことをあらわしているととることができよう。別のお爺さんが、瘤取りに失敗するのは、〈実〉への固執ゆえにその試みが超越（〈遊〉の境地）とは無縁に終わったことを意味していよう。

　林の中に集う鬼たちを説明して語り手は、「この鬼どもは、剣山の隠者とでも稱すべき頗る温和な性格の鬼なのである」としている。また、隠者といっても竹林の賢者たちとはちがってその「心は甚だ愚である」としたあとで、「その心いかに愚なりと雖も、仙の尊稱を贈呈して然るべきものかも知れない」とも説明している。ここで語り手が鬼たちに「仙」の尊称を贈呈したのは、あとで鬼たちが爺さんの頬の瘤を「造作も無く綺麗に」むしりとるときの仙術のために必要であったからなのだろうが、それだけではないだろう。爺さんが、鬼たちとの酒興の中で「久しぶりで思ふぞんぶん歌つたり踊つたりし」て過ごしたひとときを、日常世界から切断されたいわば〈仙〉の境地に近いものにするための配慮でもあったにちがいない。鬼どもを「隠者」に仕立てているのもおなじ配慮からだろう。爺さんは鬼たちとの酒宴によって、実の世界〈俗〉からセパレートされた、いわば〈隠〉と〈仙〉の世界に遊んだことになるからである。酔った爺さんが上機嫌で、動物たちと世界を共有していることも注目される。

　爺さんの参加と踊りを喜んだ鬼たちは、月夜には必ず来てくれと言い、その保証に爺さんの瘤を預かっておくという。瘤をとられた爺さんが、一方で「少し淋しい」気持になると同時に、頬が軽くなって「悪い気持のものではない」とも感じ、「結局まあ、損も得も無く、一長一短といふやうなところか」と思うというのも、注目される。遊びの世界には、現実の世界からみての得失はあってはならないのである。「いかなる富も、いかなる作品も生み出さないのが、純粋に遊びであったことのこれは裏付けとなる。

遊びというものの特質である」とカイヨワも書いている。爺さんのすごした酒興のひとときが

ところで、爺さんの家の近所にもうひとり、左の頬にジャマッケな瘤を持った爺さんがいる。この爺さんは瘤を邪魔なものとして憎み、この瘤のために出世を妨げられたと思いこんでいる人で、体躯堂々、眼光するどく、言語動作も重々しく、思慮分別も十分のようであり、何やら学問もありそうな財産家である。近所の人からは「旦那」とか「先生」などと呼ばれて一目おかれている。この爺さんが、隣の爺さんのところへ瘤が取られた話を聞きにいって、さて自分も鬼たちに瘤を取ってもらおうと思う。そして、鬼たちの前で「天晴れの舞ひを一さし舞ひ、その鬼どもを感服せしめ」てやろうと決心して、鬼たちの酒宴に乗り込むのであるが、見事に失敗する。もとの話ではそんなことはなかった筈であるが、太宰の「瘤取り」においては、この隣の爺さんは、いわば〈実〉と〈直〉との権化のような存在にされている。そして、この爺さんの家では、爺さんの若い細君と十二、三歳の娘とは「何かと笑ひ騒」いで家の中を明るくしている。爺さんの〈実〉と〈直〉とのあまりの堅苦しさから逃れるためである。

鬼たちの酒宴に、「出陣の武士の如」き態度で加わった隣の爺さんは、いわば遊びの世界に〈俗〉の世界をそのまま持ち込むことによって、鬼たちの酒宴をぶち壊したのである。この爺さんの踊りも謡も遊びではない。瘤を取ってもらおうという狙い（功利）によって支配されていた。だからこの爺さんの舞と謡によっては、酒宴が遊びの場になることはなく、遊びの世界

への超出がもたらされることもなかった。

＊

磯貝英夫はその「〈お伽草紙〉論」（『作品論　太宰治』双文社、昭五一・九、所載）で、戦争という大状況の支配下において、戦時中の太宰は自分の個人的な運命を思いわずらうことから多分に解放されていた筈であると言い、その気楽さとこの時期の太宰の文学的豊穣とは関係があるに違いないと推定している。そして「かなり幸福そうな戦時下のかれの姿」はこういう視点に立ったときに理解できると書いている。

「お伽草紙」で太宰は、空襲下という非常の事態のもとで伝承説話の語り変えを自在に楽しんだ趣があり、そのことは文章の流露感からも窺える。この作品は、戦時下のいくつかの作品に見られた時流への顧慮や挨拶にもほとんど煩わされていない。これを書いたときの太宰はおそらく「かなり幸福」な境地にいたにちがいない。それは磯貝氏がいうような事情によるのにちがいない。しかしそれだけではないだろう。戦後の太宰のおちこんだ頽落状態と対比してみると、戦時中の太宰が多くの事情によって支えられていたことが推定される。それを論じているゆとりはないが、当時の社会規範、法制、エートスなどが太宰を支えていたのであり、地主制度を一方の基盤とする戦前の国家体制が太宰の生家を支え、ひいては太宰を支えていたのである。

「お伽草紙」に見られる「遊び」と、戦後のたとえば「父」（昭二二・四）や「人間失格」に見られる「遊び」とには、その性格におおきな違いがある。「父」の「私」の「義のため」の遊びは〈俗〉を踏みにじっているし、葉蔵の〈遊び〉的な人生把握は彼の逸脱性あるいは常識の欠落と照応している。それに較べると「瘤取り」その他「お伽草紙」に見られる遊びは（「カチカチ山」の兎の残酷な遊びを除いて）穏やかであり、ゆとりをもっている。その差はおそらく右に述べた〈支え〉の存在とその崩壊とに見合っているといえよう。

わたしは、「瘤取り」に見られる遊びが、〈実〉と〈直〉とが支配する息苦しい実生活からの離脱をめざすものであると言ったが、そうした遊びの性格とそれが持つ穏やかさとは、所謂中期において太宰が唱えた「かるみ」と無縁ではないとおもう。「白砂の上を浅くさらさら走り流れる」水（「パンドラの匣」）や「透明性」というのは一種の遊びの境地ともいえるからである。そしてその背後には戦時中に太宰が所持した「終末論的意識」があったにちがいない。

そうは言っても、戦時中の太宰の生にたいする構えが総じて〈遊〉的なものであったということにはならない。「第一の手記」の葉蔵は、物事をもっぱら審美的あるいは〈遊〉的にばかりとらえることによって、世界内存在としての世界への内属の仕方における齟齬を露呈している。たしかに彼は遊び的に世界に対している存在である。だが、勿論葉蔵は太宰そのひとではまったくない。しかし、それまでに太宰が多くの作品で描いた虚構の自画像をいわば集大成したパロディ的作品である「人間失格」の冒頭において、葉蔵の〈遊〉的な対世界姿勢をその偏倚のひとつとして描いたということは、太宰の対世界の態度のうちにある種の〈遊〉的なもののが所在したことを想像させるものではないだろうか。太宰が「東京八景」（昭一六・一）のなかで、「私は人生をドラマと見做してゐた」と「私」に言わせているのも、そう思わせる根拠の一つになる。人生をドラマと見るというのは、人生を一場の劇とみるということであり、基本的に遊びの態度だからである。ただ、そういう態度が仮に太宰にあったとしてもそれはごく限定されたものであっただろう。小説を書くことは遊びではないからである。そして、限定的にもせよそうした対世間姿勢が太宰にあったとしたなら、それはおそらくそうした態度をとることによって、この世とのあいだにある距離が保たれ、この世に生きることの持つシリアスな面が和らげられたからにちがいない。勝っても負けても基本的には「どうでもよい」のが遊びの世界であるからである。しかし、〈遊〉と太宰の対人生姿勢との関わりを総体的に考察するには、おのずから別稿が必要となる。

「パンドラの匣」論ノオト

一

太宰治の「パンドラの匣」（昭二〇・一〇〜二一・一）は敗戦の年の十月二十日から「河北新報」に連載された。その最初の章「幕ひらく」の（1）で、「僕」（ひばり）は友人への手紙の中につぎのように書く。

僕がこの健康道場にはひつたのには、だから何も理由なんか無いと言ひたい。或る日、或る時、聖霊が胸に忍び込み、涙が頰を洗ひ流れて、さうしてひとりでずゐぶん泣いて、そのうちにすつとからだが軽くなり、頭脳が涼しく透明になつた感じで、その時から僕は、ちがふ男になつたのだ。（中略）或る日、或る時とは、どんな事か。それは君にもおわかりだらう。あの日だよ。あの日の正午だよ。ほとんど奇蹟の、天来の御声に泣いておわびを申し上げたあの時だよ。

「パンドラの匣」が昭和十八年頃に書かれた「雲雀の声」の校正刷をもとに執筆されたこと、「雲雀の声」が木村庄助氏の病床日記をもとに書きおろされたものであることは、周知のことである。長年「健康道場」の実地調査をしてきたという浅田高明は、「虚実皮膜の文学を探し求めて」(「太宰治7」平三・六)で、右に引用した部分について次のように記している。

昭和十六年七月初めに再発病し、夏の末に孔舎衙健康道場に入院した木村庄助氏の日記に、昭和二十年八月十五日正午の天皇の放送に関する記事があるはずがない。あまつさえ木村氏は、道場退院後の昭和十八年五月に既に亡くなってしまっている。戦時中に書かれた「雲雀の声」では、ここは当然、十二月八日の開戦の日になっていたことは、当時、日記の持ち主が道場で療養中だった点から考えても明白であろう。

すでにはやく、東郷克美は昭和四十六年十二月発表の論文(「『右大臣実朝』のニヒリズム」)で、この部分はやはり《「雲雀の声」にあったのではないか、しかも、開戦の体験をのべる部分としてあったのではないかと思われる》と書き、短篇「十二月八日」(昭一七・二)にも、開戦の発表を聞いたときの感動を述べた部分に「聖霊の息吹きを受けて」と、同じ「聖霊」ということばが使われていたことを傍証として挙げている。

「パンドラの匣」を書くに際して、「雲雀の声」の冒頭にあったと思われる十二月八日の「僕」の体験談を、そのまま八月十五日の「僕」の体験へと横滑りさせることがあったとしたら、その背後には、両日の体験が太宰には類似したものと感じられていたということがあったとおもわれる。両日の体験は、太宰の抱いていたある終末的意識をするどく刺激したことにおいておそらくは一緒なのである。しかし、それにしても、「或る日、或る時、聖霊が胸に忍び込み、（中略）そのうちに、すつとからだが軽くなり……」というのはいかにも大袈裟な表現である。この表現は、「あの日以来、僕は何だか、新造の大きい船にでも乗せられてゐるやうな気持だ。（中略）天の潮路のまにまに素直に進んでゐるといふ具合ひなのだ」という記述とともに、十二月八日（開戦の日）の感想にはふさわしくとも、八月十五日（敗戦の日）の感慨には相応しくないのではないかとも思われる。

十二月八日に、たまたま大政翼賛会の第二回中央協力会議に出席していて、会場で開戦の詔勅を拝聴した高村光太郎は、そのときの感激を次のように記している。

私は緊張して控室にもどり、もとの椅子に坐して、ゆっくり、しかし強くこの宣戦布告のみことのりを頭の中でくりかえした。頭の中がすきとおるような気がした。／世界は一新せられた。時代はたったいま大きく区切られた。昨日は遠い昔のようである。現在そのものは高められ、確然たる軌道に乗り、純一深遠な意味をおび、光を発し、いくらでもゆけるものとなった。（高村「十二月八日の記」、筑摩『日本の百年』3より）

また、竹内好の主宰する雑誌『中国文学』の昭和十七年一月号は「大東亜戦争と吾等の決意」と題する宣言をのせたが、そこにはつぎように書かれていた。

世界は一夜にして変貌した。われらは目のあたりそれを見た。感動に打顫えながら、虹のやうに流れる一すじの光芒の行方を見守った。胸にこみ上げてくる、名状しがたいある種の激発するものを感じとったのである。（『現代の発見』3所載、竹内実「使命感と屈辱感」による）

このようなコンテクストに置いてみれば、右に引用した「僕」（ひばり）の感慨は、まさに十二月八日にこそふさわしいと言うべきだろう。

しかし、「幕ひらく」の章をよく読んでみると、「或る日、或る時」を八月十五日とした「僕」の体験や感慨が、大袈裟なものでも、八月十五日にふさわないものでも決してなく、自然ななりゆきに沿ったものであることがわかってくる。その辺のところを「僕」が手紙で行っている告白にそっておさえておこう。

「僕」は約一年半前の（旧制）中学卒業時に肺炎を患い、高校受験をあきらめた。そのあと肋膜炎の疑いがあると医者にいわれて家でぶらぶらしながら浪人生活をしていたが、やがて、食料増産の一翼を担って国のお役に立とうと家の裏の畑で百姓の真似ごとをはじめる。しかし、そうしたなかで、自分は廃人ではないか、こんなだらしない自分が生きていることは人に迷惑をかけるばかりだ、自分は余計者だという意識が胸にこびりついて離れないようになる。そのうちに世界の情勢は急転回をする。「僕」の若い鋭敏なアンテナは国の危機や憂鬱にぴりりと感応する。そして昭和二十年の初夏の頃から「僕」のアンテナは、かつてなかったほどの大きな海嘯の音を感知する。その頃から「僕」はやけくそになり、鍬を打ちおろす度ごとに、死んでしまえ！　と言いつづけ、激しい労働を自分に課する。あげく喀血する。何でもかまわぬ早く死にたいとおもう。それがやくざな病人のせめてもの御奉公だとおもう。そうした最中に八月十五日を迎える。居間のラジオの前に座る……

《さうして、正午、僕は天来の御声に泣いて、涙が頬を洗ひ流れ、不思議な光がからだに射し込み、まるで違ふ世界に足を踏みいれたやうな、或ひは何だかゆらゆら大きい船にでも乗せられたやうな感じで、ふと気がついてみるともう、昔の僕ではなかつた。

《あの日以来、僕は何だか、新造の大きい船にでも乗せられてゐるやうな気持だ。この船はいつたいどこへ行くのか。それは僕にもわからない。未だ、まるで夢見心地だ。船は、するする岸を離れる。この航路は、世界の誰も経験した事のない全く新しい処女航路らしい。

このとき「僕」は心境の激変に見舞われている。その理由についての説明はなされていない。推察するに、このとき「僕」を見舞ったのは、玉音を聞いての感動と恐懼であったとともに、死から生への展望の逆転であったとおもわれる。すべてが戦争目的の完遂を基軸として価値づけられていた戦時中にあっては、病人の「僕」は役立たずであり、国家に迷惑をかけるだけの存在にすぎなかった。早く居なくなることがお国への奉仕であった。そう思いつづけてきた少年に、思いもかけず戦争終結の日が訪れる。今の今まで、自分を死へと追い込もうとみずから強制してきたが、そうした強制を枠づけていたものは崩れ去った。突然やってきたゆるめの瞬間。死が遠のいて、生がふたたび輝きだした瞬間。それは少年にとっては、奇蹟的な再生の経験であり、まさしく「不思議な光がからだに射し込」んだ経験であっただろう。その瞬間をもたらした玉音が「天来の御声」と受け取られたのも自然である。少年は、この時から、これまでとは「違ふ世界に」生きることになる。あらたな生の開始。行手はわからないが、新しい希望の誕生。それを少年は「ゆらゆら大きい船にでも乗せられた感じ」と表現している。

この少年の経験には当然に作者の経験が重ねあわされている。少年の「余計者意識」は戦時中に軍隊にもいけないで余計者意識に苦しんだ太宰の経験をなぞっているし、戦時中に半分死んだ気でいた太宰の敗戦時の再生の思いもここにはこだましている。「不思議な光」がからだに射し込んで、気がついたら「まるで違ふ世界に足を踏みいれ」ていたというのは、開戦の日の太宰の経験をより濃くなぞっていよう。短篇「十二月八日」の主婦は「強い光線を受けて、からだが透明になるやうな感じ」と、大本営発表を聞いたときに覚えた感慨を表現しているからである。

このような死から生への転換の日ということに重きをおいて見てくると、冒頭に引用した「或る日、或る時」は、十二月八日にふさわしいよりも、八月十五日によりふさわしいように思えてくる。敗戦の日のあとには、日本国民に（苦難はあるにせよ）ほとんど確実に生が約束されていたが、対米英開戦のあとには、国民は自分に訪れるかも知れない死をふくめて重苦しい予感を避けることはできなかったからである。この「或る日、或る時」を、「聖霊が胸に忍び込み」「不思議な光がからだに射し込」んだ日、その日を境に「僕」が「ちがふ男」になり、「新しい大きな船の出迎へを受けて、天の潮路のまにまに素直に進」むことになる日ということにウェイトを置いて理解すれば、それが開戦の日であっても何の不自然もないことになる。「どこへ行くのか」わからない船に乗せられて「天の潮路のまにまに」運ばれていくというのは、「どこに行くか教へられてゐない」汽車に乗せられて、「汽車の行方は、志士にまかせよ」としていた「鷗」（昭一五・一）の「私」の覚悟の一層進展した姿だと理解できるからである。

このように見てくると、小説冒頭の叙述だけをとっても、「パンドラの匣」には、「雲雀の声」にあった叙述が、それほどの整理なしにそのまま使われていた可能性が濃厚だということになる。ただ、「パンドラの匣」は「極めて衛生的な明朗青春小説」（塚越和夫）という読み方をゆるすように、明るい小説である。この明るさは、手紙の書き手「僕」の姿勢に由来する。読者は、死から生へのドラスチックな転換の経験を経て、生への肯定的な姿勢を獲得した人間として「僕」を理解することによって、この「僕」の明るさを受けいれるのである。そのような受入れの下地をつくるものとしては、「或る日、或る時」が八月十五日であったということは、ふさわしい。むしろ、疑問に思うのは、「雲雀の声」の骨格が「パンドラの匣」と基本的に変わっていなかったものとしたとき、「雲雀の声」にあっては、「或る日、或る時」を開戦の日に設定しておいて、どのようにして「僕」をあの明るさを発揮する男に変身させることが出来たのだろうかということである。きっかけは「朗々と繰り返」された大本営発表あるいは開戦の詔勅以外にないだろう。それをきっかけに明るい「僕」を誕生させるのには、一工夫、二工夫が必要であったにちがいない。そのようにして誕生した「僕」の明るさに「滅びのアカルサ」がまといつかないことは困難であったのではないか。その間にどのような工夫があったのか、いまでは解明する手掛かりがない。

二

「パンドラの匣」は明るい小説である。ただ、その明るさは、あきらかにある否定的なもの（ネガチヴなもの）を踏まえている。それがよく現れているのは、小説の末尾にいたって描きだされる三者三様の断念の構図である。

ひばりの手紙に記されているところから読者がうけとるのは、ひばり、竹さん、マァ坊の間のあわい恋のいきさつである。ひばりは竹さんが好きであり、竹さんもひばりに心を寄せている。マァ坊はひばりが好きであり、そのことにひばりは気づかないようなふりをしているが、ひばりの手紙はマァ坊の恋心を雄弁に写しだしている。この三者の幼く清潔な恋心の交流はすがすがしく、その描写はみごとである。小説の末尾に来て、竹さんが道場の場長のところに嫁に行くことになる。場長は、「竹さんには何も言はないで、竹さんのお父さんのところにお願ひにあがつた。」竹さんは二晩も三晩も泣いたあげくにこの縁談に同意する。この三人のつくっていた微妙な三角関係の系の外にいた男に、竹さんはいわばさらわれるようにして引き抜かれたのである。そこに三様の断念が生まれる。ひばりは竹さんをあきらめ、ひばりの様子からひばりの本心を知ったマァ坊はひばりへの思いをあきらめる。竹さんもまた自分の自然な心のかたむきを断念する。ひばりへの思いをあきらめたときのマァ坊の顔を「断然よかった」とする「僕」は、そのときのマァ坊の顔には「すごい位の気品があった」とし、次のように記す。

この気品は、何もかも綺麗にあきらめて捨てた人に特有のものである。マァ坊も苦しみ抜いて、はじめて、すきとほるほど無欲な、あたらしい美しさを顕現できるやうな女になつたのだ。これも、僕たちの仲間だ。新造の大きな船に身をゆだねて、無心に軽く天の潮路のままに進むのだ。幽かな「希望」の風が、頬を撫でる。

おなじ時、「僕」には「竹さんの結婚も、遠い昔の事のやうに思はれて、すつとからだが軽く」なる。これでもう「僕」も完成せられたという爽快な満足感だけが残る。「竹さん、おめでたう」と「僕」が言ったときの竹さんの返答は、着せかけている寝巻の袖口から入れていた手で「僕の腕の付け根のところを、ぎゆつとかなり強く抓」るというものであった。「僕」は「どうして僕の周囲の人たちは、皆こんなにさつぱりした、いい人ばかりなのだらう」と思う。

ここには、この小説で太宰が描きあげたいと思っていたユートピアがある。それは「さつぱりしたいい人たち」だけで作られる理想郷である。さっぱりしたいい人は断念に耐えている人であり、「苦しみ抜いて」「すきとほるほど無欲な」境地に達した人である。そうした人たちの中にあって、それを自覚的に語っているのが「僕」である。竹さんの結婚に何のわだかまりも覚えていない自分に気づいて、「完成せられたという爽快な満足感」を「僕」はおぼえているが、完成せられたというのは、「僕」にかねて指向していたありようがあったからである。それを「僕」は「かるみ」の境地だとくりかえし言っていた。そうした境地を理想とするような心境が「僕」の中には育っていた。そう見てくると、「或る日、或る時」「ふと気がついてみると、昔の僕ではなかつた」というのは、単に死から生への転換を経験して、未来に希望をいだくようになったというだけのことではなかったらしいことがわかる。「新しい大きな船の出迎へを受けて、天の潮路のまにまに素直に進んで」いくという境地は、そうした「かるみ」を理想とするような思念をも含んでいたということがわかる。

それがどのような言葉で表されているか、すこしく拾ってみる。


《人間には絶望といふ事はあり得ない。（中略）人間は不幸のどん底につき落され、ころげ廻りながらも、いつしか一縷の希望の糸を手さぐりで捜し当ててゐるものだ。

《僕は、あたらしい男になつてゐたのだ。自己嫌悪や、悔恨を感じないのは、いまでは僕にとつて大きな喜びである。（中略）囀る雲雀。流れる清水。透明に、ただ軽快に生きて在れ！

《君、あたらしい時代は、たしかに来てゐる。それは羽衣のやうに軽くて、しかも白砂の上を浅くさらさら走り流れる小川のやうに清冽なものだ。（中略）（注―芭蕉が）憧憬したその最上位の心境（注―かるみの心境）に僕たちが、いつのまにやら自然に到達してゐるとは、誇らじと欲するも能はずといふところだ。


「僕」がどのような内的な歩みのあげくに、このような心境に到達したのかは、「僕」の手紙からはうかがうことはできない。しかし、太宰治が、どのような歩みの果てにこのような境地をいわば理想の境地として吐露するにいたったのかは、後述するように、ある程度推測することができる。戦時中の歩みの果てに所持したそうした一種の高みの位置から、太宰は、敗戦直後の日本の民衆に励ましをあたえようとした。「パンドラの匣」執筆の動機はほとんどその一点にあったといってよい。

そのような励ましの文章に、「尊いお方の直接のお言葉のままに出帆する」とか、「天来の御声に泣いて」とかあるのは、まるで戦時中のようで、戦後の民衆むけの言葉としては相応しくないように見えるかもしれない。また、この小説で理想とされている境地も、いかにも現実離れのしたユートピアであって、地に足がついていないように思われるかもしれない。しかし、敗戦後の一時期、わが国は、今から見れば異常といってよいような、いわば理想主義的な雰囲気のなかにいた。多くの国民が、明日の食糧のことに忙殺されていたのだから、こういう言い方は適当でないかもしれないが、そうした理想主義的な一面がたしかにジャーナリズムの紙面をにぎわしていたのである。また、天皇を畏敬の中心に置いた戦時中の価値秩序が、敗戦のあとも、すくなくとも昭和二十年暮までは、ほとんど崩れることなく多くの民衆のなかに維持されていたとみてよい。天皇は、その間、神格をもったままの存在として、多くの国民に受容されていたのである。

徳川夢声は『夢声戦争日記』に玉音を聴いたときの模様をつぎのように記す。

足元の畳に、大きな音をたてて私の涙が落ちていった。（中略）かくのごとき名主が、かくのごとき国民がまたと世界にあろうか、と私は思った。／この佳き国は永遠に亡びない！

直知的に私はそう感じた。（中略）心に深く止めよ、今日の妙なる玉音を。／あれこそ、人間至高の心が、声帯の物質を通じてなされたる妙音、すなわち真の道をしめす天来の響きなのである。

昭和二十年九月五日の「朝日新聞」の社説「平和国家」は次のように説いている。

　遠く余りにも遠くゐまして、知るによしなかりし大御心が玉音とともに国民の迷夢を覚醒せしめられたのである。思ふに戦争はすでに完全に敗けてゐたのだ。知らされさへすれば理解の早い日本人も、知らされざるが故に完敗とは思ってゐなかったのだ。（中略）すべてで敗れた日本は、また再び戦争を考へるほど愚かものではない。精神に生きよう。文化に生きよう。学問に、宗教に、道義に生きよう。欧亜にまたがるかくの如き大戦の惨禍を未来永劫世界より絶滅するための一助言者として生き抜かう。これが、佯はらざる日本人の心境であり、新日本の真姿である。

「パンドラの匣」は、敗戦のあとのこのような雰囲気の中から生まれ、それを土壌にしていた。だから、世間からそのような雰囲気が薄れていくことは、地盤の喪失であった。当初の予定をくりあげて昭和二十一年一月七日で擱筆されざるをえなかった所以である。

いささか回り道をしたが、「断念」とか「かるみ」とかいう心境には、当然に戦時中に太宰が抱いた心境なり思念なりの反映がある。ひばりが達したのは「断念」の美であり、「かるみ」の高さであったが、この小説の末尾で花宵先生は「献身」についての講話で次のように言う。「献身とは、わが身を、最も華やかに永遠に生かす事である。（中略）献身には猶予がゆるされない。人間の時々刻々が、献身でなければならぬ。いかにして見事に献身すべきかなどと、工夫をこらすのは、最も無意味な事である」と。この講話を聴いて花宵先生は自分よりももっと高い位置にいると感じたひばりは、次のように思う。

あとはもう何も言はず、早くもなく、おそくもなく、極めてあたりまへの歩調でまっすぐに歩いて行かう。この道は、どこへつづいてゐるのか。それは、伸びて行く植物の蔓に聞いたはうがよい。蔓は答へるだらう。／「私はなんにも知りません。しかし、伸びて行く方向に陽が当るやうです。」

このひばりの表白も、大変に重い意味をもったものであり、とても二十歳前の少年のものとは思えない。このような花宵先生の思想やひばりの思いに、そしてまた「パンドラの匣」を流れる思想のかたちに、当時の太宰の思想、思念が形象化されているとしたら、それはどのような性質のものであり、どのようないきさつで太宰のうちに生まれ育ったものなのだろうか。そのことをしばらく追求してみたい。

三

まず、手がかりとして、花宵先生のことばに見られる時間意識に注目してみる。ここには「永遠」と「時々刻々」とが出てくる。時々刻々に献身することがわが身を永遠に生かすことだという。わたしに言わせれば、この言葉で太宰は、「秋風記」（昭一四・五）以来ひきずっていた「瞬間」の問題にひとつのケリをつけたのではないかと思う。

「秋風記」では、お互いに「生れて来なければよかった」と思っているKという女性と「私」とが旅に出る。宿に着いたときに「あなたは、いまの、この、刹那を信じることができるか」とKに訊かれた「私」は、「死ぬる刹那の純粋だけは信じられる。けれども、この世の喜びの刹那は、……」と言ってことばを呑む。あとの責任がこわいからかと訊かれて、「私」は

花火は一瞬でも、肉体は、死にもせず、ぶざまにいつまでも残つてゐるからね。美しい極光を見た刹那に、肉体も、ともに燃えてあとかたもなく焼失してしまへば、たすかるのだが、さうもいかない。

と答える。そして、明日のことも昨日のことも語ってはならぬ、「ただ、このひととき、せめ

て、このひとときのみ、静謐であれ、と念じながら、ふたり、ひつそりからだを洗」うのである。

ここには、過去とも未来とも切り離された「現在」を仮構して、そこで至福の瞬間を享受したいと願う人工的な技巧のいとなみがあるとともに、その背後には、過去と断ち切られ、未来と無縁な現在という瞬間がもしありえたら、それこそ特権的な場面だろうという期待があったといえる。そのような特異な時間というものへの期待である。そうした期待は、そのひと月前に発表された「女生徒」（昭一四・四）の中に、微妙なヴィヴィッドさで描かれている。たとえば次のような場面――

（A）《おみおつけの温まるまで、台所口に腰掛けて、前の雑木林を、ぼんやり見てゐた。そしたら、昔にも、これから先にも、かうやつて、台所の口に腰かけて、このとほりの姿勢でもつて、しかもそつくり同じことを考へながら前の雑木林を見てゐた、見てゐる、やうな気がして、過去、現在、未来、それが一瞬間のうちに感じられる様な、変な気がした。こんな事は、時々ある。（中略）また、これからさきも、いまのことが、そつくりそのままに自分にやつて来るのだ、と信じちやふ気持になるのだ。

（B）《またこんなこともある。あるときお湯につかつてゐて、ふと手を見た。そしたら、これからさき、何年かたつて、お湯にはひつたとき、この、いま何げなく、手を見た事を、そして見ながら、コトンと感じたことをきつと思ひ出すに違ひない、と思つてしまつた。さう思つたら、なんだか、暗い気がした。

(C)《また、或る夕方、御飯をおひつに移してゐる時、インスピレーション、と言つては大袈裟だけれど、何か身内にビユウッと走り去つてゆくものを感じて、なんと言はうか、哲学のシッポと言ひたいのだけれど、そいつにやられて、頭も胸も、すみずみまで透明になつて、何か、生きて行くことにふはつと落ちついた様な、黙つて、音もたてずに、トコロテンがそろつと押し出される時のやうな柔軟性でもつて、このまま浪のまにまに、美しく軽く生きとほせるやうな感じがしたのだ。このときは(中略)盗み猫のやうに、音も立てずに生きて行く予感なんて、ろくなことはないと、むしろ、おそろしかつた。あんな気持の状態が、永くつづくと、人は神がかりみたいになつちやふのではないかしら。キリスト。でも、女のキリストなんてのは、いやらしい。

(A)にあるのはいわゆる既視体験(デジャ・ヴュ)である。それが未来にまで投射されているのが特色である。その結果、過去と現在とが一瞬のうちにとけあって感じられるだけでなく、現在が未来において反復再現されるという予感をもともなったものとなっている。だから本人は過去と未来とが現在の一瞬に凝縮して同時に感じられたような「変な気持」をおぼえている。この既視感の未来への投射ということに馴れてきたあげく、今の出来事なり経験なりが、未来のあるときにヴィヴィッドに蘇るにちがいないという確信にまでなった事態、そういう意味で未来が現在において先取りされた事態をあらわしているのが（B）である。（C）はなかなか重要な意味をもつ体験である。ある時、何かが「身内にビユウッと走り去ってゆく」のを感じたとおもったら、頭も胸もすみずみまで透明になり、この今の生がそのままトコロテンを押し出すようになんの抵抗もなくそのまま未来に延長される、そして、生を肯定している今の自分の生活内実がそのままに、未来にかけての自分の生を軽く美しくつらぬいていくにちがいない、そういうことを実感したというのである。いわば現在がそのままに未来だという実感であり、（A）と（B）という二つの体験を止揚したような位置にある体験である。この先自分にあるものは今あるものの延長にすぎないだろう。未来は現在においてすでに先取りされていて、本質的に新しいものはもはや起きることはないだろう。このとき彼女はふとキリストを連想している。現在の孕んでいるある永遠的性格ともいうべきものがここには示されている。

　夜の十二時ちかくになって風呂場で洗濯をしながらこの少女がもの思う場面が、小説の末尾近くにある。大人になりきるまでのこの長い時間をどう過ごしてよいか、多くの少女が悩んでいるのに誰も教えてくれない。大人たちが教えてくれるのは、遠くの山を指さして、あそこまで行けば見はらしがいいということだけだ。現在おこしている烈しい腹痛を見て見ぬふりをしている。きっと誰かが間違っている、と考えたりしていた少女は、洗濯をすませて、お風呂場の掃除をして、部屋にもどる。そのときの体験。「それから、こつそりお部屋の襖をあけると、百合のにほひ。すつとした。心の底まで透明になつてしまつて、崇高なニヒル、とでもいつたやうな工合ひになつた。」彼女は一瞬の百合の匂いを嗅いで、現在に充足している。それは未来を脱離させた現在（瞬間）への充足であり、その意味で虚無の匂いのする充足だ。充足は虚無の匂をともなうことなしにはありえないのかもしれない。

このようないわば「現在」への注目、あるいは太宰のなかにおける「現在」のもつ厚みの増加ともいうべきものが、端的にあらわれているのは「新郎」（昭一七・一）である。「一日一日を、たつぷりと生きて行くより他は無い。明日のことを思ひ煩ふな。明日は明日みづから思ひ煩はん。けふ一日を、よろこび、努め、人には優しくして暮したい。」という文章で「新郎」ははじまっている。そして、なかほどでは、叔母への手紙に、「いまの私にとつて、一日一日の努力が、全生涯の努力であります。」と「私」は記す。

「この故に明日のことを思ひ煩ふな。明日は明日みづから思ひ煩はん。一日の労苦は一日にて足れり」というのは、マタイ伝第六章三四節のことばである。同じ六章のことば「空の鳥を見よ、……」はエッセイ「一日の労苦」（昭一三・三）にもすでに引用されていた。マタイ伝のこの章を読めば、この言葉がどのような意味で言われていたかはほぼ明白である。この三四節の言葉のすぐ前の一九節から二四節で言われているのは、ひとは二人の主人に仕えることはできないという内容の教えである。イエスはいう、あなたがたは虫が食ったり、盗人に盗まれたりするおそれのある地上に宝をたくわえてはならない、そういうおそれのない天に宝をたくわえなさい、神と富とに兼ね仕えることはできない、と。そして、だから地上の富のことは思い煩うな、あすは炉に入れられる野の草でさえ神はこのように装ってくれるのだから、ましてあなたがたに神がそれ以上によくしてくださらない筈があろうか、という文脈なのである。すなわち、神への信頼の勧めとして、この「明日を思ひ煩ふな」という戒めは言われている。

ところが、太宰はこの趣旨を読みかえている。さきにも見たように、この句のあとに太宰は「けふ一日を、よろこび、努め、人には優しくして暮したい」としるす。そして、「一日一日の時間が惜しい。私はけふ一日を、出来るだけたっぷり生きたい」とも記している。すでに「一日の労苦」でも「一日の労苦は、そのまま一日の収穫である」と記していた。すなわち、太宰にあっては、聖句は、今日という一日、あるいは現在を屹立させることばとして引用されている。今日は明日のためのものではなく、また昨日に従属するものでもなく、今日として独自の価値をもつものだという自覚といったらよいだろうか。今日一日を惜しめという考えかたともいえよう。現在尊重の姿勢である。そうした姿勢を補強するものとしてさきの聖句が引用されている。ひょっとすると太宰は、この聖句を、そもそもそのようなものとしてうけとり、そこから現在尊重の思想をまなびとったのかもしれない。

太宰のこの現在尊重の姿勢には、だが微妙な影がともなっていることもまた窺える。「新郎」の冒頭の右に引用した文章のあとには、すぐに次の言葉がつづく。

青空もこのごろは、ばかに綺麗だ。舟を浮べたいくらゐ綺麗だ。山茶花の花びらは、桜貝。音たてて散つてゐる。こんなに見事な花びらだつたかと、ことしはじめて驚いてゐる。何もかも、なつかしいのだ。

そして「新郎」の末尾はつぎのことばで終わっている。「ああ、このごろ私は毎日、新郎（はなむこ）の心で生きてゐる。」

「けふ一日を、よろこび、努め、人には優しくして暮したい」と願っている「私」は、目の前の山茶花の花びらの美しさにいまさらのように気づいて、「ことしはじめて驚いてゐる。」そして「何もかもなつかしいのだ」という。現在に生きようという姿勢をとった「私」に、周囲のものがいまさらのように新鮮な姿で迫ってくるのである。それは「ことしはじめて」の経験であり、そして「驚き」である。しかも、それらすべてがなつかしい。すべてがあたかも今はじめて始まった事物であるかのようであり、しかも、すでに長いあいだなじんできたもののようでもある。いってみれば、ここには、目の前の事物の存在そのものへの驚きがあるとともに、現在という時間へのいわば始源の時間の侵入がある。今日にすべてが始まり、今日がすべてのもののはじめの時であるかのような新鮮な「驚き」。そして同時に、今日という日がすでに何度かくりかえされたかのような「なつかしい」感じ。そうした始源と反復の矛盾する感じがここには表明されている。「このごろ私は毎日、新郎（はなむこ）の心で生きてゐる」というのは、

「私」にとって、日々があらたな始まりであり、今日という日が、日々始まりの時であるという感じを表明したものだろう。そして、その始源の時である今日という日が、なじみのあるものの繰り返しからなるものであることが「毎日」という言葉によって同時に表明されていよう。

現在が始源の時を含んでいるという洞察は、おそらく「新郎」の時間把握ではじめてあらわれてきたものとおもわれる。反対に、現在が終わりの時によって蝕まれているという時間感覚は、自分が滅亡へと宿命づけられているという感覚として太宰には早くからあった。このことについてはすでに多くの人が指摘しているので、ここには繰り返さない。それは、服部康喜のことばを借りれば、太宰がマルキシズムから学んだ目的論的歴史観に裏打ちされた「階級的終末の予見」(同氏著『終末への序章—太宰治論』)であり、それとキリスト教的終末観とがまじりあったものである。太宰の初めての創作集の名が「晩年」であり、その性格づけが遺著であるということは、当時の太宰の時間意識を暗示するようで面白い。初発の時がすでに終末の時であることをそれは思わせるからである。

四

左翼運動からの離脱のあと太宰は聖書に親しむようになっていった。どうやらイエスと自分とが似ていることの発見が太宰を聖書に惹きつけたようである。それらのいきさつについては、相馬正一が「内村(注—鑑三)の描くイエスの孤独はそのまま彼(注—太宰)自身の孤独であった」所以を見事に解明している（同氏著『評伝　太宰治』第二部）。また菊田義孝は、やさしく、内気で、思いやりが深い点での両者の類似を指摘している（同氏著『終末の預言者　太宰治』）。やがて太宰は自分をイエスに擬したりしはじめる。そして、「己を愛するが如く他人を愛せよ」というイエスの教えに衝撃をうける。この教えを律法のごとくうけとった太宰は、この教えにかなうことのできない自分のうちに罪の意識を積みかさねていく。コミュニズムからの離脱にともなう自己断罪のおもいに、この罪の意識が重なる。それにパビナール中毒事件以来の人間失格意識。滅亡に予定されている人間であるという意識。こうしたマイナスの性格をもった諸意識に振り回されていた太宰に、やがて転機が訪れる。中期はこれらの意識からのいくばくかの解放、ゆるめの時期であり、ある明るさ、軽さ、単純さ志向が太宰にやってきた時期である。それはまた戦争の圧迫が身辺に迫ってきていた時期でもあった。

聖書に親しむ中で、太宰がユダヤ・キリスト教的終末観に接したことは疑いがない。太宰が親しんだマタイ福音書は、第二四章と二五章に「イエスの小黙示録」といわれる世界終末にかんする預言を記している。ここでイエスは弟子たちを前に世界終末の前にあらわれる前兆について、人の子の再臨する時の様子について、再臨を待つ心構えについて、そして終末の日の裁きについて語っている。こうした終末観が、マルキシズムに教えられた歴史把握とかさなりあって、太宰にある種の終末論的な歴史の透視をもたらしていたことは十分に推測される。そして、それが悲劇的な自己解釈と連関していたことも、たとえば「私には天国よりも、地獄のはうが気にかかる（「佐渡」昭一六・一）」と記していることなどから窺うことができる。

このような状態でいた太宰の時間意識に戦争の圧迫はどのように作用したであろうか。それを端的に示しているのは、たとえば「鷗」の語り手「私」である。「私」は「矮小無力の市民」であり、「波の動くままに」無力に漂う「群衆の中の一人」にすぎない。「いま、なんだか、おそろしい速度の」どこに行くのか判らない列車に乗せられているような感じを抱いてくらしている。「ときどき自身に、啞の鷗を感じることがある。」「祖国を愛する情熱」はあるが、それを「おくめんも無く語るといふ業」ができない。「私」は芸術家であるが、自分を「見るかげもない老爺の辻音楽師」に近い存在だとおもっている。しかし、芸術は「男子一生の業として、足りる」という自覚は失っていない。そうした「私」が、何のあてもなしに、昼ごろ、石ころを蹴りつつ、「私は、間違ってゐるのであらうか」などと考えながら、「白痴の如く」路をあるいていて、

路のまんなかの水たまりを飛び越す。水たまりには秋の青空が写って、白い雲がゆるやかに流れてゐる。水たまり、きれいだなあと思ふ。ほっと重荷がおりて笑ひたくなり、この水たまりの在るうちは、私の芸術も拠りどころが在る。この水たまりを忘れずに置かう

と思う。また次のようにも書かれている。「よいしよと、水たまりを飛び越して、ほっとする。

水たまりには秋の空が写って、雲が流れる。なんだか、悲しく、ほっとする。私は、家に引き返す。」

「私」は仰いで空を見ているのではない。うつむいて、水たまりが写している空を覗く。水たまりという限られた空間に隈どられた大空の一部のありさま、それが「私」を打つ。それは、無限の空間の拡がりのなかから切り取られて、限られた枠（額縁）に収められた空間であり、そのようなものとして、無限の時間のつらなりのなかから切り取られたひとときの時間の拡がりを背負っている。そこには明確に形づけられ限定された時間と空間とがある。流れるもののなかで止まるもの、移ろうもののなかで固定されたもの、そのようなものとして時間を超出したものに連なるなにかがそこにはある。そこには現在だけが美しく宿っている。「私」の志している芸術に類比されるものがここにはある。芸術の永遠性への信頼の回復といってもよい。そうした思いが「私」を「ほっと」させたのであると読みとれる。戦争の圧力によって、押しつめられ唖になろうとしている作家の救いが、そのような時間超出の境地にいわば仮託されているのである。

路傍の水たまりの中にすら救済を求める、いわば追い詰められた主人公の思いは、短篇「待つ」（昭一七・六）の中にも鮮明に現れている。戦争や世間が要求してくる煩わしいものからの超出の願いと国への奉仕の願い、ひとりになりたいという願いとひとびとの間にありたいという願い、こうした矛盾する願いの錯綜する地点にあって、「私」（女性）は白昼夢を見ているような、なんだか頼りない気持になって、物たちが「望遠鏡を逆さに覗いたみたいに、小さく遠く思はれて、世界がシンとなつてしまふ」経験をする。そして、「もつとなごやかな、ぱつと明るい、素晴らしいもの。なんだか、わからない。たとへば、春のやうなもの。いや、ちがふ。青葉。五月。麦畑を流れる清水。やつぱり、ちがふ」というような、自分でも正体のわからないものの訪れを「胸を躍らせて」待つのである。ここで願われ、待たれているのは、一切から超出した、なごやかで明るく清らかな境地である。それはいわば世間超出的な、あるいは歴史超出的な境地であり、世外の空間であるだろう。ここには、当時の太宰の経験、置かれた状況、希求が、ほとんど寓意のように反映している。

こうした歩みのあげくに、先に見た「新郎」の時間把握が来るわけである。そこにわれわれが見たのは、始源の時の現在の時への侵入という時間意識であり、現在重視の思想であった。そして、こうした時間意識が表明されたのが、対米英戦争開戦の日に書かれた「新郎」という作品においてであったということに注目したい。これを書いたとき、太宰は歴史と祖国の運命の巨大な変転に直面して、おそらくその行方をかなたまで見透かしたのである、あるいは見透かそうとしたのである。また、戦局の圧迫をこれまで以上に身に感じたのである。その思いが、「けふ一日」を振りかえらせ、桜貝の色した山茶花の花びらの美しさを今更のように発見させたのである。

太宰に終末観あるいは終末的時間意識があったとして、開戦という事態がそれにどのような変容をせまったかは興味ある主題である。それを直接に証拠立てる材料はほとんどない。ただ、この十二月八日における太宰の時間意識と、「パンドラの匣」に見られる時間意識とを結んで、その間に見られる変化からこれを推定する方法が残されている。この推定から生まれてくる仮説として、わたしは、太宰の終末意識と太宰の現在重視の思想との融合とでもいうべき事態を想定してみた。そうすることで、「パンドラの匣」に見られる「かるみ」の思想の背後にある太宰の時間意識が見えてくるからである。

終末観あるいは終末的意識と現在重視の思想とがドッキングしたとしたとき、そこに生まれてくるのがなんらか終末を現在化してとらえる思想であることは見やすい道理だろう。歴史の彼方に予想されていた終わりの時が、現在すでに来ているという思想である。所謂「終末の現在化」という考えである。ところで、終末を現在のこととして捉える思想には、大きくわけて、二種類のものがあると思われる。それを宗教的にとらえるものと、宗教を離れていわば哲学的あるいは直観的にとらえるものとである。

原始キリスト教にあっては、終末の時は、間近にせまっているものと観念されていた。マタイ伝にも、たとえば第一六章二八節にそれが窺える。パウロも、世界の終末がやってきて死人が甦るときには、自分はまだ生きているだろうと考えていた。しかし、マタイ伝には終末の時がすでに来ているという観念は見られない。それが見られるのはヨハネ伝であるとルドルフ・ブルトマンはいう（新教新書『キリストと神話』）。たとえば、ヨハネ伝第四章三五節にはつぎのようなイエスの言葉がある。

あなたがたは、刈り入れ時が来るまでには、まだ四カ月あると、言っているではないか。しかし、わたしはあなたがたに言う、目をあげて畑を見なさい。はや色づいて刈り入れを待っている。刈る者は報酬を受けて、永遠の命に至る実を集めている。

また、「彼（御子）を信じる者は、さばかれない。信じない者は、すでにさばかれている。（三章一八節）」など。「ヨハネにとっては、イエスが到来し、また去ったことは、終末論的な出来事である（右書、四〇頁）」とブルトマンは言う。信仰による救いがすでに裁きによる救いであるという見方である。歴史的な未来のいつの時点かに突然終末（裁き）の時が来るという考え方は、現代の人間にはふさわない。だから終末の出来事（裁き）は信仰の現在においてすでに起きているという考えがキリスト教世界にもある程度普遍的になってきているのだろう。だが、太宰はヨハネ伝にはあまり親しんでいなかったので、イエスがこの世に来た時がすでに裁きの時、終末の時であるという観念に親しむことはおそらくなかった。しかし、太宰は、その持っていた終末観を現在重視の時間意識で変容させて、独特の「終末の現在化」の思想を直観的につくりあげていたと推定される。戦争による死がいよいよ身近に感じられる中においてである。

ここで辞書的な知識を紹介すると、終末論という言葉は「エスカトロギー」の翻訳語である。エスカトロギーのもとのことば「エスカトン」とは「極限」という意味であって、時間にこれを用いれば、過去に遡ったときにそれは「始源」「世界創造」を意味するし、未来に及ぼしたときはそれは「終局」「世界の終末」を意味する（井筒俊彦『意味の深みへ』岩波書店、一〇五頁）。だから「エスカトロギー（終末論）」とは世界の「始源・終局についての論」なのである。世界の多くの宗教神話が世界創造の物語と世界終末の物語との両方をもつことがこのことを語っている。だから、終末論において、エスカトンが現在化されるということは、世界の始源と終末とが同時に現在化されるということを意味する。

そのようなことを、宗教的教義を離れた位置にいて直観的に感じている人がいたとして、そうした直観はその人の思想にどのような影響をあたえるか。ごく常識的にいって、その人の時間意識はつぎのような変容をこうむるだろう。まず、始源の時が現在化されると、毎日毎日が宇宙の始めの時となる。世界は今日あたらしく始まったのだという意識。日々新たなりの意識である。「毎日、新郎の心で生きてゐる」というのはそうした時間意識のあらわれである。次に、終末の時が現在化されると、毎日毎日がこの世の終わりの時となる。世界は今日で亡びるのだという意識。自分の生が許されるのも今日かぎりだという意識。ここから、今日をあたかも最後の日であるかのように悔いなく生きようという姿勢が生まれてくるだろう。「けふ一日を、よろこび、努め、人には優しくして暮したい」という願いはここから生まれる。また、山茶花の花びらの美しさにおどろき、「何もかも、なつかしいのだ」という構えは、物みなが始源あるいは終末の光の中で見られていることを示している。かくて人は、いわば宇宙の始まりと終わりとの全幅を今日という日が尽くしていることを感じる。そうした今日に生きることが、ある充溢の感をあたえる。ときに人は今日という日がそのまま永遠につらなること、今日を除いて永遠はないことを実感するだろう。また、今日は明日のための手段ではなく、昨日は今日のための手段ではないことも悟るだろう。かくて、昨日と今日と明日とはいわば等価のものとなる。下世話にいえば、日々これ好日であり、くよくよするなであり、明日は明日の風が吹く、である。

このように終末を現在化した終末観を、以下「終末論的意識」と呼ぶことにする。それは未来をある意味で断念し、過去をある意味で断ち切ることによって、代わりに現在を豊穣化しているという意味で、ある種の否定性を宿している。神話的終末観にあっては、終末あるいは始源は多くの場合歴史の意味づけの根拠であったことをおもえば、このような終末論的な現在が、意味づけの両根拠を現在に奪還し収斂することによって、意味と虚無との双方を踏まえた危うい場所に立つことになっていることは見やすい道理である。また、過去と未来とを断ち切ることによって自身は身軽なものになっていることも推察される。

太宰が、戦争の進行するさなかにあって、このような終末論的意識を自分の中に養い育てていたとして、それは作品の中にどのように現れているだろうか。いくつかの作品をその例として選ぶことができるだろうが、ここでは「右大臣実朝」（昭一八・九）と「お伽草紙」（昭二〇・一〇）のなかの「浦島さん」とをあげておく。

「右大臣実朝」でわれわれに示されるのは、元近習の讃仰の目に写った実朝の姿である。語り手はたとえば次のような言葉で実朝への感想を述べる。「こんな澄んだ御心境」「お心に一点のわだかまりも無い」「融通無碍とでもいふのでございませうか」「霊感に満ちた将軍家」「颯つと御自分を豹変なされて」「天衣無縫に近い御人柄」「御胸中はいつも初夏の青空の如くで」「水の流れるやうにさらさらと自然に御挙止なさつて」「どこかこの世の人でないやうな不思議なところがたくさんございまして」「政務の御決裁の不思議な冴え」など。勿論、やがて「御心境に何か重大な転機」がおありになったのか、「それまで固く握りしめなされてゐた何物かを、その時からりと投げ出しておしまひなさつたやうな、ひどい気抜けの態」になり、「何事にもお気乗りしな」くなったあとの将軍家についても語っている。ここに描かれた実朝像は、暗い政治的な抗争のただなかに置かれながら、歴史の行く手をさきざきまで透視して、ある種の虚無的な諦観を自分のものとした人間のように映る。また、過去にとらわれず未来に期待することもなく、今日の運命をあるがままに受容して生きていく無碍の境地を自分のものとした人間であるようにも見える。同時に実朝は歌人であり、芸術に心寄せる人間である。多くの人のいうように、ここには太宰の宿命が投影され、太宰の理想が語られていることは確かである。そのようにして造形された実朝の姿に、わたしたちは、右に述べた終末論的意識をもった人間類型が色濃く刻印されていることを見ることができよう。「アカルサハ、ホロビノ姿デアラウカ」と実朝は言うが、終末論的意識を抱いて生きる人間にとっては、今日という日は刻々の誕生と刻々の死を孕んでいる。人間の刻々の生にアカルサとホロビとは同居している。そのことを見てとった意識にはアカルサは同時にホロビの姿でもあるわけだ。

「浦島さん」のはじめの方に、迎えに来た亀に対し「仰せに随つて、お前の甲羅に腰かけてみるか」と言った浦島を、亀がなじる場面がある。「腰かけてみるか、とは何事です」と亀は言い、腰かけて「みる」という言い方が気にいらないと言う。ためしに右に曲がるのも、信じて断乎として右へ曲がるのもその運命においては同じなのだ、人生には試みなんてない、往生際が悪い、引き返すことが出来るものだと思っている、と批判する。ここでは、その時その時を暫定のままにやり過ごす生き方が批判されている。背後にあるのは今日以外には生はないという透徹した思想だろう。

龍宮に着いて、乙姫とも面会した浦島は乙姫のあとをうっとりしてついていく。亀は大略つぎのようにいう、

「あなたは、どこへ行かうてんですか？　乙姫はべつにあなたを、どこかへ案内しようとしてゐるわけぢやありません。しつかりして下さい。ここが龍宮なんです。この場所が。ほかにどこも、ご案内したいやうなところもありません。これだけぢや、不足なんですか」

と。今いるこの場所以外に目的とするところはないのだという。「ここ」と「いま」とに充足せよというのである。また、乙姫を見て「真に孤独な方にお目に」かかったと思っている浦島に対して亀はいう、「野心があるから、孤独なんてことを気に病むので、他の世界の事なんかてんで問題にしてゐなかつたら、百年千年ひとりでゐたつて楽なものです」と。これも同じ思想である。浦島はここで「無限に許され」た日々を過ごす。

土産にもらった貝殻を開けて三百歳だかのお爺さんになった浦島に不幸を見るこれまでの見方に対して、語り手は疑いを挟む。この結末は浦島にとって決して不幸ではなかったと推定する。そして、「浦島は、立ち昇る煙それ自体で救はれてゐるのである。（中略）龍宮の高貴なもてなしも、この素晴らしいお土産に依つて、まさに最高潮に達した観がある」という。どうしてか。乙姫は浦島に無限の自由をあたえた。

三百年の招来をさへ、浦島自身の気分にゆだねた。（中略）淋しくなかつたら、浦島は、貝殻を開けて見るやうな事はしないだらう。どう仕様も無く、この貝殻一つに救ひを求めた時には、あけるかも知れない。あけたら、たちまち三百年の年月と、忘却である。これ以上の説明はよさう。日本のお伽話には、このやうな深い慈悲がある。

と太宰は書いている。開けたら、すべては三百年の忘却の彼方のものとなる。浦島に残るのは全ての過去と断ち切られた現在だけである。三百歳の浦島には当然にもはや未来はない。かくて、最晩年の浦島は過去も未来もない現在に生きたのである。「浦島は、それから十年、幸福な老人として生きたといふ。」これで物語は閉じている。まさに終末論的意識に泛かんだ救済の姿といえるだろう。

五

戦争も終わりに近い頃、太宰は、右に述べたような性格の終末論的意識を抱いていたと思われる。それは虚無を背後にもった何程かの現実超越であるとともに、肯定のほがらかな笑いを内に含んだ現世への帰りでもあった。「竹青」（昭二〇・四）で神烏・竹青は、烏人のつくる楽園にいても人間世界を忘れないでいる魚容に言う、あなたは「神の試験には合格しました。（中略）禽獣に化して真の幸福を感ずるやうな人間は、神に最も倦厭せられます。（中略）やたらに脱俗を衒ふのは卑怯です。もつと、むきになつて、この俗世間を愛惜し、愁殺し、一生をそこに没頭してみて下さい。神は、そのやうな人間の姿を一番愛してゐます」と。故郷に帰った魚容は「極めて平凡な一田夫として俗塵に埋もれた。」これで「竹青」は終わっている。

この辺で「パンドラの匣」に戻れば、そこには終末論的意識のあらわれと思われる表白が随所に見られることに気づく。それをすべて挙げているゆとりはないので、いくつかを示すことにする。
はじめに、竹さん、マア坊、「僕」の三者三様の断念について記したときに、「竹さんの結婚も、遠い昔の事のやうに思はれて、すつとからだが軽くなつた」「僕」のことを紹介した。このところの文章にはすぐあとに次の文が続いている。

あきらめるとか何とか、そんな意志的なものではなくて、眼前の風景がみるみる遠のいて望遠鏡をさかさに覗いたみたいに小さくなつてしまつた感じであつた。胸中に何のこだはるところもなくなつた。これでもう僕も、完成せられたといふ爽快な満足感だけが残つた。

まだ結婚していない竹さんの結婚が「遠い昔の事のやうに思はれ」たという。「望遠鏡をさかさに覗いた」ように、まわりの風景がみるみる遠のいたという。この時間の可逆化ともいうべきものと、空間配置の転換ともいうべきものとは、終末論的意識と無縁ではないだろう。終末論的意識にとっては過去と未来との間に価値的な序列はない。どちらが目的でどちらが手段だという関係はない。過去も未来も等価なのであり、時間は可逆化しうるのだ。おなじようにして右も左も等価である。総じてものの価値というものが固定しないで流動する意識世界なのである。「僕」に何のこだわるところもなくなった所以である。同じようにして、「パンドラの匣」を書いているときの太宰には、十二月八日と八月十五日とが等価なのものと映っていたと考えれば、「雲雀の声」にあったと思われる文章がそのまま「パンドラの匣」に横滑りしている事情にも納得がゆくことになる。

「死生」の章には、旧館の鳴沢イト子という塾生の出棺を見送ったあとの「僕」の感慨が記されている。

僕たちは、死と紙一枚の隣合せに住んでゐるので、もはや死に就いておどろかなくなつてゐるだけだ。（中略）僕たちは結核患者だ。（中略）死と隣合せに生活してゐる人には、生活の問題よりも、一輪の花の微笑が身に沁みる。僕たちはいま、謂はば幽かな花の香にさそはれて、何だかわからぬ大きな船に乗せられ、さうして天の潮路のまにまに身をゆだねて進んでゐるのだ。この所謂天意の船が、どのやうな島に到達するのか、それは僕も知らない。（中略）死者は完成せられ、生者は出帆の船のデッキに立つてそれに手を合せる。（中略）それはもう熟練の航海者の余裕にも似てゐないか。

終末論的意識にとっては、日々が誕生の日であるとともに臨終の日であることについてはさきに記した。日々の生が死と隣り合っていること、結核患者と同じである。結核患者が自分の終末までの運命を見透かし、同時に歴史の意味をそれなりに透視するように、終末論的意識は終末を見透かしそれを先取りしている。死はいわば常態化されて驚きであることをやめる。むしろ一輪の花の存在そのものが驚きであり、なつかしい。花の存在そのものがなつかしいという現在肯定の想いのままに、乗せられている船の歩みにすべてをまかせて生きている。それ以外に、現世に目標として立てる何があるか。目標＝未来とは実は今日のことであり、今日こそが目標ではないか。こうした意識にとってはだから日々が目標であるとともに完成である。今日を支えているものを信頼してあなた任せに生きることが最も自主的な選択となる。ここに展開されているのはそのような意識だとみてよい。

「花宵先生」の章で「僕」は書く。

君、あたらしい時代は、たしかに来てゐる。それは羽衣のやうに軽くて、しかも白砂の上を浅くさらさら走り流れる小川のやうに清冽なものだ。芭蕉がその晩年に「かるみ」といふものを称へて、それを「わび」「さび」「しをり」などのはるか上位に置いたとか、(中略)芭蕉ほどの名人がその晩年に於いてやつと予感し、憧憬したその最上位の心境に僕たちが、いつのまにやら自然に到達してゐるとは、誇らじと欲するも能はずといふところだ。この「かるみ」は、断じて軽薄と違ふのである。欲と命を捨てなければ、この心境はわからない。(中略)世界の大混乱の末の窮迫の空気から生れ出た、翼のすきとほるほどの身軽な鳥だ。(中略)君、理屈も何も無いのだ。すべてを失ひ、すべてを捨てた者の平安こそ、その「かるみ」だ。

終末論的意識は、過去のしがらみを捨て、将来への幻想から去って、できるかぎり澄明となった現在に生きようとする意識である。そうした現在は過去の制約の重みと未来への期待の重さとから解放されていて軽い。それが「かるみ」である。「待つ」で望まれた境地に近い。それが窮迫の空気から生まれたものであり、欲と命とを捨てた者の達する境地であるということは、終末論的意識が抱えこんでいる虚無あるいはある種の断念に想いをいたすことによって理解されよう。ここで太宰は、廃墟にたたずむ日本の庶民に、すべてを捨てた者の平安を説くことによって、精一杯の声援を送っている。

はじめにわたしは、《蔓は答へるだらう。「私はなんにも知りません。しかし、伸びて行く方向に陽が当るやうです」》という小説末尾の言葉を引用して、このひばりの表白が、とても二十歳前の少年のものとは思えない重い意味をもったものであると言った。わたしがそう言ったわけを、今更解説的に言う必要はないだろう。

終末論的意識――太宰が戦時中に達した精神的な境地が、この言葉で呼ぶのにふさわしいものであったとして、敗戦後の太宰が、このいわば高みの位置から転落していったことはたしかである。それはこの高みがほんものでなかったことを示すのだろうか。それとも、この高みからの転落を促すような事情が胚胎したからなのだろうか。おそらくは後者の事情によると思われる。それを論じるのはまた別の機会になるだろう。

奥野健男は『太宰治論』（角川文庫）の「生涯と作品」の中で、「パンドラの匣」を「太宰の中でもっともつまらない作品ということができます」と言い、この作品に見られる「上昇感性」と「自己感情の昂揚」は太宰の「一時の気の迷いに過ぎなかった」としている。奥野氏の「下降感性」好みが露骨にあらわれた評価である。爾来、こうした否定的な評価がこの作品にはつきまとっているようである。しかし、この作品がなかなかそれだけのものではない所以をこの小論で多少とも示しえたなら幸いである。

「冬の花火」論ノオト

一

太宰治の「冬の花火」（昭二一・六）を読んで疑問に思うのは、数枝にあって、自分の幸・不幸が、どうしてすぐに日本の国や国民、あるいは指導者の現状に連動してとらえられているのか、ということである。

《負けた、負けたと言ふけれども、あたしは、さうじやないと思ふわ。ほろんだのよ。滅亡しちやつたのよ。（中略）あたしたちは、ひとり残らず捕虜なのに、それをまあ、恥かしいとも思はずに、田舎の人たちつたら、馬鹿だわねえ、いままでどほりの生活がいつまでも続くと思つてゐるのかしら、……

《いつから日本の人が、こんなにあさましくて、嘘つきになつたのでせう。みんなにせものばかりで、知つたかぶつてごまかして、わづかの学問だか主義だかみたいものにこだわつてぎくしやくして、人を救ふもないもんだ。（中略）日本の人が皆こんなあやつり人形みたいなへんてこな歩きかたをするやうになつたのは、いつ頃からの事かしら。

《あたしは今の日本の、政治家にも思想家にも芸術家にも誰にもたよる気が致しません。（中略）どうして日本のひとたちは、こんなに誰もかれも指導者になるのが好きなのでせう。（中略）こんどはまた日本再建とやらの指導者のインフレーションのやうですね。おそろしいことだわ。日本はこれからきつと、もつともつと駄目になると思ふわ。


別な言い方をすれば、このような数枝の言葉なり発想なりは、この戯曲において彼女が置かれている境位や境遇にふさわしいといえるだろうか、ということである。

そこで、ヒロイン・数枝が、戯曲の現在（昭和二十一年冬）において、どのような境位に置かれているのかを、要約してみる。

二十九歳になる数枝は、六歳になる睦子を連れて、津軽の或る村の実家（家長は伝兵衛）に戻っている。春まで実家に世話になっていて、春がきたら東京に戻るつもりでいる。それまでには、東京にいる男・鈴木が家をみつけておく手筈になっているという。

数枝は、伝兵衛の長女であり、幼時（六歳になる前）に実母に死なれ、継母のあさに可愛がられて育った。腹違いの弟・栄一は出征していて未帰還であり、生死不明である。

数枝は土地の女学校を出て、反対する父を義母の口添えで押し切って東京の専門学校に進学したが、学業途中で島田という小説家と夫婦になって、東京で暮らしていた。夫の実家とはむしろ疎遠である。夫が応召したあと彼女は洋裁をして暮らしていたが、戦争が終わり、夫は生死不明である。彼女は「島田は死んだようです」と父に語っている。幼い睦子を抱えて東京で生きるなかで、彼女は鈴木という年下の絵描きと知り合い、その庇護を受けている。「あたしと睦子が生きて行くためには、さうしなければいけなかつたのよ。あたしが、わるいんぢやないわよ」と彼女は義母の前で泣きながら言っている。生死不明の出征兵士の妻としての徳義上の辛さと、敗戦後の東京で母娘で生きていくことの困難とをかかえていることがわかる。いまでも、ときどき鈴木から金が送られてきている。

父、伝兵衛は、そうした娘の行状を快くおもっていない。睦子を置いて、東京に帰れと数枝に面とむかっていい、島田の家に嫁いだ以上は世話をしなければならない義務はないが、出征軍人の奥様だから無下にも追い出すわけにはいかなかったのだという。そして、別の男がいることを知ったあとでは、「お前は、これから先、どこまで堕落して行くつもりだ」といい、いますぐにもその男のところへ出ていけ！　という。また「真人間になれ！」ともいう。数枝ひとりのためにこの家が〈いろいろと苦労をしている〉ことを匂わして、泣きだす。そして、娘に殴りかかったりする。

隣家の清蔵が忍びこんできて不法をいう場面を義母・あさに救われたあとで、数枝は、自分をどこまでも愛してくれる義母にいう、「だけどお母さん、あたしの事はもう、ほつといて。あたしはもう、だめなのよ。だめになるだけなのよ。一生、どうしたつて、幸福が来ないのよ」と。また、父に「どこへでもかまわない、いますぐ出て行け」といわれたときには、「お父さん。あなたは、あたしが東京でどんなに苦労して来たか、知つてゐますか。」と言っている。

大体このようなのが、数枝の置かれている状況である。さきに引用した数枝の言葉は、このような不安定で不安な状況に置かれている彼女に必ずしもふさわしいものではないだろう。もってまわっていて、彼女にとっての目下の関心事が、自分の今日明日の身の振り方よりは、より多く日本の運命や、指導者のありようや、人々の生きざまに向けられているかのように受け取れるからである。それだけではない。この戯曲を書いた頃の太宰の書翰や「苦悩の年鑑」などを読み知っている読者の目からみると、これらの台詞には、太宰の当時の思想が生に近いかたちで表白されていて、数枝の台詞を聞かされているのではなくて、背後に控えている太宰その人の台詞を聞かされているような気さえしてくる。もちろん、作者の思想を登場人物の思想として表白させることに問題のある筈はないが、その場合作者の思想とそれを口にする登場人物とのあいだに隙間があってはならない。この戯曲では、その点に問題がある。ために、ぼけた数枝の姿に太宰の姿が重なって、像は二重にぼけてしまっている。だから、日本の現状に対する数枝の〈絶望〉も、彼女の〈絶望〉であるよりも、作者の〈絶望〉であるようにしか受け取れなくなる。そのためか、この戯曲末尾での数枝の絶望の表白も、菊田義孝のことばを借りていえば、「底の浅い印象」（同氏著『終末の予見者　太宰治』）のものになってしまうのである。

二

太宰治は「冬の花火」を書いた当時の書翰のなかで、この戯曲で彼の意図したことについてたびたび書いている。それらから言えることは、太宰はこの戯曲で、ひとつは「戦後の絶望」（昭二一・五・一、井伏鱒二あてなど）を描こうとしたということであり、同時にもうひとつ「罪多き者は、愛情厚し」（昭二一・七、堤重久あてなど）という主題を描こうとしたということである。

この作品を読む上で、このような作者の意図（インテンション）は無視できないので、「冬の花火」について論じたもののうちの多くのものは、この戯曲にあらわれた「戦後の絶望」を指摘することを急いできたおもむきがある。「罪多き者は、愛情厚し」のテーマが、この戯曲でどのように扱われ生かされているかを読みとることは、この戯曲に〈絶望〉を読みとるよりも厄介なことに属する。にもかかわらず、「罪と愛情」の主題がこの戯曲に実現されている様子を読み取る試みはいくつかなされてきた。そのうち管見にはいったものについて概観してみる。

古いものから見ていく。大森郁之助はその「擬態への執念―太宰治における〈母〉の位相」（「国学院雑誌」昭三九・八〜九月号初出、同氏著『演習　太宰・堀・石坂』昭四四・七刊所収）で、概略次のように論じている。数枝は、清蔵の脅迫から義母・あさに助けられたあと、倒れたあさの看護をしていて、あさが望むなら一生その傍らにとどまる決心をする。そして桃源郷の夢を抱く。しかし、あさの意外な告白を聞いたあと、「みんなばかばかしい」といい、「落ちるところまで、落ちて行くんだ」と絶叫する。あさの告白の前後で数枝には反対の指向が生まれたように見えるが、実は彼女の究極の到達点はすこしも変わっていない。なぜなら、あさのような並々ならぬ〈優しさ〉は、並々ならぬ罪と汚辱とによるいわば錬金術の産物であり、そのような〈優しさ〉のうまれる現実の厳しさを数枝は認識した、そして、あさのような哀しみにまみれた愛がかつて生まれたところの「落ちるところまで落ちる」道に〈いま〉数枝が踏み出すということは、かつてあさの数枝に対する愛を純粋なものと誤認していたときに彼女が空想したあさのような〈愛の道〉という目標地点と、同じところへの志向となっているからである。すなわち、「落ちるところまで、落ちて行くんだ」という数枝の転換は、きびしい現実で彼女のとるべき最も現実的な（さきの桃源郷への夢想は非現実的なものであった）道程である、という自覚なのである。すなわち、清浄無垢な〈愛〉へは、いきなり上昇していけるものではなく、それは、限りない下降を目をつぶって覚悟した上ではじめて志向できるものなのだ、という自覚がこの時数枝には生じたのだという解釈である。

越智治雄はその「冬の花火」（「国文学」昭四四・一一初出、「日本文学研究資料叢書」『太宰治』所収）で、次のような趣旨のことを述べている。末尾で数枝は強烈な自己否定に達している。この作品が戦後戯曲にその意味を主張しうるのは、現実に対してつきつけたその否定のエネルギーによるといえるし、この作品が絶望の悲劇であるゆえんは十分納得がいく。幸せの可能性・理想でもありうるあさに、あえて罪を設定することによって、愛の不可能が印象づけられもする。しかし他方で、「罪深きものは愛情深し」という主要動機に作者が固執していることも疑いようのないことである。数枝には、破滅的な情況のなかで、（あさによる彼女の救いのあと、）一瞬、なお愛の可能を信じえた時間（義母の愛を受け止め得たと彼女が考えたはずの時間）が存在した。だとすれば、落ちるところまで落ちて行く数枝に、聖母像（理想像）が失われていたのではないのではないか。それを志向しながら、無限の自己否定を重ねて行くのが、彼女であったかもしれない。

東郷克美は、その「死にゆく〈母〉の系譜」（昭五二・五初出、同氏著『太宰治という物語』平成一三刊所収）の中で、「斜陽」のかず子に数枝の分身を見ている。二人とも死につつある「母」から最終的に離反することで、汚れを覚悟しつつも個として生きようとする。かず子は「私には、行くところがあるの」といい、数枝は「東京の好きな男のところへ行くんだ」という。かず子は「だんだん粗野で下品な女」になっていくが、それは彼女が個として「生き残る」ことの醜さ、汚らしさを選んだということである。「身と霊魂（たましひ）とをゲヘナにて滅ぼし得る者」たらんと覚悟してかず子は上原との恋の道を進み、自身が母になることを目指す。東郷氏は大体このように論じているが、氏がかず子に数枝の未来を見ているということは、氏が数枝の決意の実質として何を見ているかを語っていよう。

高堂要はその『『冬の花火』『春の枯葉』』（佐古純一郎編『太宰治と聖書』昭五三・五刊所載）でつぎのような趣旨のことを言う。一見すると、肝心の主人公数枝については、「罪深き者は愛情深し」というテーマが書き込まれていないように受け取れる。しかし、そうではないと自分（高堂）は思う。出征軍人の妻である数枝には、すでに「内縁の男」鈴木がいる。そのこと自体当時の常識からいえば「大罪」であった。「落ちるところまで、落ちて行くんだ」という数枝は、「東京の好きな男のところへ行くんだ」とも言っているが、それはたしかに世間の人倫を踏みにじる行為である。しかし、この数枝の「下降志向」は決して単なる「堕落」ではない。それは「好きな男」との愛を貫徹する決意の表明にほかならない。それは、「罪」の上に「罪」を重ねることにおいて、「下降志向」を極限までつきつめることにおいて、逆に「愛」の深さ、厚さを増すことへの願望ではなかろうか。それは逆説的に「上昇志向」でもあるのだ。「罪」のあるにもかかわらず「愛」の深い義母を発見し、その義母と同じように、「罪深きものは愛情深し」という生を生きうる可能性を、数枝は自分のうちに発見したのではなかったか。

以上が、この戯曲の主人公・数枝の中に「罪多き者は、愛情深し」という作者のテーマを読み取ろうとこころみたいくつかの論の、この点に絞ったそれぞれの要約である。それぞれに見事な読みを展開しているが、いずれも太宰がこの戯曲に盛り込もうとしたテーマに寄り添って、作者に親切な読みを展開していると見られる。それだけに、論述がいくぶんもってまわったものになっているという印象がつきまとっている。無理した感じのものもある。素直で単純な読み方では、作者が盛りこもうとしたテーマが主人公において形象化されていることを掴みだして示すことは、おそらく難しいのだろう。現に、「罪深き者は愛情深し」というテーマをこの戯曲にもりこむことに太宰は成功せず、そのためにこの思想の肉化を「春の枯葉」を書いて再度企てたのだという見解が、たとえば菊田義孝によって提出されている（同氏前掲著書）。

なぜ無理した、あるいは親切な読みによらないでは、「罪深き者は愛情深し」のテーマが数枝の中に生かされていることを読みとることができないのか。それについて考察する。

三

隣家の清蔵の脅迫事件があったあと、病に倒れた義母・あさの看病をする日々を送りつつ、数枝はあさが傍にいてくれと言ったら、このまま一生傍にいようとおもう。そして、そのときは百姓女になろうと決心する。できたら鈴木を呼び寄せようとも思う。そして、もっともっと駄目になっていくに違いない日本にあって、気の合った友達ばかりで農作業に従事する部落をつくることを考える。彼女の考えは発展してそこに理想の部落を夢想するようになる。その理想の部落、いわばアナーキーな桃源郷にあっては、みんなが自分の過去の罪を自覚して気が弱くて、おのれを愛するが如く隣人を愛して、疲れたら眠るという生活をするのだという。数枝はまず自分が百姓になって、自身でためしてみるという。そうした今後の方針と理想とを書いた鈴木あての手紙をあさに読んできかせた直後に、数枝はあさの意外の告白を聞く。優しい愛の人であった筈の義母が、六年前に清蔵に犯されていたというのである。それを聞いて、数枝の理想、夢想は一挙に瓦解する。そして「桃源郷、ユートピア、お百姓、ばかばかしい。みんなばかばかしい。これが日本の現実なのだわ」と言い、「さあ、日本の指導者たち、あたしたちを救つて下さい。出来ますか」と言い、あげく東京の好きな男のところへ落ちて行くんだといい、「理想もへちまもあるもんか」という。

この数枝の思考の転換はいささか唐突である。あさが六年前に犯されていたということが、数枝の理想に対して、これほどの破壊的な作用をするということは、普通の理解をすこしく超えている。強いて解釈すれば、数枝の桃源郷の理想にあっては、みんながおのれを愛するがごとく他人を愛する部落をつくることが理想とされていたが、その際、人間は愛の人になりうることの生きた実例であるあさが現にいることが、おそらく数枝の支えだったのだろう。（彼女は、「みんなが自分の過去の罪を自覚して気が弱くて」ともいうが、それはおそらく、あたしなんか「悪い事ばかりして来たのだもの」と彼女が言うように、鈴木と結びついた自分の罪を念頭に置いたことばであって、それ以上の意味はこの戯曲のなかでは持ちえていなかったとおもう。）このように解すれば、泣きだしたあさを目の前にしたときの数枝の絶望は理解のできないものではない。彼女が、そのあげくに言う言葉のいくつかも理解の範囲内にある。したがって数枝の〈絶望〉に関するかぎり、この戯曲は成功しているといえよう。だから、この「落ちるところまで、落ちて行くんだ」という数枝の台詞を前にして、そこに「罪多き者は、愛情厚し」というテーマが貫かれているということを読みとることが困難なのである。その次第についてはすでに見た。

右の数枝の絶望の台詞で、彼女が「これが日本の現実なのだわ」と言い、また「さあ、日本の指導者たち、あたしたちを救つて下さい。出来ますか」と言っていることが、この場の数枝の絶望のことばとしては、そぐわないものがある。それは、この論の冒頭で引用した数枝のいくつかの台詞が彼女のおかれた境位にそぐわないと言ったことと同じことである。意外のことを告白した義母は、数枝の目の前で「女は、女は、どうしてこんなに、……」と言って泣いている。その義母を前にして、「これが日本の現実なのだわ」というのはいかにも不自然だろう。目の前の母と自分にとっての、すぐれて個的な現実、その私秘的なみじめさを前にして、それをいきなり日本の問題に転化し、一般化する心理のメカニズムは普通の理解を超えていよう。どうしてこういう不自然をおかすことになったのか。それは、太宰がこの戯曲において「戦後の絶望」を描こうとしたこととおそらく無縁ではないだろう。だから数枝に、単に「ばかばかしい」と言わせるだけでなく、「みんなばかばかしい。これが日本の現実なのだわ」と口走らせざるを得なかったわけだ。

はじめにも述べたように、日本の現実を批判するような趣をもった数枝の台詞の多くは、太宰が当時の書翰や「十五年間」「苦悩の年鑑」などで表白していることばと、似通っている。そのような言葉を数枝に口にさせたというのは、そのような言葉を数枝に喋らせることによって、この戯曲を、単なる数枝ひとりの絶望の物語から、「戦後の絶望」の物語にすることができると太宰がおもったからにちがいない。「戦後の絶望」ということばで太宰が何を言おうとしたかは必ずしも分明ではない。おそらくそれは「戦後社会に生起した絶望」という意味と「戦後日本に対する絶望」という意味との双方を含んでいたとみてよいだろう。ということは、当時の書翰や右の二作に表白された世相批判、社会批判の言葉は、「戦後の日本に対する絶望」を吐露したものだとおそらく太宰が思っていたことを示しているわけだ。

ところで、さきにも言いかけたように、この戯曲で数枝はいわば二重に絶望している。実家に戻ってきている彼女が、自分の置かれた境位にたいしていだいている絶望的な想いがその一つであり、これからの自分の生き方について最近想いさだめた方針が、義母の告白を契機にして瓦解したことがもう一つである。そういう意味でこの戯曲は数枝の絶望を描いたものとしては一応成功しているといえるが、しかし、「戦後の絶望」を描いたものとして成功しているかどうかは疑問である。その理由の一つが、戦後社会批判的な彼女の言辞が彼女の境位にそぐわないために、浮いてリアリテに乏しいためであることは既に述べた。二つめとしては、太宰が当時の書翰やさきの二つの著作で表明していたかずかずの言辞は、そのもの自体が、客観的にみれば「戦後の絶望」とはほとんど無縁のことばであるとしか受け取れないからである。相馬正一が『評伝　太宰治』第三部で使っていることばを借りれば、それらはせいぜいのところ当時の世相にたいする「愛想づかし」以上のものではない。あるいは「憤懣」の吐露以上のものではない。

四

太宰が敗戦後の現実にたいしていわば「愛想づかし」のことばあるいは「憤懣」のことばを発したのは、書かれたものとしては、昭和二十年十一月二十三日づけの井伏鱒二宛書翰が最初である。そこで太宰は「居候生活も、まさに薄氷を踏むが如きもの」だといい、新聞小説（郡注─「パンドラの匣」）も「百二十回の約束でしたが、六十回でやめるつもり」だといい、ついで「いつの世もジヤーナリズムの軽薄さには呆れます」と書き、終わりに「共産主義も自由主義もへつたくれもない、人間の欲張つてゐるうちは、世の中はよくなりつこありませんよ、日本虚無派といふのでも作りませうか」と書いている。同年十二月二十九日づけの山下良三あての葉書には、「新型便乗の軽薄文化をニガニガしく思つてゐます。いまこそ愛国心が必要なのにねえ」と書いている。

似たようなことばは、昭和二十一年一月の書翰に頻出し、三月始めの書翰以降には、あまり出てこない。書翰とは別に、「十五年間」（昭二一・四）と「苦悩の年鑑」（昭二一・六）および「返事」（「東西」昭二一・五）には、そのような想いがある程度まとめて吐露されているが、それ以後の著作にはほとんど出てこない。ところで、山内祥史作成の年譜によってこれら三作の脱稿の日をみると、「十五年間」は昭和二十一年一月上旬から中旬までの頃、「苦悩の年鑑」は同年一月二十九日、「返事」は同年二月九日とされている。書翰や作品をふくめて、このような思いの吐露がほとんどこの年の一月から二月はじめに集中していることがわかる。だから同年三月十五日に脱稿したと見られる「冬の花火」（昭二一・六）は、太宰の「愛想づかし」のことばがもっとも頻繁に吐露されていた時期の直後の作ということになる。

これらの「愛想づかし」あるいは「憤懣」の表白を見渡してみると、おなじことがあちこちで繰り返して言われているので、その内容をいくつかに整理することができよう。昭和二十一年一月二十五日付けの堤重久あて書翰では、太宰自身が言いたいことを箇条書きにしているので、それを参考にしてまとめてみる。

（一）二十年あるいは三十年前に世に喧伝された政治思想が、今またもてはやされていることへの違和感を言ったもの。当時の歴史をいままたそのまま繰り返すとしたら「あほらしい」という。たとえば「十年一日の如き政治思想などは迷夢にすぎない。二十年目にシャバに出て、この新現実に号令しようたつて、そりや無理だ（一月十五日づけ堤重久あて書翰）。」また、「世に、半可通ほどおそろしいものは無い。こいつらは、十年前に覚えた定義を、そのまま暗記してゐるだけだ。さうして新しい現実をその一つ覚えの定義に押し込めようと試みる（「十五年間」）。」あるいは「時代は少しも変らないと思ふ。一種の、あほらしい感じである（「苦悩の年鑑」）。」など。

（二）新しい現実を正面からみつめた、新現実にふさわしい新思潮が起こってくることへの待望を言ったもの。たとえば「いま叫ばれてゐる何々主義、何々主義は、すべて一時の間に合はせものなるゆゑを以て、次にまったく新しい風潮の台頭を待望せよ（一月二五日づけ堤重久あて書翰）。」「文化立国といっても、いまの文壇の有様では容易な事ぢゃありません。自重を要すると思ってゐます。何かこの新現実に対する新発明がなくてはかなはないと思ひます。昔の思想では、合ひません。その新発明に工夫をこらしてゐるといふわけですが、……（一月一四日づけ庄野誠一あて書翰）。」「新現実。まったく新しい現実。ああ、これをもっともっと高く強く言ひたい！　そこから逃げだしてはだめである。ごまかしてはいけない。容易ならぬ苦悩である（「十五年間」）。」「若し文献があったら、アナキズムの研究をはじめよ。倫理を原子（アトム）にせしアナキズム的風潮、あるひは新日本の活力になるかも知れず（一月二五日づけ堤あて）。」「まったく新しい思潮の台頭を待望する。それを言ひ出すには、何よりもまづ、〈勇気〉を要する。私のいま夢想する境涯は、フランスのモラリストたちの感覚を基調とし、その倫理の儀表を天皇に置き、我等の生活は自給自足のアナキズム風の桃源である（「苦悩の年鑑」）。」

（三）保守主義に賛同することを言ったもの。たとえば「保守党になれ。保守は反動に非ず、現実派なり（一月二五日づけ堤あて）。」「私は無頼派（リベルタン）ですから、この気風に反抗し、保守党に加盟し、まっさきにギロチンにかかってやらうかと思ってゐます。（中略）共産党なんかとは私は真正面から戦ふつもりです。ニッポン萬歳と今こそ本気に言ってやらうかと思ってゐます。私は単純な町奴です。弱いはうに味方するんです（一月五日づけ井伏鱒二あて書翰）。」

（四）ジャーナリズムの便乗主義を非難したもの。たとえば「いまのジャーナリズム、大醜態なり、新型便乗といふものなり。文化立国もへったくれもありやしない。戦時の新聞雑誌と同じぢやないか。古いよ。とにかくみんな古い（一月二五日づけ堤あて）。」「この頃はまた文壇は新型便乗、ニガニガしき事かぎりなく、この悪傾向ともまた大いに戦ひたいと思ってゐます。私は何でも、時を得顔のものに反対するのです（一月一二日づけ尾崎一雄あて葉書）。」

（五）サロン文化や文化人への反発を言ったもの。たとえば、「私はサロン芸術を否定した。サロン思想を嫌悪した。要するに私は、サロンなるものに居たたまらなかったのである。それは知識の淫売店である。（中略）知識のどろぼう市である（「十五年間」）。」「そのやうな半可通が、私のいふサロンなのだ。（中略）日本には、半可通ばかりうようよゐて、国土を埋めたといっても過言ではあるまい（同）。」あるいは、「もっと気弱くなれ！　偉いのはお前ぢやないんだ！学問なんて、そんなものは捨てちまへ！（同）」「この頃の〈文化人〉共の馬鹿さ加減、どうかしてゐるんぢやないか？　眼の色がかはってゐますね（四月二二日づけ堤重久あて）。」など。

（六）日本の将来の希望のなさを言ったもの。たとえば、「また文学が、十五年前にかへって、イデオロギイ云々と、うるさい評論ばかり出るのでせうね。うんざりします。（中略）ジャーナリズムにおだてられて民主主義踊りなどする気はありません（一月一五日づけ井伏鱒二あて）。」「民主主義になって、私の思想は、べつに変りはありません。何々主義だの何々主義だのって、眼の色かへて騒いでゐるのを、あほらしく思ひます。へたをすると、もっと日本はひどくなりさうな気がします（三月二日づけ伊馬鵜平あて）。」また、「この後だつて楽ぢやない。こんな具合ひぢや仕様が無い。（中略）戦争時代がまだよかつたなんて事になると、みじめなものだ。うつかりすると、さうなりますよ。どさくさまぎれに一まうけなんて事は、もうこれからは、よすんだね。なんにもならんぢやないか（「十五年間」）。」

（七）ほかにも「自分が無頼派（リベルタン）であり、束縛に反抗し、時を得顔のものを嘲笑すること」、「自分を含めて日本人はみんなこの大戦争に協力したのであり、自分はそのことを少しも恥に思わないこと」、「天皇の悪口を言う者が増加してきたことへの反発」などが述べられている。

このように見てくると、当時太宰の吐露したものが、「戦後絶望」などと呼ぶものであるよりも、むしろ当時の世間に対する「愛想づかし」あるいは「憤懣」の表白と呼ぶべき性格のものだというわたしの言い分もわかってもらえるとおもう。

わたしは何も、戦中派の若者が経験したような、戦時中の価値の崩壊に起因する途方に暮れた精神状況だけを〈戦後絶望〉と見ているわけではない。戦後に〈絶望〉があったとしたら、それは人それぞれの事情により多様なものであっただろうと思っている。しかし、右の引用に窺われる太宰からは、生きる手段を喪失したり、自分の立脚点を失ったり、生きる方向を定めかねたり、日本の未来にほとんど望みを失ったりしている人間を想像することは困難である。

太宰は昭和二十一年五月一日づけの井伏鱒二宛の手紙で、「冬の花火」について次のように書いている。

私も「展望」に「冬の花火」といふ三幕の大悲劇をついこなひだ送りました。六月号に掲載されるのださうです。戦後の絶望を書いてみました。私は大戦中よりも所謂「日本の文化」が、さらに低下したと思つてゐます。このごろの雑誌のクダラナサ、ダラシナサ、「展望」が一ばんいいやうです。いろんな雑誌が出ますけど、紙が惜しくてなりません。日本は、もつともつとダメになるんぢやないかと思ひます。（中略）けふから、また戯曲を書いてみたいと思つてゐます。現実のどうにもならぬ憂鬱を書くつもりです。

これを読むと、太宰にとっての「戦後の絶望」とは、「大戦中よりも所謂〈日本の文化〉が、さらに低下したと」思われることであり、「日本はもっともっとダメになるんぢやないか」と思われることであり、「現実のどうにもならぬ憂鬱さ」であることがわかる。

だから、当時の太宰は、こうした現実認識を〈絶望〉と自認し、自分は「戦後社会」に絶望しているのだと自己解釈していたらしいことがわかることになる。それはそれとして受け取っておくほかはない。しかし、太宰が〈絶望〉のことばだと思っている彼の表白が、今日からみれば「愛想づかし」もしくは「憤懣の吐露」以上のものでないこともまた事実である。それでは、太宰のこの「愛想づかし」は何処から生まれたのか、そして、彼がそれを〈絶望〉と受け取らないではいられなかったのはどのような事情によるのであるか。それを追いかけてみる。

五

みてきたように、引用した太宰のことばの中には、たとえば「まつさきにギロチンにかかつてやらうかと思つてゐます」とか、「ニツポン萬歳と今こそ本気で言つてやらうかと思つてゐます」とか、「私は単純な町奴です。弱いはうに味方するんです」というような表現がある。ほかにも「文化もへつたくれもありやしません。馬鹿者どもばつかりです」とも、自分の夢想する境涯は「自給自足のアナキズム風の桃源である」とも書いている。これらの言葉に感じられるのは、アナーキーで、反社会的で、しかも一種やけっぱちの心情である。戦後社会の現状に対する心情的な反発であり、こきおろしである。ふてくされととれないこともない。そこには当時の太宰が内部に押し込めていたある言いがたい〈情念〉が感じられる。

同じ昭和二十一年の十月二十四日づけ伊馬春部あて書翰で、太宰は「パンドラはまた、あまりに明るすぎ、希望がありすぎて、作者みづからもてれてゐるシロモノですから……」と書いている。「パンドラの匣」（昭二〇・一〇・二〇〜二一・一・七）で、戦後社会にむかってそのような軽快で明るい希望を投げかけた太宰が、同作執筆開始から三カ月余で、おなじ戦後社会を前にして愛想づかしともこきおろしとも受け取れる発言をするようになったのは、繰り返しになるが、どの様な事情によるのか。それを解く手がかりは「パンドラの匣」自体にあるのかもしれない。

「パンドラの匣」は塚越和夫によれば「極めて衛生的な明朗青春小説」である。単にそれだけのものではないだろうが、「健康道場」という名の或るサナトリウムにおける若い療養者と看護婦たちの一種清らかな愛の交流の物語であることは確かである。登場するのは「さつぱりとしたいい人たち」、すなわち希望を持ち、欲をおさえ、断念を学ぶことを知ったひとたちがほとんどである。「手紙」の書き手である療養者の「僕」は、「人間には絶望ということはあり得ない」といい、「白砂の上を浅くさらさら走り流れる小川のやうに清冽な」「新しい時代は、たしかに来てゐる」という。この言葉からわかるように、作者はこの小説で、希望を失わず、どこまでも明るいひとつのユートピア世界を描きだし、敗戦後の日本人に希望を持ってもらうよすがにしようとしたのに違いない。

ところで人里離れた山腹に設けられた二棟の建物からなる「健康道場」はある意味で世間から隔離された存在である。療養施設であるから、そこには独特の生活規律がある。朝六時の起床から夜九時の就寝まで「朝食」「屈伸鍛練」「摩擦」「場長巡回」「昼食」「講話」「自然」「夕食」などの日課が時間割によって定められている。「屈伸鍛練」「摩擦」「屈伸鍛練」は午前と午後にそれぞれ連続して二時間にわたって行われる。日課の厳守のほかにも、夜寝るとき以外は体に掛け布団を用いることを絶対にゆるさないというような厳しい規律が行われている。このように「道場」は、世外の一種閉じられた世界であり、結核療養というひとつの目的に結束した世界であり、独特の強制と規律との支配する世界である。このようないわば別世界を借りてきて、太宰はそこにひとつのユートピアが実現している様子を示そうとしたとみてよい。なんらか俗世と隔絶していなければユートピアなど成立する筈がないと考えたのにちがいない。

ところで、この「健康道場」というのは、戦時中の日本の社会とある面でよく似ていないだろうか。見方によっては戦時日本社会のコピーと受けとることもできよう。世界から隔絶されて閉じられているという性格、共有化された目的、強制と規律との支配、ある種の欲望の断念、そして共同的な生活形態など、両者には類似した点が多い。

戦時中に「雲雀の声」としてまとめた小説の舞台であったサナトリウムが、これから書こうとするユートピア小説の舞台としてふさわしいと、敗戦直後の太宰が感じたことはおそらく確かである。あるいは反対に、「雲雀の声」の焼け残ったゲラを生かして小説を書くとしたら、おのずからユートピア小説になるだろうとこのときの太宰は感じていたと言った方が事実に近いかもしれない。その際、ユートピアには、ある種の隔離、共同目的、強制と規律、欲望の断念、共同生活などの要素が必要であると感じていたこともおそらく確かだろう。そして、このとき、ユートピアに要請されるこれらの要素が、ついこのあいだまで自分が置かれていた戦時中の社会に酷似していることにも気づいていたかも知れないのである。なぜなら、戦時中の生活というものが、自分のような性格の人間にとっては、案外に捨てたものではなかったという思いを、この時の太宰が持っていたことも十分にあり得たからである。

戦争が太宰の生にとって、ある点でプラスに作用したということは、すでに何人かの人によって言われている。磯貝英夫は、本来ならひとりで背負わねばならない人生上の重荷を戦争が「肩代りしてくれ」たことと、自分の運命を戦争が支配してしまった結果「かえって一種の解放感を味わう」ということとがあったために、戦時下の太宰は「かなり幸福そう」であったのだと書いている（「〈お伽草紙〉論」、『作品論　太宰治』昭五一・九、所載）。また、高橋和己は「下降的な精神の持主が健康になるためには、外的な呪縛を必要とするもの」だとして、「はっきり言えば、戦争が太宰治を一時的に救ったのである（「滅びの使徒―太宰治」昭四二・二初出、『批評と研究・太宰治』芳賀書店所収）。」と書いている。事実、昭和二十年春に「芸苑」のために書いた随想「春」（雑誌が出なかったため当時は発表されず、昭和三十三年六月二十四日の「東京新聞」に「未発表遺稿」として掲載された）で、太宰はつぎのように書いている。

もう、三十七歳になります。こなひだ、或る先輩が、よく、君は、生きて来たなあ、としみじみ言つてゐました。私自身にも、三十七まで生きて来たのが、うそのやうに思はれる事があります。戦争のおかげで、やつと、生き抜く力を得たやうなものです。

「戦争のおかげで、やっと、生き抜く力を得た」と太宰は言っているが、これは正直なだけでなく、大変に正確な自己把握であったとおもう。一種幼児的な心性の持ち主であった太宰が精神的にすこやかに生きるためには、常住自分を強力に規制してくれる外部の力を必要とした。戦争が激しくなる以前には、それは「家」の持つ強権（親権もしくは父権、あるいはそれらをめぐる親族関係の圧力など）であった。この「家」の力への対抗とそれへの甘えとを支えとして太宰（の幼児性）は曲がりなりにも生存することができたのである。家の持つ強権が衰えていったあとの戦時中において、これに代わったものは国家の強権であった。国家の課してくる強制的な諸規制に面従したり反発したりしつつ、その頃合いと程度とを計る緊張のなかに、太宰は生きる力を獲得することができたのである。

さきに「健康道場」で生活する人びとは、欲望をおさえ、断念することを知っている、「さっぱりした、いい人たち」であることを指摘したが、それに似て、戦時中の日本の社会は、ある意味で、平時の欲望の多くを切り捨て、断念したひとびとによって作られていた。そう仕向けられていたのである。それは、磯貝氏のいうように「戦争という大状況の圧倒的な支配下において、」人びとが「自分の個人的な運命を思いわずらうことから多分に解放されて」いた社会であって、いわば奇妙に透明で無欲な世界であった。夏、雨戸を開け放しておいても寝られたのである。泥棒とか強盗に入られる怖れはほとんどなかった。外で大規模な殺戮が行われていたためか、国内での人殺しは少なかった。すくなくとも殺人事件が新聞の紙面を賑わせることはすくなかった。坂口安吾は『堕落論』のなかで「実際、泥棒すらもゐなかつた。近頃の東京は暗いといふが、戦時中は真の闇で、そのくせどんな深夜でもオヒハギなどの心配はなく、暗闇の深夜を歩き、戸締なしで眠ってゐたのだ。戦時中の日本は嘘のやうな理想郷で、ただ虚しい美しさが咲きあふれてゐた。」と書いている。「虚しい美しさ」というのは安吾の戦後の認識であろう。

ロジエ・カイヨワはその『戦争論』(秋枝訳、法政大学出版局、昭四九刊)のなかで、社会学の立場から戦争と祭りとを相似た機能をいとなむものとしてとらえて、双方ともに「平常の(社会的)規範を一時中断する」ものであるとする。そうして、「平和の時代(あるいは祭り以外のとき)には、強化された既得の地位、既存の利益、また聞きにすぎぬ意見、慣習と怠惰、利己主義と偏見」などによって社会は「重苦しく動きのにぶい状態」になるが、戦争(あるいは祭り)の時には、「いろいろの屑やカスがとり除かれ、虚偽の意識が清算され」て、社会は本源的なエネルギーの源泉へと回帰する、ということを言っている。祭りと戦争との相同視というのは、ある範囲に限られねばならないだろうが、さきの戦争中にわが国の社会に出現した一種透明な非日常性の空間を顧みると、カイヨワの言葉には思いあたることが多い。十二月八日の開戦のあと、

時代はたつた今大きく区切られた。昨日は遠い昔のようである。現在そのものは高められ、(中略)純一深遠な意味を帯び、光を発し……(「十二月八日の記」、筑摩『日本の百年』3所収)

と高村光太郎は書いている。ＡＢＣＤ包囲網の形成以来、あるいは日華事変の勃発以来、もやもやした政治的雰囲気の中で嫌気のさしていた国民の、はやくすっきりさせてくれという当時の思いを背景に置かないでは、高村の言葉を正しくうけとることはできないが、戦争によってそれまでの私欲・物欲に根ざした夾雑物が社会から排除されようとしていたことは事実だろう。戦時中の日本人は、俗な欲望から遠ざかり、戦前に比べると「さつぱりした」生活を送っていた。そして、国民皆がそろって共通の死の足音をひそかに聞きとっていた。運命共同体であるという認識を否応なく迫られていた。

そのような戦時社会が太宰にもたらしたものの中の一つにつぎのようなものがある。太宰は短篇「作家の手帖」（昭一八・八）のなかで、幼いときから抱いていた「民衆へのあこがれ」が最近に充たされたことをつぎのような挿話で描いている。幼少の頃、町のお祭りに曲馬団が来て小屋掛けをする。そのテントの割れ目から内部を覗いては団の男に追い散らされるという村の悪童たちの遊びで、「私」は悪童たちの仲間にはいることができなかった。「私」だけは団の男に咎められることなく、テントの中に招き入れられるのである。それでもすこしも面白くない。その時の「私」の悪童たちにたいするうらやましい思いを、ある先輩は「民衆へのあこがれ」だといった。ところが、いまでは私は「完全に民衆の中の一人である。カアキ色のズボンをはいて、開襟シヤツ、三鷹の町を産業戦士のむれにまじつて、すこしも目立つ事もなく歩いてゐる。」井の頭公園で、あきらかに産業戦士とおもわれる青年から煙草の火を貸してくれといわれて、貸した「私」は、相手から丁寧にお礼をいわれたときに、なんと答えてよいかにあらかじめ思いまどう。もともと「私」は挨拶の下手な男なのである。そして青年から「ありがたう！」と明朗な口調で言われたときに、はっきりと「ハバカリサマ」と答えることができた。そしてすっとからだが軽くなった思いがし、気持がよくなる、というものである。

もちろんこの作品が時局への挨拶という性格をもっていることは認めねばならない。それを認めた上でも次のことは言える。すなわち、この挿話の語っているものは、戦時下にあって太宰が、産業戦士尊重という世間のたてまえを素直に受け入れて生きていたということであり、社会のあたえる意味体系の中で、それに寄り添って生きようとつとめていたということである。民衆（産業戦士）と身近に素直に煙草の火のやりとりができ、それにともなう挨拶ができたということが喜びであったということは、そのような生き方によって、自分が人びとのあいだに混じって生きているということを実感できた喜びであるとともに、ろくな挨拶もできない自分の幼児性が一瞬克服されたことの喜びでもあるだろう。強力な規範の存在によって、太宰の痼疾であった常識からの逸脱性は、そのアンファンティリスム（幼児性）をふくめて、戦時中は弱められたのである。そのため太宰は、生涯のうちでももっとも平穏な生を送ることができた。太宰にとって、戦時下の社会はある意味でユートピアであった。

六

敗戦を迎えたときに太宰が解放感を味わったことは事実である。それはまず死からの解放として受け取られた。「これからは病気にさへならなければ死ぬ気遣ひは無いのだから……」と敗戦の月の翌月の手紙には書いている。そのあとに、戦時中のもろもろの束縛からの解放が実感されてくる。そうした解放感は「パンドラの匣」の明るさにそのまま反映しているだろう。太宰は自分の未来にも、日本の未来にも、おそらく明るい希望を持ったのである。

戦時中に小うるさく日常の身辺にまで及んでいたいろいろの強制、規制、束縛の消失は、国家目的の喪失、共同体的生活感覚の滅失とあわさって、戦時中の社会が太宰に対してもっていたサナトリウム的性格・意味を徐々に社会から失わせていく。いわば太宰は、このとき、長い療養所生活から娑婆に投げ出された患者のようなものであって、保護と強制とを同時に失ったのである。当座はそのことをほとんど意識しなかったかもしれないが、「パンドラの匣」を書きすすめている間に、太宰は、サナトリウム生活のよさをあらためて実感し、戦時中には、似たような環境の中に自分も生きていたことを認識したのにちがいない。そして、今の自分にはそのような生活がもはや無縁であることを感じとったにちがいない。おそらくほとんど無意識の領域のことに属するのだろうが、「パンドラの匣」を書こうとした時、太宰は、戦時中の自分のある種の多幸感が戦時社会のサナトリウム的性格に由来することをうすうす感じていたのであり、そして、それの戦後における継続を、サナトリウムを小説に描くことで希求したのである。

しかし、小説の中に描いた理想的な世界とは裏腹に、現実の世間では制約のない俗化が野放図に進行していた。ひとびとは徐々につつしみを忘れ、欲望を剥き出しにし、人を蹴落とすことを怖れなくなり、明日の希望よりも今日の利益を重視し、世は透明性を失って混濁した。世間は、太宰が「パンドラの匣」で呼びかけた明るい希望とは反対の方向へ舵を切ったようにおもわれた。こうした世相の滔々たる動きを前にして、太宰は「パンドラの匣」を書きつづける意欲を失う。そして目の前の現実に「愛想づかし」をする。その「愛想づかし」のことばを太宰が「戦後の絶望」と自認した背景にあるのは、太宰が目にした戦中と戦後との落差の大きさだろう。特に、戦中の日本社会がもっていたある種の〈透明〉な性格が戦後の社会から失われていくのを見たことだろう。しかし、問題はそれだけではない。

戦前から戦中にかけて太宰の支えであった「強権」までもが、このとき太宰のまわりから失われたのである。家郷はすでにはやく強権を失っていた。だから戦後における国家の規制力喪失は、外的な強力な規制なしにはほとんど身を保ちえないという宿痾をかかえた太宰を、いわば根底から撃ったのである。それは、やがてボディブローのように徐々に効いてくるだろう。太宰の戦後の混迷の生の底流にあるものはこのことである。そして、太宰のこの時期の世間批判のことばに、ふてくされ、あるいはヤケッパチともとられかねないデスペレートな情念が感じられるとしたら、それは、こうした事態を自分の持つ素質的欠陥にたいする脅威の襲来と感じ取った太宰の内面がおぼえたある種の〈恐慌〉がそうさせたのにちがいない。そして、太宰の〈戦後の絶望〉の内実をなしていたのも、おなじ事情かもしれないのである。

「トカトントン」論

一

太宰治「トカトントン」（昭二二・一「群像」）は、二十六歳のある青年から「某作家」に寄せられた長文の手紙の部分と、それに対する「返答」の部分からなっている。手紙の部分は『太宰治全集』で十八頁を占めるが、「返答」の部分は一頁の三分の一を占めるにすぎない。長さにおいて著しくバランスを欠いている。アンバランスは、しかし、長さだけではない。内容においても、問いと返答とが噛み合っているようには見えないというバランスの無さがある。この小説を読み終えた者は、ある種の当惑をおぼえる筈であるが、その原因の一つは、このアンバランスあるいは非対称性から来るといってよい。

青年の手紙は、「一つだけ教へて下さい。困つてゐるのです。」というお願いにはじまり、なか程で「教へていただきたい事があるのです。本当に、困つてゐるのです。しかもこれは、私ひとりの問題でなく、他にもこれと似たやうな思ひで悩んでゐるひとがあるやうな気がしますから、私たちのために教へて下さい。」と、問題が青年個人の問題にとどまらないある普遍性をもったものであることを訴える。そして、彼がいだいている問題なるものの内容を開陳する。青年は、敗戦の日に、兵舎の前の広場で、「陛下みづからの御放送」を聴いて厳粛な思いでいるときに、誰かが金槌で釘を打つトカトントンという音を聞いて、すべてが白けてしまったという経験をした。それ以来こんにちまで、「何か物事に感激し、奮ひ立たうとすると、」どこからともなく幽かに聞こえてくる金槌の音によって、「何もかも一瞬のうちに馬鹿らしく」なってしまうという事態に、くりかえし襲われている。あげく今は、何をしようとしても、この音によって妨げられている、という。そして、終わりにちかく、

教へて下さい。この音は、なんでせう。さうして、この音からのがれるには、どうしたらいいのでせう。私はいま、実際、この音のために身動き出来なくなつてゐます。どうか、ご返事を下さい。

と訴えている。

このいわば痛切といってよい訴えを受けた「某作家」が青年にあたえた「返答」は次のよう

なものである。

拝復。気取つた苦悩ですね。僕は、あまり同情してはゐないんですよ。十指の指差すところ、十目の見るところの、いかなる弁明も成立しない醜態を、君はまだ避けてゐるやうですね。真の思想は、叡智よりも勇気を必要とするものです。マタイ十章、二八、「身を殺して霊魂（たましひ）をころし得ぬ者どもを懼るな、身と霊魂とをゲヘナにて滅し得る者をおそれよ。」この場合の「懼る」は「畏敬」の意にちかいやうです。このイエスの言に、霹靂を感ずる事が出来たら、君の幻聴は止む筈です。不尽。

問いを寄せた青年はこの「返答」で納得できたのだろうか。そして、読者もまたこの「返答」によって何かをすぐに納得することが出来るのだろうか。なかなか出来ないに違いない。この「返答」の意味するものについて、数多くの異なる解釈が述べられていることによっても、そう言ってよいとおもわれる。問題の多い「返答」なのである。

読者を当惑させるもう一つのことは、ユーモアを交えたこの青年の手紙は、どこまで真剣なものなのか、という問題である。福田恆存は、太宰の存命中に、《『トカトントン』や『親友交歓』に高等落語を読みとっている読者の多いことを、作者は知っているだろうか。おそらく太宰治はそのことを知っていよう（「太宰治―道化の文学」昭二三「群像」六、七）》と書いているが、高等落語のように読まれる要素をこの作品は持っていた。青年は、手紙に書いた「花江さん」なんて女もいないし、彼が見た「労働者のデモ」も、実際に見たのではないと、手紙の末尾でいい、手紙に記した「その他の事も、たいがいウソのやうです」と書いている。ウソでないのはトカトントンだけだという。こういう、ひとをからかっているような気味もある手紙に、「某作家」がまともな返事を書かなかったのも当然かなと思わせるものがある。それにつけても、「某作家」はこの手紙をどう受け取っていたのだろうかという疑問がある。書き手とおぼしい人は、この手紙を「この奇異なる手紙」と評している。また「某作家」は青年の苦悩を「気取つた苦悩ですね」とうけとっている。青年の手紙を「気取つた苦悩」を表明した「奇異なる」感じのものに仕上げた書き手の思惑はどこにあったのかという問題だといってもよい。そうしたことも含めて、当時の青年の陥った、普遍的といってよい混乱と悩みとを、太宰はどれくらいわかっていたのかという問題が浮上してくる。

おおきくわけて、この二つの問題がわたしの前に立ちふさがっている。順次検討していくことにする。

二

マタイ伝一〇章は、十二人の弟子を伝道のため派遣するにあたり、弟子たちにイエスが与えた警告、教訓を伝えている。「わたしがお前たちを遣わすのは、狼の群れの中に羊を送りこむようなものだ」とイエスは言い、そのあとで、予想される迫害にそなえて弟子たちに訓話をあたえる。その中の一部分が二八節である。口語訳聖書でみると、「身を殺して……」の部分はつぎのようになる。

からだを殺しても、魂を殺すことのできない者どもを恐れるな。むしろ、からだも魂も地獄で滅ぼす力のあるかたを恐れなさい。

「からだも魂も地獄で滅ぼす力のあるかた」とはいうまでもなく「神」である。それもおそらく「裁きの神」だろう。わたしの手もとにある『新約聖書略解』には、このところの注として「神を恐れる者のみ人を恐れない」とある。

さて、「某作家」が引用したマタイ伝一〇章二八節の意味が右のようなものであり、「身と霊魂とをゲヘナにて滅し得る者」が裁きの神を意味していたとすると、この「返答」で「某作家」は何を言おうとしていたことになるか。何人かの人が、それぞれの回答をこころみている。それをすこしく見てみたい。

佐藤泰正は「太宰治と聖書」(「国文学」昭四二・一二)で、太宰の《作中には多くの聖句が引用されているが、つづめれば、「己を愛するがごとく、汝の隣人を愛せ」の一句と、『トカトントン』及び『斜陽』に引かれるマタイ福音書の一句につきると言ってよかろう》と言う。そして、「トカトントン」の主題は、《復員後たえず幻聴になやまされる青年に対し、太宰自身といってよい作家が与える末尾の言葉に》つくされている、という。そして、どのように「つくされている」のかについての説明は省いて、《然しより肝心なことは、もはやこの作中末尾の言葉が、読者ならぬ太宰自身にかかわる言葉であり、その生涯をつらぬく最も深い告白が、ここに示されていることである》とする。また、《このすぐれて倫理的な作家にとって、あのマタイの一句は、まさしく自他をつらぬき搏つ霹靂として、常に彼の耳朶深くひびいていたと思われる》と書く。

そのあとで、おなじマタイ福音書の文章が、三四〜三九節までを含めて「斜陽」（昭二二・七〜一〇）のかず子によっても引用されていることに注目する。そして、かず子にあっては、《これらの一語一句の示す語義の本髄が吟味されているわけではない。ただ一切の古き倫理と慣習を変革し、自らの十字架の苦難に殉ずる、革命的な戦闘への梃子として引かれているにすぎない》としたあとで、かず子が《「身と霊魂とをゲヘナにて滅し得る者」でありたいという時、神の座を簒奪して、自らの生の燃焼のためにすべては許されてあるという、不敵な人間宣言が声高になされ、もはや聖書は、その作中の主題をなぞり、その主題に仕えるものとして用いられているにすぎぬ》と書く。かず子は、自分こそ「身と霊魂とをゲヘナにて滅し得る者」すなわち「神」だと言っているのだというのである。

ここまで書いた佐藤氏は、おそらくここではじめて気づいたかのようにして、次のようにいう。「トカトントン」（昭二二・一）から「斜陽」（昭二二・七〜一〇）に至るあいだに、マタイの一句をめぐって「転移」があると。そのあとで、いや「果して転移があったと言いうるのか」と自問して、「トカトントン」の「返答」の中で《「真の思想は、叡智よりも勇気を必要とするもの」だという時、「勇気」という一語がすでに『斜陽』と同じ次元に於て、あのマタイの一句が使われていたことを示すものではないのか。滅びをも懼れぬ勇気こそ、幻聴に悩む心身の羸弱を救いうるものだと、語っているのではないのか》と書く。すなわち、「トカトントン」においてもマタイの一句は、かず子が使ったような意味で使われていたのではないのか、そうだとすると両作品のあいだにこの一句をめぐる「転移」はなかったことになる、とするのである。しかし、氏の解釈はそこに落ちつかないで、《この一句をめぐる二つの場面を重ね合せることによって、太宰の聖書理解の含む、ある根底的な矛盾にふれることができよう》としたあとで、

「身と霊魂とを滅し得る者」とは、またそれを「活かし得る者」たることをも指す。然し太宰にとって必要なものは、その半面の神にすぎなかった。己の義をつらぬく峻厳な倫理神（の貌）であった。その前にこそ彼ははじめて鞭うたるべき自らを横たえ、敢て自らを罰し、自らの滅びをさえ賭けることができた。

と書く。そして《前記二作をめぐる矛盾は、矛盾にみえて矛盾ではない》という氏の結論を示す。すなわち、(若干解説的にいえば) キリスト教の神は愛の神であるとともに裁きの神であるのだが、太宰にとっては愛の神は必要ではなかった、ただ裁きの神だけが必要だったのだというのである。そうした峻厳な裁きの神の前に自らを横たえ、自らの滅びと罰とを賭けることに太宰は自分の生のありようを見定めていたのだとするのである。そのような姿勢を持している者として、「トカトントン」の「某作家」と「斜陽」のかず子とは同じである。だから、両作品の聖書理解の間に存するかと見えた矛盾は実は存在せず、また「この一句をめぐる転移」はなかったのだというのだろう。これらからわかるように、佐藤氏の「返答」理解は、「身と霊魂とをゲヘナにて滅し得る者」とは神 (倫理神) を意味しているという立場に立ってなされている。田中良彦はその『「トカトントン」一考』(『新編太宰治研究叢書・一』近代文芸社平四・四)で、佐藤泰正にあっては、「滅し得る者」が「滅びをも懼れぬ勇気」を持った者、と解されているかのように論じているが、おそらく誤読であろう。

佐藤氏のこの論文は「トカトントン」論ではないので、「某作家」の「返答」の意味について正面から論じられていないとしても、それを責めるわけにはいかない。ただ、マタイの一句の正しい解釈の上に立って「返答」の意味の解釈をおこなおうとすると、論が「返答」の意味を解明することから横に外れていってしまう傾向があることが注目される。すなわち、佐藤氏の論にあっては、「返答」に示されたのは太宰の「生涯をつらぬく最も深い告白」であるとか、

「あのマタイの一句は、まさしく自他をつらぬき搏つ霹靂として、常に彼（太宰）の耳朶深くひびいていたとおもわれる」とか、「峻厳な倫理神の前にこそ彼（太宰）ははじめて鞭うたるべき自らを横たえ」たとかいう風に、太宰その人の精神内実を論ずる方向へ逸脱してしまっている。

おなじことは、別の人の論にも見られる。たとえば、遠藤祐は「ふたつの音―『トカトントン』を読む」（『太宰治 四』洋々社昭六三・七）の末尾を大約次のように書いて論を閉じている。

マタイ福音書十章二十八節、それは口語訳でみれば、「体は殺しても、魂を殺すことのできない者どもを恐れるな。むしろ、魂も体も地獄で殺すことのできる方を恐れなさい」（『新共同訳聖書』）となる。〈某作家〉もこれを正確に解して、〈懼る〉は「畏敬」の意にちかい〉と記す。返事の最後の一行は、神をおそれ、神に従えということばを、まさに「霹靂」として作中に鳴りひびかせている。それが「トカトントン」のもう一つの〈音〉だ。「霹靂」――イエスのことばは、読者の耳に執拗にきこえ続けた〈トカトントン〉を、むなしいものとするはずである。／青年は、はたして「霹靂」をきいたのかどうか。それについては、青年でも〈某作家〉でもなく、「トカトントン」の作者自身が「返答を与へ」てくれるだろう。

この結末は、「返答」の意味するものを作品に即して解明していることになるだろうか。返事の最後の一行が、神をおそれ、神に従えということばを作中に鳴りひびかせていると解することは、質問した青年に対してこの返答がどういう意味をもつかの解明とは無縁のものだろう。また、霹靂としてひびくイエスのことばは、読者の耳にきこえ続けたトカトントンをむなしいものにするはずだというが、それもまた、この返答と青年との関係とは無縁の次元での感想にすぎない。ここにあるのもまた焦点からはずれた論議の横すべりである。

もうひとつ例をあげてみる。関口安義は「空の空、いっさいは空――『トカトントン』論」（「太宰治　四」洋々社）において、トカトントンの響きは戦後の時代に向けられた風刺であることを論じたあとで、それはまた「虚無の音でもあ」り、「人の営みの空しさが一人の青年の告白を通して示され」たものでもあると記す。そして、この一句の「最も新しい新共同訳『聖書』」の（さきに引用した）訳文を示した上で、次のように書くことで論文を終えている。

《「空の空、いっさいは空」であることを認識した者が、それでも生きるにはどうしたらよいのか。『旧約聖書』の詩人は、「神を恐れ、その命令を守れ」（「伝道の書」第十二章十三節）と言った。太宰も己の前に『聖書』一巻があることを知っていた。

《佐藤泰正が本作にふれて「マタイの一句は、まさしく自他をつらぬき搏つ霹靂として、常に彼（郡注―太宰を指す）の耳朶深くひびいていた」というように、太宰は敗戦という未曾有の出来事とそれに続く空しい日々を送る中で、戦中から親しんできた『聖書』のことばに光を見出し、そこに生の希望を託そうとしていたかのようだ。「若い人たちのげんざいの苦悩を書いてみたい」としての着手した創作であったが、太宰はそこに自己の苦悩をも十全に投影する。対極にイエスのことばを示しつつ。

ここに示されているのも、「某作家」の返答文が青年にとって何を意味しているかの解明ではない。聖書の聖句のもつ太宰にとっての意義の説明、あるいは、聖句と太宰と彼の創作との関連でしかない。「伝道の書」を引用してまで論者が言いたいことは、おそらく、「いっさいは空」であるような境地にいる青年にとって、救いの道は「神を恐れ、その命令を守」ること以外にはないということであり、「返答」の示しているのもそのことなのだということなのだろうが、そのことは明示的には書かれていない。「勇気が必要」だと青年に説いた「某作家」が、そのすぐあとで、全能の裁きの神をおそれることがいま一番大切なことなのだと答えたとしたなら、それは、首尾一貫しないことになるのではないか。「返答」文が小説内で営む意味を小説に即して解明しようとしても、どうしても、このように首尾がととのわなかったり、論点が横にずれたりしてしまうのである。あるいは、小説外の言説を解説の文脈のなかに導入する必要にせまられたりするのである。

最後にもう一人だけ登場をねがうことにしよう。「『トカトントン』の世界」(「解釈と鑑賞」昭六三・六)を書いた鶴谷憲三である。氏は、「某作家」の「返答」を全文引用したあとつぎのように書く。

《先にみた「私」（郡注—手紙を書いた青年を指す）に敗戦後の現実に幻滅し、不信感を強めている太宰の心象が仮託されているとすれば、この「某作家」にはキリストに仮託されたあるべき太宰の姿がオーバーラップされていよう。

《「某作家」は「私」の悩みを「いかなる弁明も成立しない醜悪をまだ避けてゐる」と受け止め、「真の思想」に必要なのは「勇気」であると言う。そしてそれを実行したのがイエスであり、それは「身と霊魂とをゲヘナにて滅し得る者をおそれよ」という聖句がありありとものがたっていると一喝する。（中略）「身と霊魂とをゲヘナにて滅し得る者」とは神のことなのである。／「某作家」の拠り所とする位置は明白である。つまり、周囲からは「醜態」とうつろうとも、強い決意のもとにすべてを捨てきるところにしか「真の思想」は生まれてこないということなのである。言うまでもなく、ここでのイエスは太宰治の心情によって染め上げられた自画像以外の何者でもありえない。

正直いって、論旨をつかむのにたいへんに苦労をする文章である。《そしてそれを実行したのがイエスであり、それは「身と霊魂とをゲヘナにて滅し得る者をおそれよ」という聖句がありありとものがたっていると一喝する》という文章も、簡単にはわからない。「それを実行したのがイエスであり」というのは、「いかなる弁明も成立しない醜悪」をも恐れずに勇気を出して既成の権威と闘ったイエスの事蹟を指しているのだろう。そして「それは聖句がありありとものがたっている」というのは、そうした闘いに際してイエスがおそれたのは人間ではなく父なる神だけであったことを聖句はありありと告げているということだろう。イエスが弟子たちに対してこの言葉をはなむけたのは、それがみずから実践してきた信念だったからだということをも鶴谷氏は意味させようとしたのかも知れない。これだけの回り道を読者に強いたあとに論者が達するのは、「某作家」の拠り所とする位置は《強い決意のもとにすべてを捨てきるところにしか「真の思想」は生まれてこないということ》にあるということである。これが、「某作家」の「返答」が青年に告げている意味なのだとするのである。

この鶴谷氏の論においては、「某作家」の「返答」のなかにある「醜態を避けている」という指摘と、「叡智よりも勇気を必要とする」という思想とが、マタイ一〇章二八節のイエスの言葉とうまく結びつけられている。ここでは、「裁く力をもった神だけをおそれよ、決して周りの人間どもを恐れるな」というイエスの言葉に、世間に「醜態」を晒すことを恐れぬ「勇気」が必要だと説く「某作家」の趣旨が、そのままつながっているからである。そういう意味で、大変に難解な内容ではあるが、鶴谷氏の読みは、「返答」が青年に示そうとしたものを解明できているといえる。似たような読みは野原一夫によっても提出されている（『太宰治と聖書』新潮社平成一二）。「身と霊魂とをゲヘナにて滅し得る者」をただしく「神」と解するかぎり、「返答」の読みはこれ以外にはありえないとおもわれる。ただ、この読みでは、《「懼る」は、「畏敬」の意にちかいやうです》という言葉がどうしてここで言われねばならなかったのかが解明されていない。裁きの「神」に対する人間の態度は端的な「懼れ」ではあっても、「畏敬」ではあり得ない筈である。また、「このイエスの言に、霹靂を感ずる事が出来」るとは何を意味しているのかが、解明されていない。片手落ちの感が否めない。

三

ところで、聖書の文言の正しい理解にもとづいた以上のような「返答」の読みとは異質と思われる読み方が、いくつか開陳されている。たとえば饗庭孝男は、その『太宰治論』（講談社、昭五一）の中で、次のように書いている。

《太宰は『マタイ伝』の一節「身を殺して霊魂をころし得ぬ者どもを懼るな、身と霊魂とをゲヘナにて滅し得る者をおそれよ」という言葉を『トカトントン』の末尾にしるしているが、そのことは、苦悩者としての自己肯定の徹底化であり、彼が生涯のおわり、戦後の生のなかに、身と霊魂とを滅しうることを試みたとも言うべき事実を示している。（八七頁）

《太宰の戦後の生は、（中略）地獄をすでにヴィジョンのなかに見ている生であると言ってよい。（中略）幻視のなかの地獄こそはキリスト教が太宰にもたらした生の根源的なイメー

ジなのである。「身と霊魂とをゲヘナにて滅し得る者」が太宰の苦悩者としての姿であった。（八八頁）

《ところで彼の死の一年前に『父』という作品がある。その冒頭に『創世紀』二十二ノ七から「義」のために、わが子を犠牲にする話を彼はひいて書いている。この「義」のために炉辺の幸福を犠牲にする太宰の心情は「身と霊魂とをゲヘナにて滅し得る者」の心情である。（八八頁）

これらの文章において、「身と霊魂とをゲヘナにて滅し得る者」が、原義どおりに「神」あるいは「裁きの神」と解されていないことは明らかだろう。「戦後の生のなかに、身と霊魂とを滅しうることを試みた」という表現が語っているように、ここで「身と霊魂とを滅」すことをする者は、人間なのである。そして、滅ぼす対象である「身と霊魂と」は、わが身であり、わが霊魂なのである。わが身とわが魂とを地獄の滅びのなかに投げ込む覚悟をつねに持って、破滅的な生を営んでいくことが「苦悩者としての自己肯定の徹底化」なのであり、「太宰の苦悩者としての姿であった」のである。

このような解釈を見せつけられてみると、それが、聖句の誤読に由来することはたしかだとしても、「トカトントン」の「返答」の解釈には、この方が文脈に適合していると思われてくる。「身と霊魂とをゲヘナにて滅し得る者をおそれよ」を、「自分の体も魂もひっくるめて、みずから地獄で滅ぼすことのできる者、自分の生は所詮破滅であることを自覚しながら自分の生き方を貫いている者、そうした構えで生きている者をおそれなさい」という意味に解するのである。すると《この場合の「懼る」は、「畏敬」の意にちかいやうです》という「返答」の言葉が生きてくる。そうした構えで生きている者には、ひとは当然に尊敬のおもいと畏れに近い感情とを抱くだろう。それが「畏敬」の意にちかいということの内実である。《いかなる弁明も成立しない醜態を、君はまだ避けてゐるやうですね。真の思想は、叡智よりも勇気を必要とするものです》という「返答」の前段のことばも、聖句をこのように解することによって、生きてくるし、筋がとおってくる。地獄に至るまでの自己の破滅をも覚悟して、罪にまみれて生きていく生き方をつらぬくことは、人から醜態と見られることなど意に介しない勇気を必要とするだろうからである。そうした生き方のできる人をイエスが「畏敬」に値すると称賛していることを知って、心底からゆるがされたら、あなたの生きる構えもおのずから定まってくるでしょう、というのが「某作家」の「返答」の内容だったのである。

聖句をこのように解した方が、聖句を正しく解した場合よりも「某作家」の「返答」の意味が素直にとおるとしたら、それを採用すべきだというのがわたしの見解である。

そうすることは、当然に「某作家」が聖書のこの部分を誤読していたことを前提にすることになる。（意識的な読み変えという説もあるが、わたしはとらない。）そしてそれは、太宰治がおなじ誤読をしていたことを前提にすることにもなる。それでよいとおもう。太宰がこの聖句を誤読していたとおもわれる状況証拠はいくつかあるからである。その一つが「斜陽」のかず子による同じ聖句の引用である。

母の死のあと、「戦闘開始」ととなえて、恋のために出発しようとするにあたって、「斜陽」の「私」（かず子）は、諸方に派遣する弟子たちに教え聞かせたイエスの言葉が、いまの場合の自分に無関係ではないように思われるとして、マタイ伝一〇章の九節から三九節までを、一部省いて引用する。引用された聖句の中には「身を殺して……」の二八節も含まれている。そして、かず子はいう、

もし、私が恋ゆゑにイエスのこの教へをそつくりそのまま必ず守ることを誓つたら、イエスさまはお叱りになるかしら。（中略）何だかわからぬ愛のために、恋のために、その悲しみのために、身と霊魂とをゲヘナにて滅し得る者、ああ、私は自分こそ、それだと言ひ張りたいのだ。

ここでかず子の言っていることを理解するためには、それまでの文脈をたどる必要がある。この時より幾日か前に、彼女は、ローザ・ルクセンブルクの『経済学入門』を読む。そして、《この本の著者が、何の躊躇も無く、片端から旧来の思想を破壊して行くがむしやらな勇気》を知って興奮をおぼえる。ローザの様子には、《どのやうに道徳に反しても、恋するひとのもと

ころへ涼しくさつさと走り寄る人妻の姿さへ思ひ浮ぶ》という。そして思う、

破壊思想、破壊は、哀れで悲しくて、さうして美しいものだ。（中略）いったん破壊すれば、永遠に完成の日が来ないかも知れぬのに、それでも、したふ恋ゆゑに、破壊しなければならぬのだ

と。そして、この日「戦闘、開始」をするにあたって、彼女は次のように思う。

私には、是非とも、戦ひとらなければならぬものがあつた。新しい倫理、いいえ、さう言つても偽善めく、恋、それだけだ。ローザが新しい経済学にたよらなければ生きてをられなかつたやうに、私はいま、恋一つにすがらなければ、生きて行けないのだ。

このあとにマタイ伝の引用がつづくわけである。

このような文脈からみれば、彼女の言っていることは、次のようなものであることがわかる。すなわち、自分は、世間のこれまでの道徳、倫理をかなぐり捨てて、恋のなかに身を投じたい。あとはどうなろうとかまわない。その為に地獄に堕ちるなら落ちよ。それこそが自分の新しい倫理なのだ、と。だから、ここで、「身と霊魂とをゲヘナにて滅し得る者、ああ、私は自分こ

そ、それだと言い張りたいのだ」と彼女がいうのは、自分こそが、自分のからだも魂もふくめてみずから地獄に投げ捨てる覚悟の人その人なのだ、ということだろう。自分はすべてをかなぐり捨てて恋におもむく女なのだ、という主張だろう。だから、ここでかず子が、「滅し得る者」を「神」と解していないことは確かである。かず子もまた聖句を誤読していたわけである。

　かず子の誤読という前提を立てずに、このかず子の思いを、聖句のただしい読みにもとづいて解釈しようとすると、かず子は「自分こそ神だ」と言っていることになる。事実そう解釈した佐藤泰正は、さきにも紹介したように、「ここには神の座を簒奪して、みずからの生命の燃焼のためにすべては許されてあるという、不敵な人間宣言が声高になされている」と書いている。しかし、ここでかず子が「恋のために、その悲しさのために、人の体と霊魂とを地獄で滅ぼすことの出来る神、ああ、自分こそその神なのだ」と言ったのだとする解釈は、前後の文脈からみてどうにも奇妙だろう。

「トカトントン」の「某作家」も、「斜陽」のかず子もひとしく誤読していたとなると、太宰が誤読していたと考えるのは極めて自然のこととなる。太宰が親しみ、かつ引用した聖書は文語訳の聖書である。太宰が誤読したとすると、その責任の一半は訳文にあるとわたしはおもう。まず、「身を殺して……」あるいは「身と霊魂とを……」ということばが用いられているが、日本語で「身を……」というときには、単にからだ、肉体を意味するよりも、「自分自身」を意味することが多い。「身を粉にして」とか「身の程を知れ」とか「身を鴻毛より軽く」とかいう言い方がそれである。だから太宰は、「身を殺して」や「身と霊魂とを」というときの「身」を「自分のからだ」あるいは「自分自身」の意味に受け取ったのである。口語訳聖書では「身」のかわりに「からだ」あるいは「体」が用いられているので誤読の起こりようがない。

つぎには、文語訳聖書では「霊魂をころし得ぬ者ども」と「ゲヘナにて滅ぼし得る者」とがいわば対句になっている。両方とも「者ども」であり「者」である。前者が「神」を意味していないこと（聖書では使徒に対する迫害者を意味している）は確かである。だからこれと対をなしている後者の「者」が、本当は「神」を意味していることに気づくことは困難だといわねばならない。口語訳聖書では後者の「者」は「お方」と訳されているし、英訳聖書では大文字の「ヒム」になっていたり、「ゴッド」と訳されていたりして、誤解の起こりようがない。

状況証拠の二つめは、太宰には小説活動の早い時点から、自己処罰と名づけてよいような衝動があったことである。破滅を志向する心的傾向といってもよい。「東京八景」（昭一六・一）にはつぎのように書かれている。

《不当に恵まれてゐるといふ、いやな恐怖感が、幼時から、私を卑屈にし、厭世的にしてゐた。金持の子供は金持の子供らしく大地獄に落ちなければならぬといふ信仰を持つてゐた。逃げるのは卑怯だ。立派に、悪業の子として死にたいと努めた。

《生きて行く張合ひが全然、一つもなかつた。ばかな、滅亡の民の一人として、死んで行かうと、覚悟をきめてゐた。

このような考え方が早い時期に表明されたものとしては、たとえば初期作品「学生群」(昭五・七〜一二)に登場するブルジョアの倅で芸術青年である青井がいる。彼は折からの同盟休校を指導している友人の小早川につぎのように言ったという、

《僕がこんなに放蕩を止めないのも結局は僕の身体がまだ放蕩に堪えうるからだ。去勢されたやうな男になれば、僕は始めて一切の感覚的快楽をさけて、階級闘争への財政的扶助に専心出来るのだ。と考えて、三日許り続いてP市の病院に通ひ、其の伝染病舎の傍の泥溝の水を掬つて飲んだ》のだが、ちょっと下痢をした許りで、失敗したと。

青井はまた友人にいう、「死ねば一番いいのだ。いや、僕だけじゃない。少なくとも社会の進歩にマイナスの働きをなして居る奴等は全部死ねばいいのだ」と。このような例を太宰の作品のなかから拾っていったら、数多く並べることができるが、それはやめておく。このような自己破滅、自己処罰といってよい心的傾向が、太宰には一貫してあった。戦時中にはそれは下火になったが、戦後をむかえてまた復活してきていた。そうした心的構えでいた太宰が、「身と霊魂とをゲヘナにて滅し得る者」ということばに接したときに、それを、われとわが心身を

滅亡の淵に追いやる人間という意味に解したとしても、そのことはきわめて自然なことであった。

太宰におけるこの聖句の誤解については、すでに早く渡部芳紀が指摘していた（「国文学」昭四二・一一の「太宰治事典」の中の「トカトントン」の項）。氏はいう、マタイ一〇章二八節の「一文を完全醜態をもおそれぬ人間に対する畏怖として解釈するのは正しい。太宰もそのつもりで使っている。だが、それは太宰の聖句に対する誤解であることを蛇足として付け加えておく」と。

四

はじめにも書いたように、青年の手紙はどこまで真剣なものなのか、疑いを抱いてもいいようなスタイルをとっている。手紙のこのような性格に注目すると、関口氏のように、青年の手紙の中に「時代風刺」を読み取っていく見方が説得力をもってくることになる（同氏前出論文）。氏によれば、風刺の対象になっているのは、戦後にもなお「天皇制にしがみつこうとする者」であり、「戦後の自由」であり、「労働は神聖なり」という風潮であり、「自由恋愛」であり、「労働運動」であり、文化国家建設のための「スポーツ」である。いずれの場合にも、青年「私」がそれらに取り組もうとしたり、いいところまで進んだところでトカトントンの響きが聞こえてくる。そうした描出は氏によれば時代風刺だというのである。

佐々木啓一の「『トカトントン』―神に自分を開くパロディー」(「太宰治　四」洋々社)ではさらに進んで、このトカトントンという音に「トリックスター」的機能が読みとられて、この手紙の書き手がトリックスター化した存在という風にとらえられている。「狡智や策略をめぐらしたり、いたずらや嘘など反社会的行為をくりかえしたりすることによって、現存する社会秩序を一時的に破壊しまたは回復する人物や動物」というのが、「トリックスター」の辞書的定義であるから、すべての価値意識を絶対から解き放って相対化しているトカトントンという音の機能は、なるほど、トリックスター的といえるだろう。佐々木氏は、書き手の青年は、トカトントンに振り回されているように装っているが、実は、逆にトカトントンを手玉にとっているしたたかな人間、そういう意味でトリックスター的存在なのだという。

「時代風刺」「トリックスター」というような性格づけを許すようなものが青年の手紙の中にはたしかにあるだろう。また、「某作家」をして「気取った苦悩ですね」「十指の指差すところ、十目の見るところの、いかなる弁明も成立しない醜態を、君はまだ避けてゐるやうですね」と言わせたある種のゆとり、あるいは遊び的要素が手紙にはあったかもしれない。問題は、太宰はどのようなつもりで、そうした性格を持つ青年の手紙を創作したのかということである。

『太宰治全集』の書簡集には、トンカチの音のヒントを与えてくれた保知勇二郎あての太宰のハガキが四通収録されている。それを写してみる。

（昭二一年八月三一日付）　拝復、貴翰拝誦仕りました。長いお手紙に対して、こんな葉書の返辞では、おびただしい失礼だけれども、とにかく挨拶がはりに、これを書きました。出来るだけわがまま勝手に暮してごらんなさい。青春はエネルギーだけだとヴァレリイ先生が言つてゐたやうです。　不一。

（同年九月一一日付）　拝復　前便もまた、いまの御便りも自分にはたいへんよくわかるやうな気がしました。このやうな生き方は、つらいものです。私は、キリストをさへ、うらんだ事があります。／君も、味方をひとり得たわけだから、おつとめのひまには手記をつづり、まとまつたら、送つてみて下さい。御自重を祈る。　不尽。

（同年九月三〇日付）　拝啓　御勉強、御努力中の事と存じます。私も毎日仕事で、努力中であります。こんどの仕事の中に、いつかのあなたの手紙にあつたトンカチの音を、とりいれてみたいと思つてゐます。（まだ、とりかかつてゐませんけど）もちろんあなたの手紙をそつくり引用したり、そんな失礼な事は絶対にいたしませんから。また、あなたに少しでもご迷惑のかかるやうな事は決してありませんから。トンカチの音を貸して下さるやうお願ひします。若い人たちのげんざいの苦悩を書いてみたいと思つてゐるのです。　不尽。

（昭二三年三月三日付）　拝復　たびたび御手紙いただきながら、不精してすみません。私は、仕事やら何やら、まるでこの世に生きてゐるやうな気も致しません。二、三日後には、また熱海にカンヅメになりに行かねばなりません。「展望」の長編に取りかかるのです。そちらも、御自愛たのむ。

これを見ると、昭和二十一年八月に保地青年から長い手紙をうけとり、つづいて九月はじめ頃にも手紙をうけとっていたことがわかる。それらの手紙で保地青年が何かを訴えていたことも窺われる。「前便もまた、いまの御便りも自分にはたいへんよくわかるやうな気がしました。このやうな生き方は、つらいものです。私はキリストをさへ、うらんだ事があります。」とあるのから想像すると、保地氏の訴えたことは、生きる上で当面しているなにかの辛さであり、それが少なからぬ辛さであり、そのようなものとして太宰の共感を呼ぶような内容のものであったと思われる。その辛さに対して太宰は、おなじような辛さから自分はキリストをさえうらんだことがあると、告白してみせている。そして、自分という味方ができたのだからと、はげましている。九月三十日のハガキでは、自分の小説のためにトンカチの音を貸してくれと言い、「若い人たちのげんざいの苦悩を書いてみたいと思つてゐるのです」と記している。これによると、保地氏の手紙にトンカチの音のことが書いてあったことは確実だが、それがトカトントンかどうかはこのハガキからはわからない。ギロチンギロチンから類推すると、トカトントンという擬音は太宰の発明だったのではないかと思われる。保知氏の手紙に書かれていた氏の悩みの内容は一切わからない。トンカチの音が氏の手紙のなかでどのように使われていたかも分からない。したがって、「トカトントン」の青年の手紙の内容のうち、どれが保地氏の手紙から材料を得たものであるかもわからない。ハガキで「トンカチの音を貸して」ほしいと言っているることからみると、借りたのはトンカチの音だけであって、「トカトントン」に書かれている青年の手紙の内容のほとんど全部は太宰の創作であった可能性が相当に高い。しかし、保地氏の手紙を読むことによって、太宰の中に「若い人たちのげんざいの苦悩を書いてみたい」という発想が生じたことは確かだろう。また保地氏の手紙が太宰につきつけてきた、若い人がいま直面しているなまの悩みという事実は、「トカトントン」を書く太宰の頭にいつも保持されていたと考えてよいだろう。

「トカトントン」の青年の手紙に示された若い人の苦悩については、いろいろの見方が提示されている。古くは奥野健男の、戦後の青年たちの虚脱感、虚無感という精神状況を描いたものという指摘がある。関口安義は、トカトントンの音に時代風刺の響きを読みとったあとで、それはまた虚無の音でもあるとする（前出論文）。すなわち、この青年は《国のため死を誓ったことの空しさにはじまり、夢中になって小説を書くのも、勤務先の郵便局の仕事への熱中も、恋愛も、労働者との連帯も、スポーツも、「皆、空であって、風を捕えるようなもの（「伝道の書」）」であるのを、トカトントンの音と共に認識するのである》とする。そして《主人公につきまとう虚無の響きは、次第に激しくなり》、あげく《「この音から逃れるには、どうしたらいいのでせう」という切羽詰まった叫びが》発せられるのである、としている。この小説には「敗戦直後の時代的虚無感が見事に捉えられている」とする見解（大久保典夫「『トカトントン』

ノオト」（「太宰治　四」洋々社））も同じような見方に立ったものだろう。田中良彦は、《「若い人たちのげんざいの苦悩」とは、敗戦後の価値の転倒による空虚な精神状況にあるといえるだろう（前出論文）》と書いている。敗戦のあとに当時の青年たちが陥った虚脱あるいは虚無的な精神状況を見る点でほぼ一致している。保知青年の手紙で訴えられていたのも、似たような精神状況であった可能性が高い。それを読んで太宰はおそらく「若い人たちのげんざいの苦悩」を感じたのにちがいない。それを一人称語りの「くどき」調の訴えに仕立てあげるときに、長部日出男のいう「もどき」（自分の苦しさを訴える口説を、一転してユーモラスな笑いに変えるパロディの精神）の性格が付加して、全体の調子をユーモラスなものに仕上げることになったのである。「くどき」の口調だけで訴えを重く仕上げることを、おそらく太宰の羞恥心がゆるさなかった。このような経緯から、青年の手紙には、ある軽さとも可笑しさともいうべき性格がもたされることとなった。それが手紙の訴えの重い主題を包みこんでいる。そして、この手紙にたとえば時代風刺を読みとったりすることを許すものとなっている。

青年が手紙で訴えている辛さの内実が、右に見たような精神状況であったとしたなら、これに対する「某作家」の「返答」は、青年の抱く苦衷に応えていると言えるだろうか。「返答」には、青年が訴えている苦衷の内実に触れることはいっさいしないで、青年の姿勢だけを問題にしている。まず「気取った苦悩ですね」と揶揄しておいて、あなたはまだ世間体を恐れていると指摘し、（トカトントンの音くらいでやりかけたことを引っ込めるようでは）勇気が足りないと追い打ちをかけている。そして、地獄における滅びをも恐れないで生に処していくひたむきな態度こそが、あなたを幻聴から救うだろうと言い切るのである。恐ろしく不親切な回答であり、青年の悩みに耳かたむけているとはいえない態度である。太宰は「乞食学生」（昭一五・七〜一二）の中で、「私」なる作家につぎのように表白させている。

どうも私は、人の身の上話を聞く事は、下手である。われに何の関はりあらんや、といふ気がして来るのである。黙つて聞いてゐるうちに、自分の肩にだんだん不慮の責任が覆ひかぶさつて来るやうで、不安なやら、不愉快なやら、たまらぬのである。その人を気の毒と思つても、自分には何も出来ぬといふ興醒めな現実が、はつきりわかつてゐるので、なほさら、いやになるのだ。

「某作家」の場合にもほぼこれと同じだったのではないかとおもわれる。特に、青年の訴えにたいして「自分には何も出来ぬといふ興醒めな現実」が「某作家」には痛切に意識されたものと推測される。だから、青年の訴えの内実に触れることは避けて、生きる態度の方へ問題をすり替えるほかなかったのである。

このとき青年の問いかけにたいして、「自分には何も出来ぬといふ興醒めな現実」に置かれていたのは、おそらく「某作家」だけではない。太宰自身がそうだったのにちがいない。ユーモアやパロディなど、青年の手紙を覆っている「もどき」の口調の下から正体を見せているのは、さきにも見たように、戦後の青年たちが置かれた虚無的で空虚な精神状況という現実であった。若い人のそうした精神の状況は、おそらく当時の太宰の理解を超えていたにちがいない。勿論、太宰自身がそのことを認識していたということではない。精神的空白に陥っていた当時の二十代の青年たちと当時の太宰とを、こんにちから遠望して対比してみると、前者は後者の理解のおよばないところに位置していたとわかるということである。

五

太宰は「苦悩の年鑑」（昭二一・六）に書いている。

私の物語るところのものは、いつも私といふ小さな個人の歴史の範囲内にとどまる。（中略）所謂「思想家」たちの書く「私はなぜ何々主義者になつたか」といふ思想発展の回顧録或ひは宣言書を読んでも、私には空々しくてかなはない。（中略）私にはそれが嘘のやうな気がしてならないのである。信じたいとあがいても、私の感覚が承知しないのである。（中略）私は「思想」といふ言葉にさへ反発を感じる。まして「思想の発展」などといふ事になると、さらにいらいらする。猿芝居みたいな気がして来るのである。いつそから言つてやりたい。「私には思想なんてものはありませんよ。すき、きらひだけですよ。」

この文章から、太宰が身近なものをしかその思想のいとなみの対象にしなかったこと、そうした対象に接するときにも自らの好悪の感情をさきに立てていたのであったこと、などというその心的傾向を窺うことができる。時代の動きの中での思想的なものの様態を抽象してとらえるということはもともと不得意だったのである。

昭和二十年七月末、空襲で焦土となった甲府をあとにし、妻子をともなって、四昼夜かかって金木の生家にたどりついた太宰治は、半月後にそこで敗戦の日を迎える。そのあくる日から、長兄は庭の草むしりをはじめ、太宰もそれを手伝う（「庭」）。敗戦にともなう虚脱と混乱の世相のなかで、「午前読書、午後農耕といふのんきな生活（菊田義孝あて書翰）」をはじめていた様子である。

戦時中に、

私は波の動くがままに、右にゆらり左にゆらり無力に漂ふ、あの「群衆」の中の一人に過ぎないのではなからうか。さうして私はいま、なんだか、おそろしい速度の列車に乗せられてゐるやうだ。この列車は、どこに行くのか、私は知らない。（中略）汽車の行方は、志士にまかせよ。（『鷗』）

と自分の不安定な位置をみつめていた太宰、また、音たてて散っている桜貝のような色の山茶花をみて、《こんなにも見事な花びらだつたのかと、ことしはじめて驚いてゐる。何もかもなつかしいのだ。（中略）ああ、このごろ私は毎日、新郎（はなむこ）の心で生きてゐる（「新郎」）》と書いて、いわば終末論的ともいうべき意識を吐露した太宰は、やってきた敗戦を、おなじくいわば「群衆の中の一人として」迎えたのである。「でもまあ、故郷があつてよかつたと思つてゐます」「もう、死ぬ事も当分ないやうですし、あわてず、ゆつくり次々とおたより申し上げる事に致します」と井伏鱒二あての当時の書翰にあるように、戦争がおわったことはそうした太宰をまずほっとさせた。そして、すべてを失った日本の状況を知るにつれて、何もないところから新たな出発をする日本にたいする、期待のようなものが太宰には生まれたようである。そのことは「パンドラの匣」（昭二〇・一〇〜二一・一）にうかがうことができる。

しかし、敗戦後の新生日本に対する太宰の期待は、敗戦の年の十一月頃にははやくもしぼみはじめる。それは、ジャーナリズムの軽薄さに対する反感にはじまり、新型便乗の軽薄文化批判へと発展し、そうした文化を生む文化人たちのサロン趣味への反感へと育っていく。そして、昭和二十一年五月には、貴司山治とともに発表した公開書簡（「返事」）の中で次のように書く、

私はいまジャーナリズムのヒステリックな叫びの全体に反対であります。戦争中に、あんなにグロテスクな嘘をさかんに書き並べて、こんどはくるりと裏がへしの同様の嘘をまた書

き並べてゐます。（中略）どうしてこんなに厚顔無恥なのでせう。

と。また同じ頃に発表された「十五年間」（昭二一・四）では、サロンは知識の淫売店以下であり、知識のどろぼう市以下であるとサロンの偽善を告発し、「新現実。まつたく新しい現実。ああ、これをもつともつと高く強く言ひたい！」と書いたあとで、「私たちのいま最も気がかりな事、最もうしろめたいもの、それをいまの日本の〈新文化〉は、素通りして走り去りさうな気がしてならない。」と記している。そのあとでは、「おのれを愛する如く、汝の隣人を愛せよ。それからでなければ、どうにもかうにもなりやしないのだよ」と書いている。「苦悩の年鑑」の末尾には、

まったく新しい思潮の擡頭を待望する。それを言ひ出すには、何よりもまづ、「勇気」を要する。私のいま夢想する境涯は、フランスのモラリストたちの感覚を基調とし、その倫理の儀表を天皇に置き、我等の生活は自給自足のアナキズム風の桃源である。

とある。「嘘」（昭二二・二）では、「私」に「男は嘘をつく事をやめて、女は慾を捨てたら、それでもう日本の新しい建設が出来ると思ふ」と言わせている。

これらのことから、戦後の現実を前にして、太宰の視野が、いかに目の前の身近なものに限

られていたかがわかる。また戦後の現実にたいするその怒りやいらだちにしても、それらがいかに身近な目前の現象にとらわれていたものであるかがわかる。また、そうした目前の不愉快な現実に対置して太宰が目指す理想なるものも、いかに即物的、あるいは空想的なものであったかがわかる。自分の置かれた大状況を理論的に把握する能力を欠いていたこともわかる。

敗戦にともなう一瞬の呆然自失のあと太宰がいだいた日本の将来に対する希望から、このような身近なものへの怒りへという、そのあゆみを見てくると、太宰には、敗戦にともなう虚脱らしい虚脱はなかったらしいことがわかる。精神的な喪失の思いもまたなかったとおもわれる。おそらくは敗戦によって失うものを多く持たなかったからである。

太宰は、「もの思ふ葦」の中の「百花繚乱主義」（昭一〇・一二）で、自分たちの世代を他の世代と区別してつぎのように言っている。

福本和夫、大震災、首相暗殺、そのほか滅茶滅茶のこと、数千。私は、少年期、青年期に、いはば「見るべからざるもの。」をのみ、この眼で見て、この耳で聞いてしまつた。二十七八歳を限度として、それよりわかい青年、すべて、口にいはれぬ、人知れない苦しみをなめてゐるのだ。この身をどこに置くべきか。それさへ自分にわかつてをらぬ。／ここに越ゆべからざる太い、まつ黒な線がある。ジエネレーションが、舞台が、少しづつ廻つてゐる。彼我相通ぜぬ厳粛な悲しみ、否、嗚咽さへ、私には感じられるのだ。

似たようなことは「十五年間」（昭二一・四）にも書かれている。

いったい私たちの年代の者は、過去二十年間、ひでえめにばかり遭って来た。それこそ怒濤の葉っぱだつた。めちや苦茶だつた。はたちになるやならずの頃に、既に私たちの殆んど全部が、れいの階級闘争に参加し、或る者は投獄され、或る者は学校を追はれ、或る者は自殺した。東京に出てみると、ネオンの森である。（中略）絶望の乱舞である。（中略）つづいて満州事変、五・一五だの、二・二六だの、何の面白くもないやうな事ばかり起つて、いよいよ支那事変になり、私たちの年頃の者は皆戦争に行かなければならなくなつた。

二十七八歳で「太い、まっ黒な線」が引かれて、その上の世代とのあいだには「彼我通ぜぬ」断絶があると太宰はいう。「百花繚乱主義」が書かれた昭和十年に数え年二十七八歳の世代というと、敗戦の時には満三十六〜七歳になっていたわけである。敗戦の時に太宰は満三十六歳であり、平野謙は満三十七歳であるから、平野の世代以下の者たちが、黒い線のこちら側にいるということになる。かれらの世代には、「この身をどこに置くべきか」自分でもわからないある崩壊の経験ともいうべきものが、昭和十年当時にいちはやくあったというのだろう。そして、それにともなう人知れぬ苦しみを十分に経験したというのだろう。そしてそうした体験は自分たちの上の世代の者にはわからないというのである。

　敗戦のときに三十歳代であった世代をその前の世代とくっきりと区分けしてみせた論に、荒正人の「第二の青春」（昭二一・二）がある。荒はそこで、「エゴイズムを凝視し、エゴイズムのなかにヒユーマニズムを発掘するといふ、言語に絶して困難な仕事に耐へ」うることを期待できるのは、「歴史の暗い谷間を通ってきた三十歳代」の世代にであって、「四十代、五十代のひとたちには期待できず、また来たらんとする世代にも望むべきものではなからう」と書いている。これを書いたとき荒は三十三歳であった。荒がここでいう三十歳代の世代とは、戦前の左翼運動とその敗退、指導者たちの階級的裏切り、戦時中の弾圧などを経験し、一億玉砕の集団自殺の危機に直面した世代のことである。荒に代表されるこれらの世代の人たちは、敗戦時に平野謙のように呆然自失した者も勿論いたが、そうした虚脱からいちはやく立ち上がって、戦後の社会にむかって積極的に発言していった。かれらは暗い夜の時代に、人間のエゴイズムを見つめ、人間の醜悪さに絶望し、あげく虚無の深淵を覗き、そのあとに自分たちの宿命にも似た使命を自覚したのだという。こうした世代の人たちには、敗戦にともなう崩壊の経験ということは無縁である。

　荒や平野や佐々木基一や本多秋五などと太宰とでは、敗戦をむかえる構えにいちじるしい違いがあったが、戦前から戦時中にかけては、同世代者として似たような経験をしている。かれらは、敗戦に伴う崩落の経験以前にすでにある種の崩落を経験ずみであった。あるいは、青春における苦い経験を介して、敗戦前の日本の体制そのものの構造をすでにある程度見据えていた。敗戦とともにやってきた体制の崩壊、諸規範や意味の崩落をみても、かれらがいまさらうろたえなかった理由はそこにあったとおもわれる。敗戦にともなう崩落をなんらか自分の核心におよぶ瓦解として受け取ったのは、おそらく敗戦のときに三十歳だった梅崎春生以下の年齢のものたちだったろう。

「トカトントン」の青年は、戦中世代である。満州事変は彼の十三歳のとき、日中戦争の勃発は十七歳のときである。彼は戦時体制の中に成長し、皇国思想を満身に注ぎこまれて成人した。だから敗戦は、それまで彼がすっぽりと浸りきっていた秩序と意味の崩壊であった。あるいはそれまで彼を支えてきた規範、道徳、エートスの全き瓦解であった。この世代の、こうした経験を描いた文学作品を、この世代は不幸にして持つことなく終わってしまったが、戦中世代の末端につらなる若い批評家が後に登場して、そうした経験を言葉にしている。たとえば磯田光一は「戦後文学の精神像」(昭三八・三)でいう、《(戦時中にあっては)単なる「存在」としての人生のはるか高所に、聖戦という巨大な「意味」の体系がそびえていた》が、戦後とは《充実した「意味」の世界から、さもしい「存在」の世界への転落を意味していた》と。

ひととき、太宰は若い世代の代表選手であった。「虚構の春」(昭一一・七)に手紙を寄せている二十歳の少年(私は女です、とあるから少年とは断定できないが)は、私たちの作家が出たといふのは、うれしいことです。苦しくとも生きて下さい。あなたのうしろには、ものが言へない自己喪失の亡者が、十萬、うようよして居ります。日本文学史に、私たちの選手を出し得たといふことは、うれしい。雲霞のごときわれわれに、表現を与へて呉れた作家の出現をよろこぶ者でございます。

と書いている。この手紙の真偽は勿論不明であるが、当時の太宰に世代の代表選手意識があったことはたしかであるし、事実そうした役割をもはたしていた。それから十年、いま太宰は二十六歳の青年の訴えを聞いて、その悩みの内実を理解することができない。太宰には青年の経験した崩落の大きさと、青年の直面している空白とが実感として理解できない。太宰たちの世代と、戦中世代との間には「越ゆべからざる太い、まっ黒な線」が引かれてしまっていたのである。

いま読みかえしてみれば、「トカトントン」の青年の手紙は、敗戦を経験した戦中世代の精神状況を描いたものとして、貴重なものであるといえる。さきにも述べたようにこの世代の敗戦経験＝戦後崩壊を描いた文学作品はほとんどないに等しいからである。この世代は、奥野健男をみればわかるように、戦後のいわゆる無頼派の作家たちの作品のうちに、自分たちの経験の疑似等価物を見出して、わずかに慰めていたのである。

太宰はだから、自分には理解できない戦中世代の敗戦体験（戦後崩壊）をみごとに描いていたということになる。それを可能にした要因の大きいものは、保知勇二郎の手紙にちがいない。戦中世代の経験と悩みとをみごとに描きあげながらも、太宰には、それが意味するものを的確につかむことはできなかった。「某作家」の「返答」が、青年の悩みに正面からこたえることができなかったのは、おそらくそのためである。

「斜陽」論

一

朝、食堂でスウプを一さじ、すつと吸つてお母さまが、

「あ。」

と幽かな叫び聲をお擧げになつた。

「髪の毛？」

スウプに何か、イヤなものでも入つてゐたのかしら、と思つた。


「斜陽」（昭二二・七〜一〇）の出だしである。あとでかず子から、戦争から帰ってこない息子の直治のことを思いだしたのだろう、と聞かれて、「かも知れないわ」と答えた母は、「あきら

めてしまつたつもりなんだけど、おいしいスウプをいただいて、直治のことを思つて、たまらなくなつた」と「幽かな叫び」の理由を説明している。だが、これはあとからつけた理由のようにしか受けとれない。むしろ、「スウプに何か、イヤなものでも入つてゐたのかしら、と思つた」というかず子の受けとりかたの方が自然である。

ということは、この出だしの「あ。」という母の叫びは、あるイヤなもの、異様なもの、異体なものを予感したか、思いだしたか、幻視したかしたときの驚きの声ととるのが自然だということである。そして、そうであることによってこの「あ。」は、以後この作品に描かれるさまざまな異象と呼びあうものとなっている。

さまざまな「異象」とは、たとえば、失われた卵をもとめて庭をさまよう母蛇であり、死に近い母が見る蛇の夢と、その母の言葉どおりに沓脱石の上に長くのびている蛇である。そしてまた、父の臨終の直前にその枕元にいた蛇であり、父の死んだ日の夕方に庭の木という木に蛇がまきついていたという異徴であり、かず子の胸のうちに育ちはじめる蝮である。蛇に関するものが多いが、見方によっては、かず子による蛇の卵の損壊も、かず子の失火事件も、上原の子を身ごもりたいというかず子の願いも、直治の自死も、異常な出来事である。かず子の期待する聖母子の姿というのも、これらの「異」の系列にいれてよいかもしれない。

「斜陽」に描かれる異象には蛇にまつわるものが多いことを見たが、「斜陽」全八章のなかで、蛇の出てこないのは三、七、八の三つの章だけであり、あとの章にはなんらかの形で蛇が出てくる。そのなかでも印象に残るものについてはすでに記した。だから、それらの蛇が何を意味しているのかは、この小説を読む上で避けてとおることのできない問いとなる。

民俗学の教えるところによれば、古来もろもろの民族は、よそもの、異人など、自分の属する集団の外部にいる人びとを、鬼とか竜とか仙人とか信太の森の狐だとかいうように呼んできたという。それらは、自己の属する共同体外の人間にたいする畏怖の念から生まれた表象であって、異人表象と名づけられているという。そして、蛇もまた普遍的な異人表象に属するとのことである。

「蛇」が「異人」をあらわすという、このどちらかといえば平凡なコノテーションは、「斜陽」の解釈の上では有効である。かず子たち貴族にとっての「異人」というのは「庶民」以外には考えられない。だとすると、かず子による蛇の卵の損壊というのは、貴族による庶民への侵害を含意していることになる。そして、母蛇の復讐に対するかず子たち母子の怖れというのは、貴族＝支配層によって圧迫・侵害を受けてきた庶民が貴族たちにたいして抱く復讐心への怖れ、と重なりあっていたことになる。かず子の父の臨終に際して、お庭の「池のはたの、木といふ木に蛇がのぼつてゐた」という異象も、ひとりの貴族の死＝生涯にたいする庶民の無言の意志をあらわしていたととることができる。かず子の母の「蛇ぎらひといふよりは、蛇をあがめ、おそれる、つまり畏怖の情」というのも、貴族の抱く民衆にたいする根底での畏れというものと通じているといえよう。かず子の胸に宿った小蛇と蝮の喩の意味するものを解くのにも、蛇＝

異人は有効であるが、それについてはあとで触れる。

貴族に生まれながら、異人である庶民への転生を願ったのは直治であった。直治の残した遺書によれば、直治は高等学校へはいって、その「育って来た階級と全くちがふ階級に育って来た強くたくましい草の友人と、はじめて附きあひ、その勢ひに押され、負けまいとして、麻薬を用ゐ、半狂乱になつて抵抗し」たという。そして、「それが、所謂民衆の友になり得る唯一の道だと思」って、下品になり、強くなることを願い、そうなるように努力したという。また、「家を忘れ」「父の血に反抗し」「母の優しさを、拒否し」「姉に冷たく」することによって、「あの民衆の部屋にはひる入場券を」得ようと努めたという。しかし、そうした「哀れな附け焼刃」では民衆は「しんから打ち解け」て彼を受容してはくれない。あげく彼は「捨てた世界に帰ることも出来ず、民衆からは悪意に満ちたクソていねいの傍聴席を与へられてゐるだけ」の、どっちつかずの存在になってしまう。

この根無し草である直治が恋したのが、「或る中年の洋画家」の奥さん、つまりは小説家上原の妻、スガちゃん（以下スガ子とする）である。

直治の眼に映ったスガ子はつぎのように描かれていた。


一重瞼で、目尻が吊り上つて、髪にパーマネントなどかけた事が無く、いつも強く、ひっつめ髪、とてもいふのかしら、そんな地味な髪形で、さうして、とても貧しい服装で、けれどもだらしない恰好ではなくて、いつもきちんと着附けて、清潔です。

かず子の目にした戦後の彼女の生活ぶりは、主人が家をあけているために切れた電球の代わりを買う金がなくて、暗闇のなかで娘とともに「三晩、無一文の早寝」をしている、というものであった。まさに庶民そのものである。しかも貧しく貶められた庶民の女である。このようなスガ子は、貴族の世界を捨てて民衆の一員になることを希求した直治の恋の相手として、いかにもふさわしい。

かず子が恋した小説家上原もまた庶民の出であり、「田舎の百姓の息子」である。だから、かず子の上原への思慕の裏には、直治のスガ子への思慕と似たような、民衆への希求がかくされていたのではないか、と想ってみるのが自然である。

蛇の卵を焼いたことが「お母さまに或ひは悪い祟りをするのではあるまいか」と心配になったかず子は、「何だか自分の胸の奥に、お母さまのお命をちぢめる気味のわるい小蛇が一匹はひり込んでゐるやう」に思う。また、夕日が当たってその眼が青いくらいに光ってみえる母の美しい顔をみて、「お母さまのお顔は」さっき卵を捜して彷徨っていた上品な女蛇に「どこか似てゐらっしゃる」と思う。そしてかず子は、「私の胸の中に住む蝮みたいにごろごろして醜い蛇が「この悲しみが深くて美しい美しい母蛇」であるお母さまを「いつか、食ひ殺してしまふのではなからうか」と感じて、「理由のわからない身悶え」をする。

母の命を縮めるものがあるとしたら、それは自分の中にはいりこんだ小蛇のなす業である。その小蛇がやがて蝮みたいな蛇に、母蛇を食い殺す醜い蛇に成長する——そうした不吉な意志が自分のなかに育っていくことをおもって、かず子は「身悶え」をするわけである。この「身悶え」は、あとに出てくるかず子の「いらいらした思ひ」や「胸の奥のひそかな不安や焦燥」とおなじ根から出たものである。それは、やがて、「或るひとが恋ひしくて」たまらなくなり、「両足の裏に熱いお灸を据ゑ、じつとこらへてゐるやうな特殊な気持」へと育っていき、あげくかず子に「私には、行くところがあるの」と言わせるものなのだ。自分の中に巣くって、母に背くことを促すごろごろした蛇、すなわち異形の意思が、上原への恋にほかならないことをかず子はだんだんと自覚していく。「お母さまを犠牲にしてまで太り、自分でおさへてもおさへても太」りゆくこの異形の意思は、しかし、単に上原への思慕であるだけのものではない。

火事の翌日からかず子は「畑仕事に精を出」す。

火事を出すなどといふ醜態を演じてからは、私のからだの血が何だか少し赤黒くなつたやうな気がして、その前には、私の胸に意地悪の蝮が住み、こんどは血の色まで少し変つたのだから、いよいよ野生の田舎娘になつて行くやうな気分で、お母さまとお縁側で編物などしてゐても、へんに窮屈で息苦しく、かへつて畑へ出て、土を掘り起したりしてゐるはうが気楽なくらゐであつた。

かず子は、戦時中に徴用されて、はじめて地下足袋をはいた時の「びつくりするほど、はき心地が」よかったことを思いだす。また「鳥やけものが、はだしで地べたを歩いてゐる気軽さが、自分にもよくわかつたやうな気がして、とても、胸がうずくほど、うれしかつた」ことを思いだす。そして、「いまでも私は、いよいよ生活に困つたら、ヨイトマケをやつて生きて行かうと思ふことがあるくらゐなのだ」と言う。そうして、自分は、母の衰えとは「反対に、だんだん粗野な下品な女になつて行くやう」に思う。南方から帰ってきた直治は、そのようなかず子を久し振りで見て「げびて来た」という。

「はだしで地べたを歩いてゐる気軽さ」がよくわかったような気がして嬉しかったことを思い出すというのは、地べたを離れた生活から、地べたに密着した生活へと、かず子のなかでひそかに方向を変えている志向があることを示している。「血の色まで」変わって、「野生の田舎娘」になっていくようだというのは、この志向の線に添ったこの日頃のかず子の変化にちがいない。「いよいよ困つたら」ヨイトマケをやって「生きて行かうと思ふ事がある」というのは、貴族的な生からの転換の底意とでもいうべきものをあらわしている。だから、これらの描写にあらわれているのは、かず子のある転生への意思ともいうべきものである。「私は、このごろ、少しづつ、太つて行きます。動物的な女になつてゆくといふよりは、ひとらしくなつたのだと思つてゐます」とかず子は上原への初めての手紙に記しているが、「粗野な下品な女」「野生の田舎娘」「動物的な女」になっていくことが、かず子には「ひとらしく」なることだと意識されている。ここで「ひとらしい」人とは、かず子の生まれである貴族とは別なもの、庶民的なものを意味していると取るほかはない。かず子は農耕にいそしむが、農耕の場である土地というのは、庶民＝常民にとってのある本質的な内部を意味している。だから、農耕にいそしむかず子というのは、彼女の内部にある無意識のうちでの庶民志向を行動にあらわしていることになる。

このように、かず子の中では、上原への思慕の募りと、「野生の娘」「ひとらしさ」への転生の歩みとが同時に進行している。だから、上原への思慕の高まりと、貴族的な生からの脱出の思いとは裏腹のものであったということになる。別言すれば、上原への恋は、実は庶民的なものへの志向と重なっていたということであり、そう言ってよければ、その恋は庶民への転生の願いを裏に持っていたということである。だから、かず子の内部でのそうした意思の誕生が小蛇の宿りになぞらえられ、その意思の成長が蝮の育ちに擬せられるのだ。小蛇と蝮とは異形の意思を表わすとともに、貴族にとっての「異」である庶民をも含意していよう。いうまでもなく、庶民への転生の願いは、貴族である母の生の否定である。かず子のなかでの蝮の成長が母を殺すというのは、このことにほかならない。

だから、かず子の上原への恋は、直治のスガ子への思慕とある意味で同型である。いずれも裏にあるのは庶民への転生の願いである。直治はスガ子への恋をあきらめて自裁する。庶民への架橋の願いの挫折である。かず子は、上原の子をみごもることによって、ある意味では転生の願いを果たす。
「僕も昔、麻薬中毒になつた事があつてね」。上原は麻薬中毒の経験者である。「札つきの不良」でもある。かず子が「お能からの帰り」に、京橋のカヤバアパートではじめて見た上原は、「お年寄りのやうな、お若いやうな、いままで見た事もない奇獣のやうな、へんな初印象を」あたえる男であった。直治は上原を「半気違い」といい、「ほとんど狂人といってよい」という。
庶民上原は、このように、庶民の世界からはみ出た存在である。いわば制外者である。庶民の世界からはみ出た制外者であることによって、上原は、庶民の世界とは異質の世界の存在であるかず子、貴族の生まれであるかず子にとって、庶民の世界へと繋がる媒体としての役割を果たしうる。

たくさんのひとが、あなたをきたならしい、けがらはしい、と言つて、ひどく憎んで攻撃してゐるとか、弟から聞いて、いよいよあなたを好きになりました。

庶民の世界の外側の存在であるかず子は、庶民の世界からの逸脱者上原を媒介として、庶民の世界に架橋しようとする。庶民の世界からの逸脱者である上原は、その異常性、その制外性によって、あるスティグマを刻印されている。そのスティグマが、おなじく枠外の存在者というスティグマを刻印されているかず子を引き寄せる。つぎのかず子の言葉はこのことを意味していよう。

私、不良が好きなの。それも、札つきの不良がすきなの、さうして私も札つきの不良になりたいの。さうするよりほかに、私の生きかたが、無いやうな気がするの。

この意味で、かず子が上原によってはじめて唇を奪われる場所がビルの階段の「中頃」であったということは、象徴的な意味をもつ。階段とは上階と下階とをつなぐ境界的な場所である。所属を異にする二人の結びつきの場として、その「中頃」というのはいかにも相応しい。

二

上原に唇を許したこの初めての出会いのあと、「タキシーを拾つて」もらって、車にゆられながら帰る途中、かず子は「世間が急に海のやうにひろくなつたやうな気持」を覚える。それは夫にのみとらわれた世界からの解放の思いであったとともに、貴族の世界を囲んでそのそとに展開している広い世間、庶民の世界への目覚めにつながる感慨でもあっただろう。だから、上原へと傾くかず子の心には、上原への思いと重なって、広い世間へと自分を解放させたいという志向も同時にあるということになる。

かず子と母との「二人きりの山荘生活は」「どうやら事もなく、安穏に」つづいてきてはいた。この山荘生活には、「パンドラの匣」の一種透明な世外の世界の残響がみてとれるし、「パンドラの匣」には、戦時中の太宰のある種の多幸感がこだましているのであるが、そのことには今は触れないでおく。二人のこの山荘生活は「ほとんど世の中と離れてしまったやうな」暮らしであって、村の人からみれば、「子供が二人で暮してゐる」ような「ままごと遊びみたいな暮し方」にしか見えないものであった。やがてかず子は、この「山荘の安穏は、全部いつわりの、見せかけに過ぎない」と、ひそかに思うようになる。この思いの背後にあるのが、売り食いの毎日と母の日毎の衰えと彼女の胸に宿った蝮の成長という事情であることは確かであるが、そこには、世間喪失の生に避けられない孤絶感もまたあったと思われる。

上原に出した三通の手紙に対して何の反応もなく、「私の恋してゐるひとの身のまはりの雰囲気に、私の匂ひがみぢんも滲み込んでゐないらしい」ことを知ったときに、かず子はつぎのように感じる。


この世の中といふものが、私の考へてゐる世の中とは、まるでちがつた別な奇妙な生き物みたいな気がして来て、自分ひとりだけ置き去りにされ、呼んでも叫んでも、何の手応への無いたそがれの秋の曠野に立たされてゐるやうな、これまで味はつた事のない悽愴の思ひに襲はれた。これが、失恋といふものであらうか。曠野にかうして、ただ立ちつくしてゐるうちに、日はとつぷり暮れて、夜露にこごえて死ぬより他は無いのだらうかと思へば、涙の出ない慟哭で、両肩と胸が烈しく浪打ち、息も出来ない気持になるのだ。

上原に何の顧慮も示されないこと、それはまさに失恋だろう。その失恋の痛手が、「この世の中といふものが」自分の考えていたものとまるでちがつた「別の奇妙な生き物」になった、という感じでかず子を襲うことが特徴的である。それは直接的には、「私の匂ひ」を「みぢんも滲み込」ませようとしない上原の「身のまはり」の世界にたいする不満と違和感を指しているのだろうが、それだけではない。かず子にとっては、上原を失うことが世間を失うことと一般である事情が、ここには示されている。だから、かず子は「たそがれの秋の曠野に」「自分ひとりだけ」で立たされているような「悽愴の思ひ」に襲われるのだ。

「もうこの上は、何としても」上京して「上原さんにお目にかからう」と心支度をはじめたとたんに、母の様子がおかしくなる。かず子は看病に明け暮れる。そして、母の死がまぢかに迫ってきたある日、かず子は「お母さま、私いままで、ずゐぶん世間知らずだったのね」と母に語りかける。これにたいして母は、「世間はわからない」「わかつてゐる人なんか、無いんぢやないの？　いつまで経つても、みんな子供です。なんにもわかつてやしないのです」と答える。それを受けてかず子は思う――

けれども、私は生きて行かなければならないのだ。子供かも知れないけれども、しかし、甘えてばかりもをられなくなつた。私はこれから世間と争つて行かなければならないのだ。ああ、お母さまのやうに人と争はず、憎まずうらまず、美しく悲しく生涯を終る事の出来る人は、もうお母さまが最後で、これからの世の中には存在し得ないのではなからうか。死んで行くひとは美しい。生きるといふ事。生き残るといふ事。それは、たいへん醜くて、血の匂ひのする、きたならしい事のやうな気もする。私は、みごもつて、穴を掘る蛇の姿を畳の上に思ひ描いてみた。けれども、私には、あきらめ切れないものがあるのだ。あさましくてもよい、私は生き残つて、思ふ事をしとげるために世間と争つて行かう。お母さまのいよいよ亡くなるといふ事がきまると、私のロマンチシズムや感傷が次第に消えて、何か自分が油断のならぬ悪がしこい生きものに変つて行くやうな気分になつた。

母のように「世間はわからない」ままに、「憎まずうらまず」美しく生きられる時代は終わった。生きるためには、母の生き方は否定されなければならない。貴族の存在がその根を払われてしまっている事実を認識して、その事実に沿って身構えをしなおさねばならない。世間と離れ、ひとびとと隔離した生というものは、「立ちつくしたまま」「腐つて行く」以外にはない。世間のなかでの生が、たとえ「きたならしく」「たいへん醜くて」も、生きるために必要とあれば、それにまみれなければならない。

かくて、世間への架橋ということがかず子の課題となる。母の看病をしている十月のある日、うたた寝のなかでかず子は、夢でなじみの森の中の「湖の底に」「白いきやしやな橋が沈んでゐ」る夢をみる。同行の和服の青年は、橋が沈んでいるので今日はどこへも行けないという。――この夢をみた日は、上原からなんの返事もなく、かず子が「悽愴の思ひ」に襲われた日よりもあとである。だから、沈んだ橋というのは、あるいは上原をあらわしているのかもしれない。同行の青年が和服だったということが、そのことを暗示する（かず子の唇を奪った日の上原は和服を着ていた）し、さきにも述べたようにかず子は上原を介して庶民の世界へと架「橋」しようとしていたという解釈が、この想像を補強する。夢のなかで失われていた橋は、しかし、現実の世界では再構築されねばならない。

この日頃すでにかず子はローザの本を読んで、「したふ恋ゆゑに」「片端から旧来の思想を破壊して行くがむしやらな勇気」を学び、「恋と革命のために」生きることを心に決めていた。だから「生き残つて、思ふ事をしとげるために世間と争つて行かう」と決意するかず子のなかで、恋の成就への決意と世間への架橋の意思とは一緒に存在することになる。ひょっとすると上原への思慕というのは、世間への繋がりをもとめる希求の姿を変えたものかもしれない。「世間と争つて行かう」というのは、世間の道徳を無視して恋に生きることを意味しているとともに、世間のなかで、ひとびとにまじって「血の匂ひのする」「醜い」生をいとなんでゆくことをも意味していた。

かず子は「何か自分が油断のならぬ悪がしこい生きものに変つて行くやうな気分になつた」という。「油断のならぬ悪がしこい生きもの」というのは、ひとつには、上原から子種を得たいと狙うかず子の秘めた意図を指している。なぜなら、この言葉は、上原へのかず子の最後の手紙のなかの「私には、はじめからあなたの人格とか責任とかをあてにする気持はありませんでした。私のひとすぢの恋の冒険の成就だけが問題でした」、「私には、古い道徳を平気で無視して、よい子を得たといふ満足があるのでございます」という言葉と呼びあっているからである。庶民上原の子を宿すことが、かず子の庶民への転生の願いの成就であることはいうまでもない。そしてこの「悪がしこい」という言葉は、もうひとつには、おなじ手紙のなかの「こんどは、生れる子と共に、第二回戦、第三回戦をたたかふつもりでゐるのです」と照応して、やがて得られるかもしれぬ子を支えとして、世間を生き抜いていこうとするかず子の「蛇のやうに慧い」処世の戦略をも含意している。

かず子が上原と結ばれる前後を読むと、かず子の互いに矛盾した感情がほとんど交互に披瀝されていることに気づく。

チドリの土間で、かず子が六年ぶりに見る上原の姿は、「まるつきり、もう、違つたひとになつて」おり、「前歯が抜け落ち、絶えず口をもぐもぐさせて、一匹の老猿が背中を丸くして部屋の片隅に坐つてゐる感じで」ある。チドリのおかみさんの部屋でうどんをすすりながらかず子は「今こそ生きてゐる事の侘しさの、極限を味はつてゐるやうな」気持ちをおぼえる。そして「泊るところがねえんだろ」と上原に言われたとき、「自身に鎌首をもたげた蛇を意識し」、「敵意。それにちかい感情で」その「からだを固く」する。そのあと上原に、ざこ寝が出来ないのなら、「こんなところへ来なければいいんだ」と言われて、このひとは「誰よりも私を愛してゐる、と、私はそのひとの言葉の雰囲気から素早く察」したりする。また上原とならんで深夜の町をあるきながら「自分がとても可愛がられてゐる事を、身にしみて意識」する。

上原に遮二無二キスされたあとかず子は「性欲のにほひのするキスだつた。私はそれを受けながら、涙を流した。屈辱の、くやし涙に似てゐるにがい涙であつた」と記す。そしてまた二人ならんで歩いている時、「しくじつた。惚れちやつた。」と上原が笑って言ったのに対して、かず子は、「笑ふ事が出来」ずに「眉をひそめて、口をすぼめ」、「仕方がない」と思い、「自分が下駄を引きずつてすさんだ歩きかたをしてゐるのに」気づく。恋の成就した夜に、かず子は「私のその恋は、消えてゐた」としるす。そのあと夜があけて、傍らで眠っている上原をみて「にくいひと、ずるいひと」と思うとともに、上原の顔が「この世にまたと無いくらゐに」美しいものに思われ、「恋があらたによみがへつて来たやうに胸」をときめかせて、かず子のほうからキスをする。そして「かなしい、かなしい恋の成就」としるす。その朝、目覚めた上原にたいしてかず子は、「私、いま幸福よ。四方の壁から嘆きの声が聞えて来ても、私のいまの幸福感は、飽和点よ。くしやみが出るくらゐ幸福だわ」と言う。上原は言う「でも、もう、おそいなあ。黄昏だ」。かず子は言う、「朝ですわ」。

ここにあるのは、大体において、恋の成就の前後において女をとらえる矛盾した感情とみるのが自然だろう。恋してきた男を久し振りで見たときの、空想のなかの男と現実の男との落差。夢想のなかでの恋の成就と、現実の相手が示す性欲の匂いのする振る舞いとの期待差。そうした差異に面したときの女の感情の起伏といったものである。しかし、ここにはそれ以外のものもある。かず子が自身に意識する「鎌首をもたげた蛇」であり、「敵意。それにちかい感情」である。また、遮二無二キスされたあと、「下駄を引きずつてすさんだ歩き方を」しながら、かず子が「仕方がない」と思うことである。そして、「かなしい、かなしい恋の成就」であり、「私のその恋は」いったんは「消えてゐた」筈であるにもかかわらず、「私のいまの幸福感は、飽和点よ」と言うかず子である。「でも、もう、おそいなあ、黄昏だ」と言う上原にたいして、「朝ですわ」と答えるかず子を加えておいてもよい。

ここに、自分の恋が押しかけであり、いずれ上原には捨てられることを予感し覚悟しているかず子がいることは確かだろう。悲しい恋の成就ということの一部はそのことを意味している。だが他方でそれは、かず子をかりたてきた上原＝庶民との結合の成就でもある。そこにはひょっとしたら子種を得たかもしれないという、母性の完成の期待の裏打ちもある。母性の完成が庶民への同化の完成を意味することについては既に触れた。

だから、上原との一夜というのは、恋そのものの成就としてはかず子を複雑な思いに誘う要因を数多く持っていたかもしれない。しかし、庶民へと転生したいという希求、世間へと架橋したいという祈念、そして子をもうけようという意図、という、この恋にかず子が重ねあわせていたいくつかの内心の欲求からみれば、それは、これらの企図のほぼ十全にちかい達成を意味している。「くしやみが出るくらゐ幸福だわ」というのは、このことを無意識のうちに悟ったかず子の会心の笑みなのだ。だからかず子にとっては「朝ですわ」なのだ。

三

これまでにわたしは、かず子の上原への恋が、彼女の庶民への志向および世間への架橋の希求と一体のものである次第をみた。またそれが、庶民に同化したいという願いを抱きながら果てた直治のスガ子への恋と、ある意味で同じ形のものであることにも触れた。

「斜陽」に登場する四人の人物—かず子、直治、上原、そしてかず子の母は、それぞれに太宰の分身であるといわれる。いま、かず子と直治とが抱いた庶民への志向に限って言えば、このような志向は、まさに太宰その人がほとんどその生涯にわたって抱いていた希求であることに気づく。小説「斜陽」の主題もまたこの線にそって読みとられねばならない。

「撰ばれてあることの／恍惚と不安と／二つわれにあり」。「葉」冒頭のこのエピグラフは、相馬正一（『評伝　太宰治』第二部、筑摩書房）によれば、堀口大学の『ヴェルレエヌ研究』（昭和八年、第一書房）から「借用したものと思われる」とのことである。そして、ヴェルレエヌの原詩「智慧」は、詩人の自序によれば「腐乱した末法の世の泥土の中を、徘徊ひ歩いた」末に新たにクリスチャンとなった詩人の「信仰承認の公約書」であるとのことである。

相馬氏が紹介している訳詩をみればわかるとおり、詩人が覚える「恍惚」とは、自分が神によって撰ばれてある身であることを自覚したがゆえの恍惚であり、その「不安」は、自分は神の撰びには値しないのではないかという卑下と畏れをともなった不安である。ここでは、「恍惚」も「不安」も、ともに上（神）を仰ぎながら抱くある「高み」の感情という性格を持たされている。これに対して、太宰の覚える「恍惚と不安」は、おなじく「高み」の感情ではあっても、その視線はいわば下を向いている。撰ばれて高みにある者が、低みにある人々と自分との位置の差異を見て感ずる「恍惚」であり、その高みから下を見たときの距離感がもたらす眩暈と怖れをともなった「不安」である。「撰ばれてある」という受け身の形は両者に共通であるが、撰びの主体は異なる。一方は神であり、他方は出自、素質など、いわば運命に類するものである。せいぜいがミューズ（詩神）による撰びであろう。

太宰が「撰ばれてあることの恍惚と不安」をその芸術家としての自覚に沿って意識したのは、「晩年」所収の作品を書いていた頃だろう。しかし、似たような「高み」の誇りと、「高み」にいるがゆえの不安感、疎外感とは、幼いときから太宰についてまわっていた。自分が例外的な存在であることの意識であり、そうした意識にともなう誇りと疎外感とである。このことをあらわす太宰の文章をいくつかわたしは示すことができるが、すでに多くの人が引用しているので、その煩は避けることにする。

この「恍惚と不安」「誇りと疎外感」のいわばアンビバレンツは、太宰のなかに二つの志向のせめぎあいを生んだ。ひとつは反抗と脱俗の孤高へと彼をつきうごかす志向であり、撰ばれてあるものの高みを維持補強する方向に働く。いわば正のロマンチシズムとでも呼ぶべきものである。他は、低みに、日常性に、庶民につくことによって、撰ばれてあることの不安と疎外状況から去り、平安を回復しようとする志向であり、いわば負のロマンチシズムである。幼年時の平安と充足とは卑しい者たち─下男や女中─の懐の暖かみのなかにあったという太宰の思いが、この負のロマンチシズムを補強する。この二つの志向は生涯にわたって太宰の生き方を左右した。図式的にいえば、作家としての所謂前期の太宰を動かしたのは、より多く正のロマンチシズムであり、いわゆる中期の太宰をつくりあげたのは、より多くこの負のロマンチシズムである。

平野謙のいう「常識人の仮装」の時代の太宰、いわゆる中期の太宰の諸作品をとりあげて、そこに見られるこの二つの志向のせめぎあいともいうべきものを明らかにしてみせたのは、渡部芳紀の『太宰治　心の王者』所収の諸論考である。こうした理解に立った氏の「八十八夜」解釈（「『八十八夜』論」昭五三初出）は見事である。

氏の解釈を敷衍してわたしの言葉でいえば、「八十八夜」（昭一四・八）で、「真の闇の中を、油汗流して」「そろ、そろ、一寸づつ」「十日、三月、一年、二年」と進んでいるうちに、「ほとほと根も尽き果て」、「だめなのだ。もう、これ以上、私は自身を卑屈にできない」と叫んで、「あり金さらつて、旅に出」る笠井さんの姿には、脱俗の孤高の生き方を去って、順俗の生き方のなかに自己の再構築をはかった太宰の混迷とやがて直面した壁の厚さとが仮託されている。また、「十七、八の、からだの細長い」女中と口づけしているところをゆきさんに見られて、「十万億土、奈落の底まで私は落ちた」「洗っても、洗っても、私は、断じて昔の私ではない」という笠井さんの反省には、順俗の生、一般性へのより添い、普遍への妥協のなかで、自分がいかに遠くかつての脱俗、孤高の生から隔たってしまったか、についての太宰の感慨が反映している。

渡部氏は「『駆込み訴へ』論」（昭四九初出）の中で、つぎのように書いている。

当時の太宰の胸の内には、二つの思いが錯綜していたと考えられる。一つは、それまで（前期）の、自分の理想をめざしての純粋無垢な生き方をよしと憧れつつ、それが感傷的・感覚的過ぎ、傲慢で叡知を忘れたものであったことを反省し批判する思いであり、一つは、現在（中期の初め）の、現実にある程度妥協し、生活者として堅実に生きていくことを肯定しつつ、それを不純なもの、今までの生き方への裏切りであると批判し、現実に妥協することを息苦しく感じる思いである。

当時の太宰の気持ちは、この両者の間を揺れ動いていた。

けだし妥当な見方だろう。わたしに言わせればつぎのようになる。太宰は、さきに述べた正・負二つの志向を常に抱えていた。そして、トニオ・クレーゲルの言葉「わたしは二つの世界のあいだに立っています。そのどちらにも安住の地を得ません」（新潮文庫・九十五頁）そのままに、その一方の志向の極へのゆきすぎは、いつも何らかの破綻を生んだ。一方の志向へと傾いては、あげく反発され、他方の志向へと偏っては、跳ねかえされるというのが太宰の生であった。

凡俗、一般性に寄り添い、庶民のなかにまじって生きようとする試みが、やがて挫折をむかえる様についてはさきに見た。「私は自身で行きづまるところまで実際に行ってみて、さんざ迷って、うんうん唸って、さうしてとぼとぼ引返した」（「春の盗賊」）。「私」は庶民の生活をわがものにしようとし、一般性のなかに自分を押し込む試みを実際におこなったというのである。その挙げ句に引き返したというのである。しかし、引き返した太宰を、庶民の生活は依然として、誘惑しつづける。一般性のなかで安らうということが太宰にたいして持つ誘惑・魅力は消えない。「正義と微笑」（昭一七・六）という作品はそのことをよく語っている。

この太宰の「負のロマンチシズム」に見られる、庶民のなかでの安定への希求と分かちがたく絡み合っているのが、太宰の異性愛および母性思慕の示す特有の傾きである。

「俗天使」（昭一五・一）のなかに、語り手である「私」が、食事をしながらミケランジエロの「最後の審判」の大きな写真版に見入る場面がある。

「図の中央に王子のやうな、すこやかな青春のキリストが全裸の姿で」おり、「若い小さい処女のままの清楚の母」が「御子に初ひ初ひしく寄り添ひ、御子への心からの信頼に、うつむいて、ひつそりしづま」っている。そしてよく見ると、「まるで桃太郎のやうに玲瓏なキリストのからだの、その腹部に、その振り挙げた手の甲に、足に、まつくろい大きい傷口が、ありありと、むざんに描かれて在る。」

わかる人だけには、わかるであらう。私は、堪へがたい思ひであつた。また、この母は、なんと佳いのだ。（中略）この母は、怜悧の小さい下婢にも似てゐる。清潔で、少し冷い看護婦にも似てゐる。けれども、そんなんぢやない。軽々しく、形容してはいけない。看護婦だなんて、ばかばかしいことである。これは、やはり絶対に、触れてはならぬもののやうな気がする。誰にも見せず、永遠にしまつて置きたい思ひである。「聖母子。」私は、其の実相を、いまやつと知らされた。

「私」という語り手は太宰その人にほぼ一致するとみてよいだろう。

わたしがいま注目するのは、「私」（太宰）が、「眼のまへに在るこの若い、処女のままの母」を、「怜悧の小さい下婢にも似てゐる」と捉え、あるいは「清潔で、少し冷い看護婦にも似てゐる」としていることである。

ここで大胆な想像をすることを許してもらえば、このとき太宰は、「その腹部に、その振り挙げた手の甲に、足に」無残な傷痕を残す青春のキリストに、傷だらけの自分自身の青春を重ねたのだ、とわたしは思う。太宰が自分をひそかにイエスに擬している文章は一、二にとどまらないからである。「鷗」（昭一五・一）には、「私」は「ただしやがんで、指をもって砂の上に文字を書いては消し、書いては消し、してゐるばかりなのだ」という表現がある。また「八十八夜」では、「からだの細い」女中と接吻しているところを「ゆきさん」に見られて、分身である笠井さんは、「地球の果の、汚いくさい、まつ黒い馬小屋へ、一瞬どしんと落ち」こんでいる。

太宰が、青春のキリストに自分を重ねたときに、「全裸の御子に初い初いしく寄り添」う「清楚の母」は、是非とも「怜悧な下婢」でなければならなかった。そうであることによって、「聖母」に寄り添われる「青春のキリスト」という構図は、母がわりの利発な女中たちにかしずかれ、寄り添われて育った太宰の姿に重なるのである。

聖母を下婢と看護婦とに似ているとした太宰は、すぐそのあとで「軽々しく、形容してはいけない」と反省し、再びイエスと聖母との聖性を確保しようとしている。そしてこのあと太宰はこの作品のなかで、「私にも陋巷の聖母があつた」として、支那そば屋の「小さい女中」や、「水上町の小さい医院」の「丸顔の看護婦さん」など、「私」の出会った「貧しい女性たち」に

「陋巷のマリヤ」という冠を「多少閉口しながら」捧げている。

かく太宰は、聖母のなかに「小さい下婢」を見ていたとともに、「貧しい女性たち」のなかに「陋巷の聖母」をみていた。ここには、聖のなかに俗をみると同時に、俗のなかに聖をみるという太宰の視座が明瞭にうかがわれる。

聖母マリヤを「怜悧の小さい下婢」に見たてたということは、〈聖母＝下婢〉という等式をなりたたせるものが太宰のなかにはあったということである。この等式から導かれるのは、いま述べた聖と俗との関係、すなわち「聖」母＝「下」婢　、〈聖＝俗（下）〉の関係だけではない。聖「母」＝下「婢」の関係、すなわち〈母＝婢〉の関係もまた導かれる。そして、ここには太宰に特有な母性観と女性観とが姿を見せている。

太宰にあっては、母は婢でなければならなかった。母性というものは卑しい劣ったものでなければならなかった。太宰は身分の劣った女にしか母性を感じることができなかった。だから、青春のキリストに太宰がふと自分を同化させた瞬間に、キリストの母は下婢に転化しなければならなかった。

太宰の作品の男性の主人公が相手とする女性は、ほとんどいつも身分的に劣った女性である。あるいはなんらかの意味で貶められた女性である。「思ひ出」のみよ、「道化の華」の園、「ダス・ゲマイネ」の菊ちゃん、「八十八夜」のゆきさん、「古典風」の尾上てる、「パンドラの匣」の竹さん、マア坊など、その例にはこと欠かない。「エロティシズムは人間の内的生活の一面である」、「エロティシズムの対象は欲望の内在性に対応している」、「もしこの女が私たちの内的存在に触れなければ、たぶん彼女を選ばせるようなものは何一つないはずである」と書いて、性愛の内面性を強調したのはG・バタイユであった（『エロティシズム』二見書房・四十頁）。だから、これらの作品の例から、性愛の対象の選択に際して太宰を動かしているある内面の傾きといったものを想定することは許されるだろう。それは、劣った身分、貶められた境遇の女性への、いちじるしい傾きを示している。

「私は、享楽のために売春婦をかつたこと一夜もなし。母を求めに行つたのだ。乳房を求めに行つたのだ」（「HUMAN LOST」）という言葉にすくなからぬ太宰の真実がこめられているとしたなら、太宰の異性愛はその母性思慕とわかちがたく絡みあっていたことになる。そして、卑しい女にのみ母性を感じるという太宰の心の傾きと、卑しい女性をのみ性愛の対象とするという太宰の内面の偏りとは、じつは同根のものであったということになる。

太宰の異性愛や母性思慕が、どうして貧しい女性、貶められた女へと収斂していったのかについては、すでに先人によるいくつかの考察がある。それらを見れば、太宰の貧しい存在、貶められた存在への心の傾きが、異性にたいするものにはかぎられないことがわかる。

大久保典夫は、そのすぐれた「『津軽』論ノオト」（『作品論　太宰治』昌文社、昭五一刊所載）のなかで、「思ひ出」の文章を引用しながら次のように書いている。「太宰の場合、母への愛を拒否されて、彼の愛は、下男下女たちに恰好の対象を見いだすわけだが、それは奉公人たちだけが身近で親しめる存在であり、彼の愛を抵抗なく受けいれてくれる唯一の存在であったことを物語っていよう」。そして、「『晩年』論」(『太宰治研究事典』所載)のなかでは、「無限奈落」の大村乾治に触れて氏はつぎのように言う。《この小説で注目されるのは、一種の余計者で一家から疎外されている(と信じている)大村乾治が、女中や下男たちに〝唯一の親しめる〟人間を見いだす箇所で、(中略)簡単にいえば、意識家の乾治は、自分とまったく異質の存在である無智な大衆(女中や下男)のなかで、はじめて安めるものを感じたのだ》。

「津軽」の末尾近くには、再会したかつての子守女たけの中に「世のなかの母といふもの」を見出し、そうした庶民の母によってはじめて「不思議な安堵感」と「心の平和」とはもたらされるとしている「私」がいる。また、金木の「私」の生家にかつて仕えたことのある人たちに「友」を見出し、それらの人たちを「忘れ得ぬ人」としている「私」がいる。ここでの「私」はほぼ太宰その人とみられる。「奉公人たちだけ」を「身近で親しめる存在」として育った太宰、「自分とまったく異質の存在である無智な大衆のなかで、はじめて安めるものを感じ」ながら育った太宰のなかで、女中や下男に代表される庶民の世界が、いつの間にか、平安を意味し、「忘れ得ぬ」心の故郷を約束するものに育っていっていた次第が、ここには読みとれる。庶民的な女にしか性愛を覚えないという太宰のエロスのもつ内面性もじつはこのことに根ざしていた。

四

直治は、民衆に同化したいと願う希求において太宰の分身であっただけではない。直治は、「民衆の酒場から」湧いて出てきた言葉「人間は、みな、同じものだ」に強い反発を示す。そして、この言葉は「人をいやしめると同時に、みづからをもいやしめ」、「あらゆる努力を放棄せしめ」る「卑屈な」「猥せつな」言葉である、と言っている。この直治の反発には、民衆の中にはいり、順俗の生を送る生き方のなかで、いつの間にか「卑屈」になり、かつての理想をめざした孤高の生き方にくらべて大きく堕落してしまったと反省した、中期の太宰の苦い経験が反映している。民衆の中で普遍に添った生き方をしつつ、なお高貴であること―それが太宰の理想であり、見果てぬ夢であったことは疑いがない。多くの作品のなかにうかがわれる、俗のなかの聖にたいする太宰の関心はここに由来する。

直治が恋した人妻スガ子は、どんな女であったか。

「或る中年の洋画家の奥さん」スガ子は次のように描かれていた。

その洋画家の行ひは、たいへん乱暴ですさんだものなのに、その奥さんは平気を装つて、いつも優しく微笑んで暮してゐるのです。

直治がこの奥さんに恋したのは「或る夏の日」である。その日の「午後、その洋画家のアパートをたづねて行つ」た直治は、奥さんの言葉にしたがって、不在の洋画家の帰りを部屋にあがって待つ。そして、帰って来そうもないので立ち上がって、奥さんにおいとまを告げる。そのとき奥さんは、《何の警戒もなく、僕（直治）の傍に歩み寄つて、僕の顔を見上げ、／「なぜ？」／と普通の音声で言ひ、本当に不審のやうに少し小首をかしげて、しばらく僕の眼を見つづけ》る。その彼女の、「何の邪心も虚飾も」ない瞳に、直治は「くるしい恋を」する。

また次のようなこともある。「或る冬の夕方」、炬燵にはいって一緒に酒を飲んだあと大鼾をかいて眠ってしまった洋画家の傍らで、直治が「横になつてうとうとしてゐたら、ふはと毛布がかかか」る。薄目をあいて見ると、アパートの窓縁に腰をかけてお嬢さんを抱いた奥さんの「端正なプロフィルが」、水色に澄んだ東京の冬の空を背景に、あざやかに浮かんで見える。直治は、その「ルネサンスの頃のプロフィルの畫」と「そつくりの静かな気配」と、「何の色気でも無く、欲でも」ない「ほとんど無意識みたいになされた」親切とに打たれる。そして「眼をつぶつて、こひしく、こがれて狂ふやうな気持になり」、瞼の裏からあふれ出る涙を毛布で隠す。

そして直治はスガ子についてつぎのように記す。

《高貴、とでも言つたらいいのかしら、僕の周囲の貴族の中には、ママはともかく、あんな無警戒な「正直」な眼の表情の出来る人は、ひとりもゐなかつた事だけは断言できます。

《あの洋画家の作品に、多少でも、芸術の高貴なにほひ、とでもいつたやうなものが現れてゐるとすれば、それは、奥さんの優しい心の反映ではなからうかとさへ、僕はいまでは考へてゐるんです。

すでにお関さんの見たスガ子が「お優しくて、よく出来たお方のやうで」あったし、かず子が見たスガ子も「たしかに珍しくいいお方」であった。そしてここには、「何の邪心も虚飾もない」眼、「無警戒な正直」、色気も欲もない「親切」、「優しい心」の持ち主、「高貴ともいふべき」「眼の表情」といった言葉で、直治がスガ子から得た印象が語られている。（あとの論のために言っておけば、このようなスガ子の性質とプロフィルとのなかには、あらかじめ聖母の姿が準備されているとみられる。）

先にも見たように、スガ子は「一重瞼で、目尻が吊り上がつて、髪にパーマネントなどかけた事が無く」、「さうして、とても貧しい服装で」、けれども「きちんと着附けて、清潔」にしている女であった。貧しく貶められてはいるがきちんと身を処している庶民そのものである。直治が「こひしく、こがれて狂ふやうな気持に」なったときのスガ子のプロフィルは、「お嬢さんを抱いて」何事もなさそうにアパートの窓縁に腰をかけた姿であった。そしてそのスガ子は眠っていた直治にいまさき「そっと毛布をかけて」くれたばかりである。直治のスガ子にたいする恋に、つよい母性思慕がともなっていることは明らかである。

このように見てくると、庶民の生を送りつつなお高貴でありたいという理想、貧しい庶民の異性にだけ性愛をおぼえるというエロスの固有の内面性、そして、貶められた女性へと特化している母性思慕、という三つの面においても、スガ子に恋する直治は、太宰の分身を演じていたことがわかる。これを別な面から言えば、貧しい存在でありながら、正直で高貴で、しかも優しい母性をそなえた庶民スガ子というのは、女性にたいする太宰のほとんどすべての希求を満たした理想の女性であったということになる。

この小説の末尾において、かず子は、上原にたいする「おそらくはこれが最後の手紙」のなかで、「一つだけ」上原に「お願ひ」をする。自分がやがて生む子を、「たつたいちどで」よいから上原の妻に抱いてもらい、そのとき「これは、直治が、或る女のひとに内證で生ませた子ですの」と言わせていただく、というものである。そして、「なぜ、さうするのか」は誰にも言えないし、また自分自身にも「なぜ、さうさせていただきたいのか」は、よくわからないが、「直治といふあの小さい犠牲者のために、どうしても、さうさせていただかなければならない」のだと言う。

弟が恋したスガ子は、上原の妻である。かず子はその上原の子を生もうとしている。だからこのとき、かず子の明瞭な意識にまではのぼらない幻想の構図の中にあっては、おそらく、自分は自殺した弟直治にかさなり、上原はその妻スガ子にかさなり、あげく、自分に生まれてくる子は、直治とスガ子との間に生まれて来べかりし子にかさなっていたに違いない。だから、やがて生まれてくる子をスガ子に抱いてもらい、そのとき「これは、直治が、或る女のひとに内證で生ませた子」であると称えるということは、(かず子にとっては)、スガ子による直治の子の認知の儀式であるとともに、直治の秘めた恋の成就を意味するわけだ。

それだけではない。直治は、その半生をかけて庶民への同化・転生を願った。しかし、「民衆の部屋にはひる入場券を」得られなかっただけではなく、民衆の持つ「卑屈な」「奴隷根性」に反発を覚えたこともあって、根なし草の境涯から抜け出すことができなかった。そして、民衆のなかにありながら高貴さを持つスガ子を見出して恋をしたが、庶民の世界にはいるための通過儀礼(イニシエーション)としての意味をもつこの恋を、弱さゆえに貫くことが出来ずに挫折した。だから、スガ子による子の抱きというのは、直治の庶民の世界への架橋・転生の願いの姉の手による成就、イニシエーションの完成としての意味をも持つことになる。

かず子によって子の抱きを期待されているスガ子の人柄とプロフィールとには、さきにも見たように、聖母の面影が準備されていた。

だとしたら、スガ子による直治の子の認知の儀式は、同時に聖母による子の祝福の構図ともなるだろう。太宰はあきらかにこの小説の末尾に聖母子の姿が浮き上がることを予想していた。

かず子は同じ手紙のなかで、「マリヤが、たとひ夫の子でない子を生んでも、マリヤに輝く誇りがあつたら、それは聖母子になるのでございます」と書いて、自らを聖母子に擬そうとしている。そして、神西清も、平野謙も、このかず子に神聖受胎を見、聖母を見ようとしている。しかし、わたしに言わせれば、この小説の末尾で浮かびあがってくるのは、かず子ではなく、「スガ子―子」の聖母子像である。

庶民の妻スガ子は、あたかもマリヤが庶民の出であったのと似て、聖母にふさわしい。かず子の生む子の、スガ子による抱きは、かず子が庶民によってもうけた子の、庶民による認知であり、同時にかず子の庶民としての誕生でもある。そうした子の抱きの構図のなかに、半生にわたって庶民のなかでの平安を求めてきた太宰その人の、自らへの鎮魂の願いを見る思いがするのはわたしだけだろうか。

「美男子と煙草」論

一

太宰治の小説「美男子と煙草」（昭二三・三）は、四百字詰め原稿用紙にして十六枚か十七枚の小品である。「私」（太宰治）が、雑誌社の記者たちに連れられて上野の駅の地下道に浮浪者を見にいくという話である。浮浪者たちは揃って「端正な顔をした美男子ばかり」であったということと、たいていが煙草を吸っていたということとが、「私」が発見した二つのことであった。それが題名の由来である。ほかには、その時「私」が、地下道と自分とが無縁ではないかもしれないと感じて戦慄を覚えたということと、浮浪児たちの上に天使の地上に落ちた姿を幻視したということとが、目立っている。おわりに「付記」として、浮浪者たちと一緒に撮った写真を見た女房が「私」を浮浪者に見まちがえたということが記されている。いってみればそれだけの作品にすぎないのだが、読み終わったあとに残る若干の疑問と少なからぬ感興とがある。疑問についていえば、上野に行く前に雑誌社の応接間で「甚だ奇怪な」ウィスキーを呑むのが「私」だけなのはなぜかというのがそのひとつである。また、地下道を通るときに「私」が「何も見ずに、ただ真直に歩」いたのはどうしてなのかということがあるし、「浮浪者の殆ど全部が、端正な顔立ちをした美男子ばかり」なのはなぜかということもある。

地下道を出たときに、記者たちは、見てきた地下道の様子を、「まるで地獄でせう」とか、「別世界だ」とか「私」に向かって言う。この日の地下道観察は、だから「地獄」を見ることでもあったわけである。そのような感じの「地下道を素通りしただけで」、「私」は、「地下道の隅に横たはり、もはや人間でなくなってゐる」というありうべき自分の姿をおもって、「戦慄」を感じたりする。おそらく地下道の象徴する「地獄」に「落ちる」ことへの怖れだろう。だから、この作品の蔵している意味を解するためには、太宰にとっての「地獄」の意味、あるいは「落ちる」ということの意味がどのようなものであったかをよく見ておく必要があるだろう。

ふかく詮索すればまた別かもしれないが、太宰のいくつかの作品を振りかえってみたときに、「落ちる」という事態が描かれていたものとしてすぐに想い浮かぶのは、次の四つである。ひとつは「八十八夜」(昭一四・八)の「十萬億土、奈落の底まで私は落ちた」であり、ひとつは「鷗」(昭一五・一)の「歯が、ぼろぼろに欠け、背中が曲り、ぜんそくに苦しみながらも、小暗い露地で、一生懸命ヴァイオリンを奏してゐる、かの見るかげもない老爺の辻音楽師」である。そしてもう一つは、「東京八景」（昭一六・一）の「金持の子供は金持の子供らしく大地獄に落ちなければならぬといふ信仰を持つてゐた。逃げるのは卑怯だ。立派に、悪業の子として死にたいと努めた」であり、最後のひとつは「冬の花火」（昭二一・六）の末尾で数枝がいう「落ちるところまで、落ちて行くんだ」である。

それぞれがどのような「落ちる」事態をあらわしていたかを、簡単に見ておく。

「十萬億土、奈落の底まで私は落ちた」（「八十八夜」）にあっては、落ちを自覚する直接のきっかけになったのは、笠井さんが宿の若い女中と部屋の中央で口づけしているところを、馴染みのあるゆきさんという年上の女中に見られたということである。その「ぶざま」さに対する「地団駄を踏む」悔恨のおもい、羞恥である。しかし、その一瞬の羞恥が、笠井さんに「世界の果に、蹴込まれ」た「無残な落ち」とまで感じられたのには、ここ二、三年「通俗」的妥協的な作品を発表し続けてきた笠井さんが、そうした自分に最近行きづまりを感じていたという事情が大きく関係している。「純粋を追うて、窒息するよりは、私は濁っても大きくなりたいのである（「懶惰の歌留多」）」と言って定めた生き方の行きづまりである。笠井さんは、「我は人なり、人間の事とし聞けば」胸が躍るとばかりに、「人の心の奥底を、ただそれだけを相手に、鈍刀ながらも獅子奮迅した」四、五年前の自分とはまったく変わって、自分がいま「まるで、だめ」になったと自覚している。そして「真暗闇」にいるような恐怖をさえ覚えている。

だから笠井さんには、そうした問題をかかえている近頃の自分と、若い女中とのことで大恥をかいた今日の自分とは決して無縁ではないと、映ったのである。ここには、いわゆる中期的なありようにたいする太宰の反省と批判のおもいが噴出しているといえるだろう。

そうした中期的なありようは、個性的、理想追求的な前期のありようからの一般的、現実的なありようへの移行あるいは頽落ととらえることができるだろう。いわば、一般性への移行あるいは頽落である。そして、そのような一般性への移行・頽落の転回点になったものを作品の上で求めれば、それは「姥捨」（昭一三・一〇）において、嘉七が、

　おれは、愛しながら遠ざかり得る、何かしら強さを得た。生きて行くためには、愛をさへ犠牲にしなければならぬ。なんだ、あたりまへのことぢやないか。世間の人は、みんなさうして生きてゐる。あたりまへに生きるのだ。

と自分に言い聞かせて、かず枝と別れる決心をした時にさかのぼることができるだろう。「世間の人は、みんなさうして」いるという世間の一般性がこのときの嘉七の口実であった。だから「奈落の底まで」落ちたここでの事態を名づけるとしたら、「一般性への落ち」と呼ぶことがふさわしいだろう。

「かの見るかげもない老爺の辻音楽師」（「鷗」）はある種の「落ち」の結果の姿をあらわして

いよう。それがどのような種類の「落ち」であるかを語っているのは、『新釈諸国噺』の「人魚の海」（昭一九・一〇）での中堂金内の述懐だろう。自分が射止めた人魚の死骸を証拠としてもとめて果たすことができず、窮地に陥った金内は次のように言う。

ああ、あの時、自分も船の相客たちと同様にたわいなく気を失ひ、人魚の姿を見なければよかつた、なまなかに気魂が強くて、この世の不思議を眼前に見てしまつたからこんな難儀に遇ふのだ、何も見もせず知りもせず、さうしてもつともらしい顔つきでそれぞれ独り合点して暮らしてゐる世の俗人たちがうらやましい、あるのだ、世の中にはあの人たちの思ひも及ばぬ不思議な美しいものが、あるのだ、けれども、それを一目見たものは、たちまち自分のやうにこんな地獄に落ちるのだ、……

「老爺の辻音楽師」はさしづめ「不思議に美しいもの」を「一目見て」地獄に落ちた金内ということになるだろう。そして「鷗」の「私」は「自身を」その老爺に「近いと思つてゐる。」そして、

社会的には、もう最初から私は敗残してゐるのである。けれども、芸術。それを言ふのも亦、実にてれくさくて、かなはぬのだが、痴（こけ）の一念で、そいつを究明しようと思ふ。

男子一生の業として、足りる、と私は思つてゐる。辻音楽師には、辻音楽師の王国があるのだ。

と言う。ここにいるのは、社会的に敗残の境涯に落ちていても、芸術の王国に生きることに男子の生き甲斐と「ささやかな誇り」とを感じている「私」である。「私は、いまは人では無い。芸術家といふ、一種奇妙な動物である。」だからここにあるのは「一種奇妙な動物」いわば「美的実存」への落ちだろう。

さきに引いた「東京八景」の「金持の子供は金持の子供らしく……」の前には次の文章があった。「私は故郷の家の大きさに、はにかんでゐたのだ。金持の子といふハンデキヤップに、やけくそを起してゐた。不当に恵まれてゐるといふ、いやな恐怖感が、幼時から、私を卑屈にし、厭世的にしてゐた。」「花燭」(昭一四・五)では〈男爵〉について、同じことが次のように言われていた。

自分の心の醜さと、肉体の貧しさと、それから、地主の家に生れて労せずして様々の権利を取得してゐることへの気おくれが、それらに就いての過度の顧慮が、この男の自我を、散々に殴打し、足蹴にした。

おれは滅亡の民であるといふ思念一つは動かなかつた。早く死にたい願望一つである。

ここにあるのは、金持の家に生まれた自分は高みにいるという自尊であるとともに、高みにいることの罪意識と不安とに促されて低みにつきたいと願う志向である。そうした罪意識は、たとえば「列車」（昭八・二）の末尾にもあらわれている。だからこの志向は「下層庶民のところ」まで落ちたいという願望といってよいだろう。

最後にくるのは、「冬の花火」の数枝のいう「落ちるところまで、落ちて行くんだ」という一種意志的な「落ち」である。あるいは、「何だかわからぬ愛のために」「身と霊魂（たましひ）とをゲヘナにて滅し得る者、ああ、私は自分こそ、それだと言ひ張りたいのだ」と言った「斜陽」（昭二二・七～一〇）のかず子のいわば地獄めがけての一種倫理的な「落ち」である。（かず子が聖句の「滅し得る者」を誤読していることについては、拙稿「〈トカトントン〉論」ですでに触れた。）

いずれもが、自分が世間倫理にそむいた行為に赴こうとしていることを知っており、落ちる先になんらかの裁きがあるだろうことを覚悟している。太宰の作品に現われる「私」は、比較的早い時期から自分が罪の多い人間であることを繰り返し言っており、あとになると、罪と地獄とを結びつけて考えている気配が濃くなってきているようにうけとれる。「父」（昭二二・四）の「私」は、己れを生かすという〈義〉のために、家庭の幸福を地獄の思いで捨てなければならない。作品の発表時期からいうと後になるが、「神の愛は信ぜられず、神の罰だけを信じてゐる」「人間失格」（昭二三・六～八）の葉蔵は恒常的に不幸であるが、彼はその不幸を自分に課せられた「罰」として受け取っていたようにおもわれる。いわば日々が「罰」としての地獄であったわけだ。日々が罰としての地獄であるのなら、葉蔵は日々裁きを受けていたことになり、日々神を身近に感じていたことになるだろう。だからここでの落ちを「地獄への落ち」と名づけてもよいだろう。

以上、四つの「落ち」を抽出してみた。ほかにもあるにちがいないが、ここでは厳密さを期してはいない。四つの「落ち」のそれぞれにつけた「一般性への落ち」「美的実存への落ち」「下層庶民への落ち」「地獄への落ち」という名称も勿論便宜的な当座のものである。太宰の作品の主として「私」に見られるこのような四種類の「落ち」の類型を、そのまま太宰その人が持っていた「落ち」意識の類型であるとすることには慎重でなければならない。作品の中の「私」はほとんどが太宰の虚構の自画像あるいは自我の戯画像とみられるからである。しかし、おなじく虚構の自画像である「美男子と煙草」の「私」(ここで「私」は太宰を名乗っているが)の持っている「落ち」意識の背後には、この四種類のものが控えていると想定することは許されるだろう。太宰が作品のなかで「私」というとき、読者であるわれわれが、それまでの多くの作品に描かれた太宰の虚の自画像によって構成されるひとつの人間像を思い浮かべることは自然だからである。

二

太宰の作品の中の「私」にあてはめてみたとき、四つの「落ち」のうち、比較的早い時期の作品に頻繁に見られるのは「下層庶民への落ち」である。マルクス主義思想の洗礼をうけたあと、独特の階級的罪意識とマルクス主義的完成史観（一種の終末史観）とがこの庶民志向に加わって、自己処罰的な傾向が深まったことが一時「私」にはあった。たとえば「姥捨」の嘉七は、

自分ひとりの幸福だけでは、生きて行けない。私は、歴史的に、悪役を買はうと思つた。（中略）私は自身を滅亡する人種だと思つてゐた。（中略）滅亡するものの悪をエムフアサイズしてみせればみせるほど、次に生れる健康のばねも、それだけ強くはねかへつて来る、それを信じてゐたのだ。私はそれを祈つてゐたのだ。私ひとりの身の上は、どうなつてもかまはない。

と言っている。自己処罰的に落ちるというこうした傾向が戦後の「地獄への落ち」志向へとつながったこと、つまりその先駆的なかたちであったことは疑いがない。しかし、「下層庶民への落ち」志向自体はマルクス主義との接触のかなり以前にまでさかのぼって「私」に存在していた。金持の家に生まれて、まだお坊ちゃんであった当時に、家に雇われている下男や下女との交わりの中に、母や兄弟たちとの交わりでは経験できない暖かみと心の安らぎとを味わった

ということが「私」にはあった。それがおそらく、自分の安らぎはかれら劣った者たちのいる下方に、あるいは下層庶民の懐の中にあるという固定観念に似たものを「私」に植えつけたのである。母性的なものはそちらに存在するという思いである。しかし、自分が下男下女によってチヤホヤされるのは自分が高みに位置しているからである、だからこの高みは維持されねばならない、という思いも「私」には同時にあった。だから、高みを維持しつつ救いのある下方へと向かうことが「私」の下方志向の実態であった。このように「私」は常に高みを維持しつつ低みを憧れた。いわば両極をふまえた矛盾の力学であり、この力学は戦後の「地獄」志向をも貫いている。

次の時期に作品によくあらわれてくるのが「一般性への落ち」とそれへの反省のことばである。一般性に落ちる前の「私」の生き方をややオーバーに表現したことばが「HUMAN LOST」(昭一二・四)にある。

人、おのおの天職あり。(中略)われとわがはらわたを破り、わが袖、炎々の焔をあげつつあるも、われは嵐にさからつて、王者、肩をそびやかしてすすまなければならぬ、さだめを負うて生まれた。(中略)ゆるせよ、私はすすまなければならないのだ。母の胸ひからびて、われを抱き入れることなし。上へ、上へ、と逃れゆくこそ、われのさだめ。

理想を追って、あらゆる障害を払いのけつつ自分の天賦の個性と特殊性とに生きようとした姿であり、いわゆる前期と呼ばれる時期である。「母の胸ひからびて」云々というのは、大地、生の基盤、故郷、母のふところなど、総じて生のやすらいの場が自分には失われており、自分はそうしたものに背いた方向に駆り立てられているということだろう。それが「上への逃れ」なのだろう。

こうした前期的生き方に対する反省の言葉は、太宰の生活姿勢の転換の時期からみると遅きに失した感があるが、昭和一四年発表の「新樹の言葉」「懶惰の歌留多」「花燭」にあらわれてくる。

つくづく私は、この十年来、感傷に焼けただれてしまつてゐる私自身の腹綿の愚かさを、恥づかしく思つた。叡知を忘れた私のけふまでの盲目の激情を、醜悪にさへ感じた（「新樹の言葉」）。

私はまだ老人ではない。このごろそれに気づいた。なんのことは、ない、すべて、これからである。未熟である。（中略）私は、長生きしてみるつもりである。（中略）純粋を追うて、窒息するよりは、私は濁つても大きくなりたいのである（「懶惰の歌留多」）。

すこしづつ変つてゐた。謂はば赤黒い散文的な俗物に、少しづつ移行してゐたのである。（中略）人間はここからだな、さう漠然と思ふのであるが、さて、さしあたつては、なんの手がかりもなかつた。（中略）純粋に無報酬の行為でもよい。拙なくても、努力するのが、正しいのではないのか。世の中は、それをしなければ、とても生きて居れないほどきびしいところではないのか。生活の基本には、そんな素朴な命題があつて、思考も、探美も、挨拶も、みんなその上で行はれてゐるもので……（「花燭」）。

そして、おなじ年に発表された「八十八夜」では、こうした一般性によりそった生活のどうにもならないゆきづまりがつぎのように告白されている。

生活のための仕事にだけ、愛情があるのだ。陋巷の、つつましく、なつかしい愛情があるのだ。そんな申しわけを呟きながら、笠井さんは、ずゐぶん乱暴な、でたらめな作品を、眼をつぶつて書き殴つては、発表した。生活への殉愛である、といふ。けれども、このごろ、いや、さうでないぞ、あなたは結局、低劣になつたのだぞ。ずるいのだぞ。そんな風な囁きが、ひそひそ耳に忍びこんで来て、笠井さんは、ぎゆつとまじめになつてしまつた。

こうした事態が「無残な落ち」として反省されていたわけである。一般性ということを、多くの人々の置かれている日常性、常識性と類似のものととらえるならば、一般性への志向というのは庶民性への志向と重なりあった性格のものだといえよう。

そのあとに時期的にこれと重なって作品に現われてくるのが、芸術という狭く限られたひと筋に生を賭けようとする姿勢である。それをさきには「美的実存」と呼んだが、太宰は「路傍の辻音楽師」ということばでそれを象徴的に呼んでいる。この言葉が出てくる「鷗」にあっても「善蔵を思ふ」（昭一五・四）にあっても、そこに出てくる「私」が戦時下における自分の無力を痛切に感じていることを指摘することができよう。《私は波の動くがままに、右にゆらり左にゆらり無力に漂ふ、あの「群衆」の中の一人に過ぎないのではなからうか。》と「鷗」には記されていた。その無力の自覚が「私」に「痴（こけ）の一念で」芸術に生を賭けさせるのである。美的世界に落ち込んだ人間にはそこ以外に生きる道はないことの表明である。そして「落ち」た世界ですこしずつからだを起こすのである。だからここでは、「落ちる」ことが「起きあがる」ことと重なりあっており、そこで「起きあがる」ことが美的世界への一層の「落ち」をもたらすのである。

戦後の太宰の作品に支配的な「落ち」は「地獄への落ち」だろう。「冬の花火」の数枝の「好きな男」と「落ちるところまで落ちていく」落ちも、「斜陽」のかず子の「恋のため」の落ちも、愛の実現のための落ちであり、そのための倫理の無視である。かず子の場合には倫理を犯すことが地獄への落ちとかさなって理解されているが、数枝の場合にはそうではない。むしろ、彼女の置かれている現在が地獄的な様相を帯びている。いずれの場合も、「落ち」の彼方には「愛」があって、愛のためには地獄あるいは不倫もいとわないのである。すすんで地獄あるいは不倫に落ちるのである。むしろ地獄あるいは不倫は愛とひとつのものとして現れてきているといえる。この「愛」の位置に「文学」を置けば、数枝やかず子の構えは「父」や「桜桃」における「私」の構えと相似のものとなってくるだろう。このことは戦後の太宰にとって「地獄」がどのようなものとして思い描かれていたかをよく示している。地獄は生の意味の追求と表裏するものとしてあったのである。あるいは思いのままの生の追求と表裏したものとしてあったのである。だから「父」の「私」は「義」のために「意地になつて地獄にはまり込まなければなら」ないのである。ここで「義」とは自分を生かす道に生きることであり、芸術に生きることであった。

三

以上が「私」の「落ち」の姿であるとして、このような種々の「落ち」のあげく、「美男子と煙草」の当時に「私」そしてまた太宰はどのような境位にいたのか。あるいはどのような「落ち」の境位にいて「私」は「美男子と煙草」の中の「私」であったのか。

占領軍の指令にもとづく農地改革の関連法が公布されたのは昭和二十一年十月で、実施されたのは翌年の三月からである。太宰の津軽の生家が大地主としての実体を失うのはこの時からである。それとともに高みにあるという太宰の意識を支えてきたものの実質もまた失われた。だから、右に見た「落ち」のうち、「下層庶民」のところまで落ちたいという願望は戦後の太宰とは無縁になったといえよう。それにつれて「一般性への落ち」志向もまた薄らいでいった。戦後の太宰にとっては、周りの世間の俗（一般性）は嫌悪の対象となっていった。「斜陽」の直治は、「民衆の酒場からわいて出たやうな言葉」「人間は、みな、同じものだ」に強い反発を示している。しかし、この二つの志向は戦後の太宰からまったく失われたのではない。おそらくその心の底に沈殿して、ちいさく息づいていたとおもわれる。

また、これまでに見てきたことからわかるとおり、戦時中のあの「美的実存への落ち」は、戦後になると「地獄への落ち」といわば合体していったとおもわれる。そこでは「美的実存」として生きることが「私」の罪意識を一層かき立てるとともに、そうした生がそのまま「地獄」に直面することであるといういきさつがあった。

まずその辺のいきさつから見ていく。「正義と微笑」（昭一七・六）の「僕」は、「日常生活に即した理想」と「生活を離れた理想」とを区別することを学んだ。人間に持つことがゆるされる理想は前者であって、後者の理想を追うのは「神の子」（キリスト）だけに許された道を行くことであり、やがては十字架に行き着くものと理解されていた。そうした理解のもとに「僕」は、生活を離れた理想を追うそれまでの生き方をあらためて、人間であることの制約のうちにあって、「みじめな生活のしっぽを、ひきずりながら」進むことにきめた。それでも「理想に邁進することが出来る筈」だと思ったのである。ここで言われていた「神の子の道」とは、イエスの生きた生涯の道であり、この論にひきつけていえば、ひたすら「美的実存」に生きる道と重なりあったイメージをもったものになるだろう。あとにもいうように、太宰にあっては、このいわば「美的実存」を生き抜く道がキリストの生涯をまねぶこととして理解されていたふしがある。

「正義と微笑」で選択された芸術家としての現実的な生活態度は、しかし戦後の太宰からは薄れていった感がある。檀一雄のことばを借りれば、戦後の太宰は「疑ひつつも、芸術の至上を選び踏まえ」て、「文芸完遂のはげしい悲願に追ひ」たてられた趣がある。その太宰の姿勢を檀は「ゴルゴタへ急ぐ風の思い入れ」と評していた（檀一雄著『小説太宰治』昭二四「序」、小山清編『太宰治研究』筑摩書房昭三一刊に所収）。いってみれば、「生活を離れた理想」の追求の方へなにほどか舵を切ったのである。「十字架」への道の選びである。ゴルゴタへ急ぐ風の様子の一斑は、「父」「桜桃」（昭二三・五）などに描かれた「私」の姿が示している。さきにも触れたように、それは「義」のために、「地獄の思ひで遊んでいる」生活であり、「地獄だ、地獄だ、と思ひながら」「いい加減なうけ応へをして酒をのむ」生活であり、「意地になつて地獄にはまり込まなければならない」生活である。

そうした生活が地獄であるのは、「ほとんど一日置きくらゐに」「子わかれの場」を「私」が演じ、「観念した」母が「下の子を背負ひ、上の子の手を引」いて「古本屋に本を売りに出掛ける」のを「私」が見ていなければならないからだけではない。そのような生活の中で「私」のなかに成長してくる罪の意識のせいでもある。

「俗天使」（昭一五・一）で「私」は、ミケランジエロの「最後の審判」の写真版に見入る。そして、そのなかに描かれた「青春のキリスト」に寄りそう「処女のままの清楚の母」を、「怜悧の下婢にも似てゐる」と感じる。ここにはおそらく母によって、あたかも下婢によるかのように奉仕されたいと願う「私」がいる。小此木啓吾の言葉をかりれば、「マゾヒズム的な母」による自分への奉仕の期待である（同氏著『日本人の阿闍世コンプレックス』中公文庫）。「父」「桜桃」の「私」や「ヴィヨンの妻」（昭二二・三）の「夫」にあるのも妻のマゾヒズム的な献身への期待であり、事実「私」や「夫」は妻のそうした種類の献身とゆるしとによって支えられている。そして、そのことが「私」に申し訳ないという思いを生み、それがやがて妻に対する罪意識となる。しかし、この罪意識に負けて良い亭主になってしまっては、自分は芸術家として失格してしまうという危機感が生まれる。そこで自分に生まれてきた罪悪感そのものを無視しようとする。そのためには自分が悪人であるという仮構が必要である。その仮構にしたがうことは〈人でなし〉になることの受容である。〈人でなし〉になることによって「義」をとおすのである。そしてますます周りに迷惑をかける。それが描かれたのが「父」だろう。「義？たはけた事を言ってはいけない。お前は、生きてゐる資格も無い放埒病の重患者に過ぎないではないか。」「私」の罪意識はますますふくらんでいく。それがまた「私」の地獄の苦しみを増加させるのである。

だから「地獄の思ひで遊んでゐる」というが、遊んでいる現在が地獄なのである。

ところが、これまで、戦後の太宰については、いちぶでたとえば次のように言われていた。

太宰の戦後の生は、地獄をすでにヴィジョンのなかに見ている生であると言ってよい。(中略)幻視のなかの地獄こそはキリスト教が太宰にもたらした生の根源的なイメージである。「身と霊魂(たましい)とをゲヘナにて滅し得る者」が太宰の苦悩者としての姿であった。(饗庭孝男著『太宰治論』講談社)。

「身と霊魂とをゲヘナにて滅し得る者」とは、聖句では端的に「神」を指しているが、これを読みちがえて「人間」ととり、自分をそのような身構えの人間に擬するということが時に太宰にあったことは否定できないかもしれない。しかし、そのことから右の論者のように結論づけることは行き過ぎのきらいがある。その点については今は立ちいらない。ただ、論者によれば、太宰は自分の地獄における滅びの姿をあらかじめ幻視していたということのようであるが、だとすると地獄は太宰にとって、あくまでも未来のこと、死後の世界のことになる。すくなくとも今のことではないことになるだろう。でなければ幻視などできない筈だからである。

太宰が極楽とか死後の世界とかいうものを信じていたということはないだろう。地獄という言葉をたびたび使ってはいるが、それは比喩以上のものではないとおもう。

「駆込み訴へ」(昭一五・二)に描かれたイスカリオテのユダは、イエスに対する太宰の思い

を正直に代弁している気味が濃厚であるが、そのユダは言う、

私は天国を信じない。神も信じない。あの人の復活も信じない。(中略) 私は、ただ、あの人から離れたくないのだ。ただあの人の傍にゐて、あの人の声を聞き、あの人の姿を眺めて居ればそれでよいのだ。(中略) 私は今の、此の、現世の喜びだけを信じる。次の世の審判など、私は、少しも怖れてゐない。

太宰に、イエスの教えにたいする信仰に近い思いがあったことは、たとえば「鷗」の「聖書のことを言はうと思つてゐたのだ。私は、あれで救はれたことがある。」から「信仰といふものは、黙つてこつそり持つてゐるのが、ほんたうで無いのか。」までの文章をみればわかる。この文章は、イエスの教えへの「私」(太宰) の素直な信頼・賛仰を感じさせて美しい。しかし、その信頼・賛仰の内実は、おそらく「神」とも地獄とも最後の審判ともほとんど無縁のものだったに違いないと思われる。そして、太宰にとっては、自分を生かす文学の道、あるいは理想を追う道をゆくことは、義であり、キリストが正しいとする道を行くことと解されていたふしがある。太宰にとってはキリストは超越的存在ではなく、理想を追っていくあゆみの極限に位置するいわば内在的な存在と解されていたふしもある。天国に神がいるとか、やがて最後の審判で地獄に追いやられるとか、死人が復活するとかいう宗教的表象を、比喩として受け取

るのは現代人には（おそらく信者をふくめて）ごく普通のことであると思われる。太宰もまたそういう意味ではおそらく普通の人であった。

だから、当時の太宰が、やがて自分がおもむくだろう地獄を「幻視」していたなどということは、せいぜいのところ比喩以上の意味をもたない。「ヴィヨンの妻」「父」「桜桃」などの書かれた当時、「私」あるいは太宰は、いわば事実上の地獄にいたのである。「美男子と煙草」の「私」がおかれていた境位もおそらくまたそうである。

四

それでは、上野の地下道体験とはこのような境位におかれた「私」にとって何であったのか。それが次の問いである。

「美男子と煙草」では、ある日「私」が酒場で年寄りの文学者三人になぶられたことが、まず語られている。そして、帰宅した「私」が「僕だつてもう遠慮しない、先輩の悪口を公然と言ふ、たたかふ、……あんまりひどいよ。」と烈しく泣いて、女房になぐさめられたとある。このとき「私」は、

ああ、生きて行くといふ事は、いやな事だ。殊にも、男は、つらくて、哀しいものだ。とにかく、何でもたたかつて、さうして、勝たなければならぬのですから。

と内心の思いを吐露する。そのことがあってから数日後に、「私」は雑誌社の記者の誘いで上野の地下道に浮浪者を見にいくのである。

そのときの「私」の様子を追ってみる。まず、「私」は雑誌社で、「ウヰスキーのドブロク」とでもいうべき濁ったウイスキーを呑まされる。それは、酔った勢いの「私」を浮浪者たちと対面させようという記者たちの魂胆であったかもしれないが、「記者たちのこの用意周到の計画も」成功とはいえない。なぜなら「私」は「なんにも見ずに、」「自分自身の苦しさばかり考へて、ただ真直を見て、地下道を急いで通り抜けただけ」なのだからである。地下道を抜けたところで「私」は四人の少年に焼き鳥を振る舞うが、そのとき、ヴァレリイの言葉「善をなす場合には、詫びながらしなければいけない。善ほど他人を傷けるものはないのだから」を思いだして、たまらない気持になる。「私」が地下道で発見したのは、「薄暗い隅に寝そべってゐる浮浪者の殆ど全部が、端正な顔立をした美男子ばかりだといふこと」と、その美男子たちがたいてい煙草だけは吸っていたということである。「私」は、自分は美男子だから地下道におちる可能性が濃いという冗談をいって記者たちみんなを笑わせる。そして、「自惚れて、自惚れて、人がなんと言っても自惚れて、ふと気がついたらわが身は、地下道の隅に横たはり、もはや人間でなくなってゐるのです。私は、地下道を素通りしただけで、そのやうな戦慄を、本気に感じ」る。そのあと上野公園前の広場に出た「私」は、さきの四人の少年と冬の日差しの下で写真におさまる。そのとき少年のひとりが「私」の顔を見て、「顔を見合わせると、つい笑つてしまふものだなあ」と言って笑う。「私」もつられて笑う。そして、そのとき「私」に「天使」の幻想が浮かぶのである。空を舞っていた天使たちが、神の思召により、落下傘のように世界のあちこちに舞い降りる。「私」は北国の雪の上に舞い降り、少年たちは上野公園に舞い降りた。「私」と少年たちとは「ただそれだけの違ひなのだ」と。そして「私」は呼びかける、少年たちよ、容貌には無関心に、煙草や酒はほどほどに、そうして内気でちょっとおしゃれな娘さんに気永に惚れなさい、と。

ここで「自惚れて、自惚れて」というのは、あとに「容貌には必ず無関心に」という少年たちへの呼びかけがあるのから判断すると、自分の容貌に自惚れるということだろう。美男子という共通した特徴をもった浮浪者たちを見ると、かれらがここに堕ちたのは、自分の容貌に自惚れた末のことのように思えるというのだろう。いわば美男子という高みからの転落である。しかし、そう思ったとたんに、「自惚れ」の果ての転落ということは美男子の浮浪者たちから離れて直接「私」自身を撃ってくる。自惚れていたのは実は自分であり、高みでの自惚れの果てに「地下道の隅に横たはり、もはや人間でなくなつてゐる」のは実は自分ではないのかという反省の襲来である。だから「地下道を素通りしただけで」「私が」「そのやうな戦慄を、本気に感じた」のは、現にすでに地下道に堕ちているのは実は自分ではないかということの確認をせまられたためである。さきにも述べたように、記者たちは地下道を抜けたあとで、「どうでした。まるで地獄でせう」と言ったが、この確認はだから自分がいま置かれている日常こそがまさに地獄であることを認めることを「私」に迫るのである。さきに「善ほど他人を傷けるものはない」というヴァレリーの言葉を思い出して「私」が「たまらない」気持になったのも、自分が「善」だと信じて歩んでいる文学ひとすじの道が、じつは大きく家人を傷つけているということの認識と無縁ではないだろう。また、この小説の末尾の「付記」には、「私」が少年たちと共に写した写真を見た女房が、写真のなかの「私」を「本気に」浮浪者と見誤ったという「笑ひ話」が付け加えられているが、その写真は右の「私」の確認を裏書きしていたことになる。

「私」が地下道を歩むときに「自分自身の苦しさばかり考へて」いたというのも同じである。たしかに地下道の様子は地獄かもしれない。そこに寝起きしている浮浪者たちの生活は悲惨で苦しいだろう。しかし、その苦しみと自分がいま抱いている苦しみといずれぞやという思いである。あるいは、地下道の地獄世界と自分の日々の地獄世界といずれぞや、という思いである。おそらくそうした思いを反芻しながら、「私」は「急いで」地下道をとおり抜けたのである。

ということは、この日の地下道経験は「私」に、これまで想像の中にだけあった地獄世界、あるいは幼いときに寺の絵図でみた地獄世界を目のあたり見せたのである。あるいは地獄を身近なものとして体験させたのである。このとき地獄世界は想像の世界にあったときの恐ろしさを失って現実の目前のかたちとなる。そして、地獄といってもこの程度のものかという安心を

「私」にもたらしたのである。もしも地獄があるとして、やがて堕ちた果ての地獄がこの程度であるのなら、それは今の自分の地獄の思いの日々とあまり変わりはないではないかという安心であり、将来に控えている地獄なるものへの不安の消失である。それがこの小説末尾の明るさを「私」にもたらしたのである。

カメラに収まったあと、「私」は「顔を見合せ」ていた「少年のひとり」の笑いにつられて笑う。このとき「私」のうちに、「下層庶民への落ち」を志向したかつての心の傾きが蘇生していたと推定することは不当ではないだろう。下層へと落ちている少年たちを見て、遠い昔から下層の者たちに抱いていた親しみの感じが「私」のうちによみがえってきたのである。そしてその思いと少年のひとりの笑いとが結びついて、「私」をある想像へといざなっていく。あげく「私」は、少年たちも自分も、同じく空を舞っていた天使が翼を失って地上に舞い降りたものであり、いわば天使たちの後裔あるいは後の姿であることを幻視するのである。この幻視のなかで「私」はこの地上の国と天国との重なりあいを感じたのにちがいない。

だからこの時「私」は一方では、地獄がこの世となんの変わりもないことを感得し、地獄があるとしたらそれは生の果ての未来にあるのではなく、現在にあるのであることを実感した。そして他方では、天国というものがあるとしたら、この世の始まりにあったり、どこか宇宙の別の空間に存在するのではなく、この地上の今に存在するのであることをおそらく了得したのである。それが、少年たちに天使を感じたということの内実である。そして、地獄が生の果てなどではないとしたら、そこからの出発もありうる筈であることをも感得したのである。だから「これからどんどん生長」する少年たちの出立に呼びかけて、明日にむかっての注意と期待とを先達として述べることができたのである。涙ではじまったこの小説は、ここに来て明るいさわやかな色合いを呈してくる。

ところでこの小説には、地獄と天国という二つのイメージが共存しているだろう。そして「私」がこのとき、上述したように天国と地獄との同時存在を感得していたとするなら、それはいわば「二世界体験」ともいうべき経験だろう。そうした経験については、すでに早く「女生徒」（昭一四・四）の中で、太宰は手記の書き手につぎのように言わせていた。

おみおつけの温まるまで、台所口に腰掛けて、前の雑木林を、ぼんやり見てゐた。そしたら、昔にも、これから先きにも、かうやつて、台所口に腰かけて、このとほりの姿勢でもつて、しかもそつくり同じことを考へながら前の雑木林を見てゐた、見てゐる、やうな気がして、過去、現在、未来、それが一瞬間のうちに感じられるやうな気がした。

太宰その人と思われる「私」が、そうした「二世界体験」ともいうべきことについて立ち入って語ったのが「美男子と煙草」の半年前に発表された「フォスフォレッセンス」（昭二二・七）であった。そこで「私」はいう、

《私は、この社会と、全く切りはなされた別の世界で生きてゐる数時間を持つてゐる。それは、私の眠つてゐる間の数時間である。》《記憶は、それは、現実であらうと、また眠りのうちの夢であらうと、その鮮やかさに変りが無いならば、私にとつて、同じやうな現実ではなからうか。》《私は、一日八時間づつ眠つて夢の中で成長し、老いて来たのだ。つまり私は、（中略）別の世界の現実の中でも育つて来た男なのである。》《だから、私にとつてこの世の中の現実は、眠りの中の夢の連続でもあり、また、眠りの中の夢は、そのまま私の現実でもあると考へてゐる。》《私は、それ以来、人間はこの現実の世界と、それから、もうひとつの睡眠の中の夢の世界と、二つの世界に於いて生活してゐるものであつて、この二つの生活の体験の錯雑し、混迷してゐるところに、謂はば全人生とでもいつたものがあるのではあるまいか、と考へるやうになつた。》

このあとこの作品には、夢の中の事実と現実の事実とが重なりあい合体する物語がみごとなうまさで展開されているが、そのように現実の世界での体験と夢の世界での体験との二つの体験世界に住むことがわたしがここで仮にいう「二世界体験」である。このように、「意識の夜の側面に属する他の現実」が真昼の現実と同等の真実性を持っていること、そしてそれが昼の世界に対してひとつの境界状況（限界状況）をかたちづくっていることの社会学的意味に注目したP・L・バーガーは、そのような経験をエクスタシー（脱自）ととらえている。そして、そのとき人は平常通りに規定されたままの現実の「外に立って」いるのだとした。さらに、そのような脱自的世界は、日常世界の規範秩序（ノモス）を侵害し、それに挑戦するものだとした（薗田訳『聖なる天蓋』新曜社、昭五四刊）。このように夢の世界を客体的に規定された現実世界に対立し、それを侵害し、それに挑戦するもう一つの現実というふうにとらえてみると、「私」が踏まえている二世界が「私」に対してもっている意味がいっそうきわだってくるだろう。「私」は地獄をひとつの現実として身近に体験するとともに、同じときに天国を身近な現実として体験する。両方ともがいわば等価な現実として「私」に迫ってくるのである。「フォスフォレッセンス」で太宰が言いたかったことはおそらくそのことに違いない。このようにして「私」にとって地獄は今日の現実であり、天国もまた今日の現実なのだ。そうした等価性の体験に「夢」が必要だとしたら、「奇怪な」ウィスキーがそれを「私」に提供したのだろう。そして、おなじようにして、後に述べるように、「私」は始源の時の現在への重なりあいを感得するのであり、終末の時が現在に訪れてきていることを実感したのにちがいない。

五

野原一夫はその『太宰治—人と文学』（下）（リブロプロート昭五六刊）で、「パンドラの匣」でいわれている「かるみ」に触れながら次のように書いている。

この「かるみ」という言葉を、戦後、日常の座談のなかでも、太宰さんはしきりに口にしました。よほど気に入っていた言葉だったのでしょう。「かるみ」これが分からなくてはね、と、分からぬ者とは共に文学や人生を語りたくないような口吻でした。「かるみ」が最も見事に具象化された作品は「ヴィヨンの妻」であると私は思いますが、……

「パンドラの匣」以後の作品には、「かるみ」という言葉はおそらく出てきていない。敗戦の年の翌年以降の太宰は、「パンドラの匣」であれほど言っていた「かるみ」という境地とは無縁になってしまったのかと思われるほどである。その太宰が日常の座談の中で「かるみ」という言葉をしきりに口にしていたというのはだからいささか意外である。

「ヴィヨンの妻」の大谷の「妻」（椿屋のさっちゃん）は小説の末尾で「人非人でもいいぢやないの。私たちは、生きてゐさへすればいいのよ」と言うが、渡部芳紀はその「〈ヴィヨンの妻〉論」（「解釈と鑑賞」昭五二・一二、後『太宰治 心の王者』所収）でこの言葉に触れていう。

「パンドラの匣」で、〈欲と命を捨てなければ、この心境はわからない〉〈すべてを失ひ、すべてを捨てた者の平安こそ、その『かるみ』だ〉と表現された、〈かるみ〉の心境にそれは近いのであろうか。現世の束縛から放たれた一つの自由な世界がそこにはある。

渡部氏のこの指摘は野原氏の指摘（野原氏は右の著書のなかで、《さっちゃんには、大袈裟の身振りも、深刻な表情もありません。（中略）さっちゃんこそ「かるみ」の具象化と言えましょう》とも書いていた）よりも時間的に先である。だから末尾の「妻」のこの言葉に「かるみ」を見たのは渡部氏の炯眼だとおもう。言われてみれば、「かるみ」の思想は、戦後すこしずつ形を変えて、太宰の思想の底流として流れていたのかもしれないのである。太宰が日常の座談の中でもしきりに「かるみ」を口にした理由も、そう思えば納得される。そういえば「美男子と煙草」の中の、

天使が空を舞ひ、神の思召により、翼が消え失せ、落下傘のやうに世界中の処々方々に舞ひ降りるのです。私は北国の雪の上に舞ひ降り、君は南国の蜜柑畑に舞ひ降り、さうして、この少年たちは上野公園に舞ひ降りた、ただそれだけの違ひなのだ、

という思念の中にも「かるみ」の思想の進展した姿をみることができるだろう。そしてこの作品のなかの、さきに見た、地獄と天国との同時経験というのは、おそらく「かるみ」と無縁ではないにちがいない。なぜなら、太宰が戦争末期に到達した「かるみ」の境地あるいは心境は、当時太宰がおなじく到達していた「終末論的意識」と表裏のものであり、そこには現在がその

まま終末の時であり、また始源の時でもあるという洞察が含まれていたと見られるからである。そのいきさつについて、わたしはさきに「〈パンドラの匣〉論ノオト」において若干の考察をしておいた。「パンドラの匣」を書いた当時の太宰には、あきらかに一種「終末論的」ともいえる時間意識が育っており、彼の内には、右に述べたような洞察があったと解釈することができるのである。そのことを示す言葉は「パンドラの匣」から沢山拾うことができる。いまそれをしているゆとりはないが、たとえばつぎのような言葉……「僕はもう何事につけても、ひどく楽天居士になつてゐるやうである。」「囀る雲雀、流れる清水、透明に、ただ軽快に生きて在れ。」「死と隣合せに生活してゐる人には、生死の問題よりも、一輪の花の微笑が身に沁みる。」〈かるみ〉とは「世界の大混乱の末の窮迫の空気から生まれ出た、翼のすきとほるほどの身軽な鳥だ。」「あとはもう何も言はず、早くもなく、おそくもなく、極めてあたりまへの歩調でまつすぐ歩いて行かう。〈伸びて行く方向に陽が当るやうです。〉」など。

このような「かるみ」の思想を背後で支えていた時間意識が、「パンドラの匣」を書いたときから二年を経て「美男子と煙草」によみがえるのである。そしてこの作品において「私」に、目の前の地下道に自分の終末の時（地獄）が現在化していることを見させるとともに、その終末の時（地獄）の住人を天使（始源の時）の末裔と見させるのである。そのようにして終末も始源も現在の出来事となる。そのことによって「私」は少年（天使）たちの姿を介して地獄と和解する。「パンドラの匣」に見られた「羽衣のやうに軽くて、しかも白砂の上を浅くさらさら流れる小川のやうに清冽な」「かるみ」の境地が、上野の地下道において「私」に出現するのである。「美男子と煙草」という作品は、だからおそらく、「かるみ」のその後の行き先を示した作品であるのにちがいない。

「人間失格」論

一

太宰治はパロディの名手であった。パロディによらなければ、私小説的形式以外の小説を書くことができなかったといってもよい。いや、彼の私小説的作品ですら、彼の生活の事実のパロディであったといえる。二重にも三重にもひねられているからである。「人間失格」（昭二三・六〜八）もまたパロディである。何のパロディであるか。太宰がそれまでにいくつかの小説に描いてきた虚像としての自画像、あるいは自己の戯画像のパロディである。

太宰は小説のなかに自己をありのままに提示することは慎重に避けてきたが、それでも、読者の頭には、太宰像といってよいものが造られてしまっている。その像をパロディ化した主人公を描くことによって、太宰は小説の本当らしさの担保とした。加えて、主人公に「葉蔵」という読者に馴染みの名をつけた。それで、葉蔵は太宰治と重なって読者にうけとられることになる。そうした仕かけをした上で、「人間失格」に「はしがき」と「あとがき」をつけて、これを典型的な額縁小説とし、「手記」の書き手と作家太宰治とを二重に分離したのである。二重にというのは、「手記」の書き手が葉蔵であって太宰ではないということが一つと、葉蔵の「手記」を千葉の喫茶店の旧知のマダムから託されて、「まえがき」と「あとがき」とを書いた作家「私」というのは、どうみても太宰らしくない作家に仕立てられているからである。（太宰治その人が、リュックサックを背負って家族のために海産物の仕入れに船橋市まで出かけていくなどということは、多少とも太宰の作品に親しんだ人には想像できない。）太宰は、「手記」の書き手と自分とを、切り離しながら繋げるという複雑な戦術をとった。「人間失格」は、太宰の虚の自画像の連鎖をもとにしたパロディであるとともに、虚の自己像の再提出でもあるわけで、「手記」の書き手・葉蔵は太宰の虚像の虚像であるわけである。

ところで、そのような太宰の虚像の虚像としての葉蔵を造形するにあたっては、できればこの人物にある基本の性格なり賦性なりを付与することが望ましい。うまく付与できれば、これまでの諸作品に登場した太宰の複数の虚像たちの持つ諸性格をパロディ的にうけついだ葉蔵に、ひとりの人間としての実在感をあたえることができるだろうからである。そうした基本の性格を葉蔵に与えるに際しては、自分の生涯を振り返ったときにおそらく太宰の脳裏に浮かんできたであろう、ある運命的な必然の糸のようなものが示唆になったにちがいない。とは勿論推定にすぎないが、太宰が昭和二十二年十一月発行の「小説新潮」に載せた「わが半生を語る」なるエッセイには、自分の半生をふりかえったときの太宰の感慨ともいえるものが披瀝されていて、太宰が自分の運命的な性格をどう捉えていたのかを示唆するものがある。山内祥史作成の年譜によれば、このエッセイの脱稿は「人間失格」執筆がはじまるほぼ五カ月前であり、その約一年半前に太宰は堤重久宛書翰に、「春の枯葉」がすむと《いよいよ「人間失格」といふ大長篇にとりかかるつもり》と書いている。太宰が「人間失格」の構想を練っていたと思われる時期に書かれたこのエッセイは、だからなかなかに重要な意味を持っている。太宰はこのエッセイのなかで次のように書いている。

《私は殆ど他人には満足に口もきけないほどの弱い性格で、従つて生活力も零に近いと自覚して、幼少より今迄すごして来ました。ですから私はむしろ厭世主義といつてもいいやうなもので、餘り生きることに張合ひを感じない。ただもう一刻も早くこの生活の恐怖から逃げ出したい。この世の中からおさらばしたいといふやうなことばかり、子供の頃から考へてゐる質でした。

《(注―自分の生まれた家が大きいことを作品の中で自慢しているように思われるかも知れないが、自分は事実の大きさの半分、いやもっとはにかんで語っている程だとしたあとで)一事が萬事、なにかいつも自分がそのために人から非難せられ、仇敵視されてゐるやうな、さういふ恐怖感がいつも自分につきまとつて居ります。（中略）それが人はやはりどこか私を思ひ上つてゐると思ふ第一原因になつてゐるやうであります。けれども私に言はせれば、それが私の弱さの一番の原因なので、そのために自分の身につけてゐるもの全部をはふり出して差上げたいやうな思ひをしたことが幾度あつたかしれません。

《（注―自分が変人だと言われていることをとりあげて）世の中から変人とか奇人などといはれてゐる人間は、案外気の弱い度胸のない、さういふ人が自分を護るために擬装してゐるのが多いのではないかと思はれます。やはり生活に対して自信のなさから出てゐるのではないでせうか。（中略）（注―私は自分を変人だとは思はない）けれども、私は、前にも云つたやうに、弱い性格なのでその弱さといふものだけは認めなければならないと思つてゐるのです。

《私は昔と同じやうに、いや或ひは昔以上に荒んだ生活をしなければならん。この自分の不幸を思ふと、もう自分に幸福といふものは一生ないのかと、それはセンチメンタルな気持ちでなく、何だかいやに明瞭にわかつてきたやうにこの頃感じます。

エッセイであっても、太宰が演技をしていない保証はないから、これらの言葉をどれだけ太宰の真実ととってよいかには問題がある。だが、ここで言われている「弱い性格」「生活力の無さ」「生活の恐怖」「気の弱い人が自分を護るための擬装」「生活に対する自信のなさ」「自分の不幸」「幸福はもう一生ないことが明瞭にわかる」などの言葉が、葉蔵像を描くときの太宰のなかで働いていたことは確かだろう。

「人間失格」に描かれた葉蔵を見ると、右のエッセイに書かれた「私」と似た性格・性癖をもっていることがわかるが、勿論葉蔵の性癖はそれだけに限られてはいない。

「人間失格」の「第一の手記」は、「恥の多い生涯を送つて来ました。／自分には、人間の生活といふものが、見当がつかないのです。」と書きはじめられている。これによると、この「手記」が書かれたのは、おそらく「第三の手記」が書かれたときとそれほど離れていない時期においてだろうと推定される。自分の生涯をふりかえって、「恥の多い生涯」だと括っているからである。だからここで言われている「人間の生活といふものが、見当がつかないのです」というのは、「手記」を書いている時点における葉蔵の感慨だろうと推定できる。このように「手記」には、「手記」を書いている時点での葉蔵の感慨・認識と、描かれている年齢時点で葉蔵の抱いた感慨・認識とが共在している。両者を区別するのには、それらの感慨なり思想なりが、動詞の現在形で書かれているか、過去形で書かれているかが一応の指標になるが、それはあくまでも一応にとどまる。過去形で書かれていても、その時点での葉蔵の感慨にとどまらずに、それを回想して書いている時点での葉蔵の思想である例が結構多いからである。

現在形で書かれている例としては、つぎのようなものがある。

《つまり自分には、人間の営みといふものが未だに何もわかつてゐない、といふ事になりさうです。(「第一の手記」)

《自分は、いつたい幸福なのでせうか。自分は小さい時から、実にしばしば、仕合せ者だと人に言はれて来ましたが、自分ではいつも地獄の思ひで、かへつて、自分を仕合せ者だと言つたひとたちのはうが、比較にも何もならぬくらゐずつと安楽なやうに自分には見えるのです。(「第一の手記」)

「手記」を書いている現在の葉蔵の自己認識を表しているだろう。

過去形で書かれている例のひとつは次のようなものである。

《日陰者、といふ言葉があります。人間の世に於いて、みじめな、悪徳者を指差していふ言葉のやうですが、自分は、自分を生れた時からの日陰者のやうな気がしてゐて、世間から、あれは日陰者だと指差されてゐる程のひとと逢ふと、自分は、必ず、優しい心になるのです。さうして、その自分の「優しい心」は、自身でもうつとりするくらゐの優しい心でした。

(「第二の手記」)

この文章は、全体的には過去形の中に組み入れられているが、「さうして」の前までに告白されている心情は、葉蔵の現在の思いだろう。

現在形で書かれている感慨や認識は「第一の手記」に多い。「第二」「第三」になるとほとんどが過去形で書かれている。「第一の手記」に現在形が多いということは、自分の生涯を振返ってみたときに、これこそがこれまでのおのれの生活を一貫して支配してきた自分の性癖あるいは欠陥性格だと自覚されるものについての書き手のゆるがぬ認識が、そこには多く表明されているからだろう。

そうした葉蔵の自己理解、自己認識を要約して示せば、「第一の手記」では、「自分には人間の生活といふものが、見当がつかない」であり、「自分は不幸な存在だ」であり、「互いにあざむき合つてゐながら、明るく清く生きていける人間が自分には難解だ」である。「第二の手記」では「自分は生れた時からの日陰者だ」であり、「第三の手記」では「自分の不幸は、すべて自分の罪悪からなのだ」である。

このような仕立てで、葉蔵という存在の世間との食い違いあるいは齟齬ともいうべき事態が語られている。はじめに触れた葉蔵に賦与された基本の性格とは世間と齟齬する性格のことだと理解される。「第一の手記」では、このような事態がどのようにして葉蔵に生まれたかの背後の事情をつぎの三つにわけて説明している。一つは、葉蔵のいわば世界への属し方における通常のあり方との乖離、一つは空腹ということを知らないで育った葉蔵の環境の異質性、そしてもう一つは、そうした性格的な異常を介して葉蔵の内部に育ってきた人間恐怖である。

三つのうちの最初のものは、「世界への内属の仕方における葉蔵の齟齬」ともいうべき事情である。葉蔵は「よほど大きくなってから」はじめて汽車を眼にした際に、停車場のブリッヂを見て、それが「構内を外国の遊戯場みたいに、複雑に楽しく、ハイカラにするためにのみ、設備せられてあるものだとばかり」思ったという。かなり永い間そう思っていたあげくに、それが「実利的な階段に過ぎないのを発見して、にはかに興が覚め」たという。また、「絵本で地下鉄道といふものを見」たときにも、それが「実利的な必要から案出せられたものではなく、」「地下の車に乗つたはうが風がはりで面白い遊びだから、とばかり思つてゐ」たという。さらに、寝るときの敷布、枕のカヴア、掛蒲団のカヴアを、詰まらない装飾だと思っていて、二十歳ちかくなってから、それらが（汚れをふせぐための）「案外に実用品だつた事」がわかって、「人間のつましさに暗然とし、悲しい思ひを」したという。

これらのことが語っているのは、二十歳ちかくになるまで、葉蔵が、周囲の物やものごとが実用的な配慮のもとに布置されていることに殆ど関心がなかったということである。人間社会の仕組みが、物やものごとの実利性、実用性をもとに作り上げられているということに無知であり、無垢であったということである。ハイデガーが人間を「世界内存在」と呼ぶときには、「世界」とは「道具的な存在性格を持つさまざまなものの全体的連関からなる生活の場面」のことであり、人間は、ことさらに意識する以前にすでに、こうした道具的なものとのかかわりあいの中にあるのだという。そして、そのことが人間存在の根本機構だとして、それに「世界内存在」と名づけたのであった。われわれは普段、机や椅子や家屋という道具のもとに気づく前にすでに住みついている。そうした道具的な意味の連関の総体が世界の意味であり、それは終極的に人間をめざしている。そうした意味のもとにわれわれはいつもすでに住みついている。書くための鉛筆―鉛筆を削るためのナイフ―ナイフを研ぐための砥石といった連なりが道具的連関であるが、こうした道具的有意味性の見地から世界をとらえるということは、ハイデガーの考察が人間の平均的日常的なあり方からその分析をはじめたことにもとづいているのだろう。こうした「世界」の中に内属しているのが人間であり、その内属の仕方に異常をきたしたのが、おそらくW・ブランケンブルクが『自明性の喪失』（木村他訳・昭五三みすず書房）で紹介した単純型の分裂病患者アンネ・ラウだろう。訳者のひとりの木村敏は「訳者あとがき」で、「世界内存在」の「内存在」（内にあること）とは「〜のもとに住み慣れていること」であるととらえ、アンネは分裂病のゆえに世界への「住み慣れ」の仕方に異常をきたしたのだろうと説明している。そうした患者は大変に辛い生を送ることになる。しかし、葉蔵はそのような意味での患者ではない。世界への内存在の仕方において異常をきたしてはいない。葉蔵に対しても、世界は道具的連関の総体として現れてきている。ただその世界の持つ道具性が、葉蔵の場合には実利性、実用性を離れていて、いちじるしく審美的もしくは遊戯的な性格を持ってきているということである。世界は実利的な道具連関ではなく、まず遊戯的あるいは美的（感性的）な道具連関として彼には現れてきている。彼には世界はまず遊びのために、あるいは美のためにあり、ついで実利的な側面が浮上してくる。すなわち彼の世界への内属の仕方が、実利的でなく遊戯的もしくは感性的（審美的）なそれに偏っているのである。だから彼は、駅のブリッヂや地下鉄を面白い「遊び」だと思い、枕や掛蒲団のカヴアをもっぱら装飾目的だと把握するのである。そして、それらが実用、実利を目的としたものであることを知って興ざめし、暗然とするのである。葉蔵が世界への内属の仕方において齟齬しているとは、こういう事態を指す。普通の人とは異なるのである。

こうした世界内属の仕方には、「人生をドラマと見做してゐた」「東京八景」の「私」、あるいは「千代紙貼リマゼ、キレイナ小箱、コレ、何スルノ？ ナンニモシナイ、コレダケノモノ、キレイデシヨ？」と書いた「走らぬ名馬」の太宰が反映していよう。「人生をドラマと見做す」というのはなんらか遊び的に人生を見る態度であるからである。

もうひとつ、葉蔵がひとと異なっていたのは、空腹ということを知らないで育ったということである。これも過去形で書かれているから、このことが葉蔵にとって意味をもったのは、おそらく「第一の手記」に描かれていた頃まででであったろう。「空腹といふ事を知」らないというのは、ちょっと奇態なことであって、読者にたいする説得力には欠ける。ただ、手記を書くときに葉蔵が幼いときの自分をそのように回想したということは十分にありうることである。幼いときに家族全部が薄暗い部屋にめいめいのお膳を前にして二列に並び、厳粛な顔で黙々として質素な食事をとったという思いは、葉蔵の食事に関するイメージを暗いものにしたにちがいない。食事はいつも儀式のようで楽しくなかった。それが食事時に空腹を覚えたことがないというイメージを同伴させることは自然である。そして、葉蔵にとっては、そうした思い出が、「めしを食べなければ死ぬ」、だから人間は「働いて、めしをたべなければならぬ」という脅迫めいた言葉と絡み合っている。めしは食べるその都度、苦痛に近かった。その苦痛を我慢しなければ死ぬといわれても納得できなかったし、人は「めしを食う」イコール「苦痛を味わう」ために働かねばならぬといわれても、脅迫としてしか響かなかった、そのように回想されたのである。そして、こうした事態が自分を人間不可解の思いと人間恐怖とに駆り立てたという自己理解が葉蔵には育っていたのであろう。

葉蔵は、「人間はめしを食べなければ死ぬから、そのために働いて、めしを食べなければならぬ」という言葉が自分にとって難解で晦渋であった理由を、当時の自分が空腹を知らなかったことに求めているが、おそらくそれは象徴的な説明であり自己理解であったにちがいない。生きるためには働かねばならないということ自体が、金持ちの家に育った葉蔵には成年になるまでわからなくて、じつは当然なのである。彼が育った家にあっては、お金は必要にしたがってどこからか出てきたのである。一家が使えるお金の量にはいわば限度がないように子供には見えた。そのような環境の中に育った葉蔵には、ある家族なら家族が、毎月一定の給料で暮らしを立てていくということがどうにも理解できない事柄に属したにちがいない。お金をとるために働くということも、どういうことかわからない。だから、やがては自分も働いてお金を稼がねばならないということなど思ったことがないというのが実情であったと考えられる。そうした葉蔵に「人間のいとなみといふものが」分かる筈はなかった。したがって「隣人の苦しみの性質、程度が、まるで見当がつかない」のもあたりまえであった。

もうひとつは、葉蔵の内部にそだっていった人間恐怖である。右に述べたような偏倚を持っていた葉蔵がだんだんと人間恐怖をいだくいきさつは、詳しく説明されている。その恐怖の性質には注目すべきものがある。まず「隣人の苦しみの性質、程度が、まるで見当がつ」かず、「自分ひとり全く変ってゐるやうな、不安と恐怖に襲われるばかり」だという。そして「もはや人間と一緒に住めないのではないかしら」と思いこんでしまうという。また「怒ってゐる人間の顔に」「恐ろしい動物の本性を」見て戦慄を覚えるが、そうした動物的本性も「人間の生きて行く資格の一つなのかも知れない」と思うと、「ほとんど自分に絶望を感じる」という。そして、そのような恐怖におののいている自分を「ひたかくしに隠して、ひたすら無邪気の楽天性を装ひ」、道化たお変人として人に対していくようになる。自分が「彼等の所謂〈生活〉の外にゐても」、何でも笑わせておけば、人々はそのことを余り気にしないのではないかとおもい、「とにかく、彼等人間たちの目障りになってはいけない」と心掛け、自分を無、風、空だと思うようになったという。

葉蔵に著しかったのは、自分が人々と異質の人間であり、人々と同じ生活の圏内にはいない〈外〉にいる人間であり、〈内〉は窺い知ることのできないいわば深淵で、自分はそこからはじき出されている存在だという意識であるといえよう。そのような自分は、このままでは生きられない、このままでは隣人と殆ど会話もできない。人々となんとかうまくやって行かねばならない。だけども自分の正体がばれてはいけない。そうした悩みのあげくに案出されたのが、道化であったという。

問題は、道化という偽装に当座の解決を見いだすことができ、それが成功したことによって、葉蔵が、つねに演技を意識した生活を余儀なくされ、そのために過剰な自意識をもった人間になり、ひとを欺くことが常態になったということである。それは、『ひき裂かれた自己』(みすず書房)でR・D・レインがいう、「にせ—自己」を正面に立てて生きていくという事態に似ていた。レインの言葉を利用すれば、葉蔵は「単純にありのままの自分自身であるのではなくて、自分自身であることを演じた」のである。そうした人間にあっては、「自分は現実的でなく、現実の外側にいて、本来的に生きていない」ことになる。そして「潜伏状態と孤立においてのみ安全を感じる。」「彼は他者に対して暴露されており、傷つきやすく、自己隠蔽にかけてははなはだ熟達をとげるようになり、楽しいときに泣き、悲しいときに笑うことを学ぶようになる」とレインはいう。レインがこの本で紹介しているのは、精神分裂病質という性格異常者の例である。分裂病質(スキゾイト)とは分裂病とは区別される性格偏倚であって、精神病者ではなくて正気の人間である。ここに紹介されている分裂病質者の例をみると、それが葉蔵によく似ているのに驚く。そして、レインが言うつぎのことばも、葉蔵の運命をあてているようにおもわれる。レインは言う、「にせ—自己」を正面にした右に述べたような生活を続けていると、やがて、外的経験によって豊かにされることのないその人の内部世界は次第に貧困化し、やがて自分を真空と感じるまでにいたる、と。

「第二の手記」「第三の手記」で告白されている葉蔵の短い半生を貫いているものは、レインが言っている分裂病質の性格類型に近い性格の偏倚だとみてよいとおもわれる。そうした性格の偏倚がどうして生まれたのかを、「人間失格」は十分には説明していない。「第一の手記」で手記の書き手が、葉蔵の性格偏倚の原因説明のようにして示した「世界への内属の仕方における齟齬」も、「空腹という事を知らなかったこと」に象徴して示した育ちの良さも、葉蔵の性格の偏倚をもたらした原因としては十分ではない。手記を書いていたときの葉蔵にも気づかなかった深い原因がおそらく葉蔵にはあったのである。葉蔵もまた自分の説明で尽くされているとは思っていなかったようである。そのことは「第三の手記」で《自分はいったい俗にいふ「わがままもの」なのか、またはその反対に、気が弱すぎるのか、自分でもわけがわからないけれども》と書いていることによっても推測できる。おそらく、それは性格というほかにはないものだろう。ある意味で先天的なものであり、宿命的なものであり、そういう意味では「誕生の時」に備わっていたものであったにちがいない。そして、後天的な生活環境が恐らくそれに仕上げを施したのである。

二

レインに触れたついでにもうすこし言っておくと、この本の中で彼は「存在論的安定」と「存在論的不安定」ということを言っている。（ここで〈存在論的〉とはハイデガー的、サルトル的な意味ではなく、ふつう経験的に用いられている意味で使用するとレインはことわっている。）世界の内での生きた全体的な者として、しかも時間的に持続的な者として自分が実在しているという感覚を持つことができるときに、彼はそのような者として世界へと出てゆき他者に会うことが可能である。そのようなときには、世界と他者とは同様に実在的で生きており、全体的でかつ持続的に体験される。このようなのが「存在論的安定」にあるということである。そのような人間は、自身と他者の実在性とアイデンティティについて揺るぎない感覚を持ち、事物の恒久性についてもそうである。このような安定に由来する確かさが部分的にか完全にか欠如している場合には、人は「存在論的不安定」にあることになる。レインは言う、《自己の存在がこの一次的経験的意味で安定している人間では、他者とのかかわりは潜在的には充足したものであるが、存在論的に不安定な人間は、自己を充足させるよりも保持することに精一杯なのである。日常的な生活環境すらが、彼の安定度の低い閾値をおびやかすのである。》《彼は実在的であろうとするための、自己や他者を生き生きと保つための、自己のアイデンティティを維持するための手段を工夫することに熱中し、自己を失うことから自分自身を守るための努力に没頭しなければならない。多くの人々にとっては特別の意味を持たないのでほとんど注意されることのない日常的な出来事さえ、彼の存在の維持に役立つか、あるいは非存在でもって彼をおびやかすかするかぎりにおいて、非常に意味深いものとなる。》と。

「第二の手記」「第三の手記」に描かれた葉蔵はまさに「存在論的不安定」にある人間だとレインが指摘しているかと思えるほどに、これらの言葉は葉蔵の核心をついたところを持っている。「第二の手記」「第三の手記」に描かれた葉蔵は、いわば苦悩する人間であり、辛い人生を送る人間であり、ひとが何程のこともなく通過していける人生の日々を、いちいち苦難の日々としてしかうけとれない人間である。この論ではそのいちいちを追いかけているゆとりはない。ただ、葉蔵の生涯を追っていくときに、どうにも理解しにくい事態にいくつかお目にかかる。そのうちのひとつについて述べてみたい。

わかり難いのは、ヨシ子が犯されたあとの葉蔵の述懐である。ヨシ子が無垢の信頼心をもった人であることはわかる。そのヨシ子が「無学な小男の商人」に「なんにも、しないから」と言われて、そのなすままになったことを捉えて、葉蔵は、それは「信頼の天才」であるヨシ子が、「ひとを疑ふ事を知らなかった」のであり、「それゆゑの悲惨」であったとする。そして「信頼は罪なりや」と神に問い、また、「無垢の信頼心は、罪の源泉なりや」と問う。ここで、〈信頼〉という態度あるいは構え、あるいは〈信頼心〉そのものがそのまま〈罪〉であるということはあり得ない以上、ここで言われている「信頼は罪なりや」という問いは、「信頼にもとづいてなされた行為は罪なりや」という内容をもった問いでなければならない。具体的にはこの問いは、「相手の言うことを信頼して身を任せたヨシ子の行為は罪である」のか、それとも「信頼にもとづいた行為である以上、身をまかせたヨシ子の行為は罪にはあたらない」のかということを問うていることになる。この問いに対して罪にはあたらないという答えを出すことを了承するためには、信頼の心と、それに基づいてなされた行為との間にある、巨大といってよい空隙を無視することが必要になる。信頼心をいだいて男に対している事態と、男の言うままになる事態とのあいだにある距離であり空隙である。その距離を前にして、ヨシ子の取りうる態度はいくらでも多様であり得た筈だからである。葉蔵の問いは、このことを無視している。ヨシ子が、捨身の慈悲に生きる女仏でもないかぎり、男のいうままになることに逡巡を覚えない筈はないのであり、逡巡をおぼえたら、幾多の対応が可能であった。女仏でもないのに逡巡を覚えなかったら、ヨシ子には、大里恭三郎のいうように、白痴的な娼婦の傾きがあったことになる（「『人間失格』論―コキュの狼狽」洋々社「太宰治―7」）。だから葉蔵は、ヨシ子に慈悲の女仏か、あるいは白痴的な娼婦かのどちらかを見ていたことになる。いずれもが事態に適合していないとしたら、「信頼は罪なりや」という葉蔵の問いそのものが実質的には無意味であったということになる。

葉蔵がこのような無意味な問いを真面目にしかもしきりに問うているということは、葉蔵の〈罪〉概念あるいは葉蔵の抱いている〈罪〉意識がどこかおかしいのではないかという問いを読者につきつけてくる。

ヨシ子が犯された直後、夜のアパートの屋上で彼女と並んで座って豆を食べているときに、葉蔵ははじめて「信頼は罪なりや?」という問いを発するが、この問いの出し方自体がおかしい。「相手を疑うことを知らないで、つい深みにはいってしまったヨシ子を、自分が責めることはできるか」と問うのがこの時の葉蔵にとっての相応しい問いである。この問いならば、そのあとに出てくる、「自分たちの場合、夫に何の権利も無く、考へると何もかも自分がわるいやうな気がして来て、怒るどころか、おこごと一つも言へず……」という葉蔵の述懐とつながってくるし、問題へのアプローチとしても実際的であった。妻の間違いという切実な問題に直面し、その妻をゆるすかどうかという瀬戸際にいる人間にとっては、この問いの方がより実際的であった。「信頼は罪なりや」と問うことは、問題をいわば形而上の次元へと投げあげるだけである。ヨシ子に罪があるかどうかが当面の問題ではない。ヨシ子の間違いを許せるかどうかが問題なのである。それなのにどうして葉蔵は〈罪〉などという観念にこだわったのか。このあたりが、葉蔵のこれまでの育ちや人生行路からは納得のできないところである。ツネ子との心中未遂事件のあと葉蔵の中には罪意識が育っていたのかも知れない。そして、それが観念的に肥大していたのかも知れない。そうでないと、彼が堀木とのアントニム遊びの中で、罪のアントにこだわったことも理解できない。しかし、その罪意識が未熟なものであったことは、罪のアントの見当がつかず、「罪のアントがわかれば、罪の実体もつかめるやうな気がする」と言っていることからも窺える。いずれにしても、ヨシ子の事件と「信頼は罪なりや」という問いを中心にした手記の部分には納得のゆかないことが多い。

葉蔵にとって〈罪〉の問題がいっそう切実になるのは、「第三の手記」の〔二〕の後半に至ってである。葉蔵はヨシ子が犯されたあと、「自分の眉間」がまっこうから割られたように感じ、「声が嗄れて若白髪がはじま」るという苦しみを体験する。妻の「行為」を夫が許すかどうかということが世間でのこうした物語の重点であるようだが、自分には、それはそんなに苦しい大問題ではないと葉蔵はいう。そういうことが問題なら、さっさと妻を離縁して新しい妻を迎えればいいし、それが出来なかったら「許して」我慢すればいい。そういう事件は夫にとって大きなショックではあっても、「いつまでも尽きること無く打ち返し打ち寄せる波と違ひ、権利のある夫の怒りでもつて」どうでも処理できるだろう、しかし、自分にとってはそうではないという。妻がその美質によって犯されたこと、その美質ということは夫がかねてあこがれていたものであったこと、唯一のたのみの美質にさえ疑惑を抱くようになったことが、葉蔵の苦しみの原因なのだという。そういえば、すこし前のところで葉蔵は、自分のように「人を信じる能力が、ひび割れてしまつてゐるものにとつて、ヨシ子の無垢の信頼心は、それこそ青葉の滝のやうにすがすがしく思はれてゐたのです」と書いていた。葉蔵にとっては、ヨシ子はその美質ゆえに犯されたという思い込みはゆるがない。だからここでも「無垢の信頼心は、罪なりや」と葉蔵は繰り返している。美質そのものが罪なのか、というのである。ここにも先に信頼そのものが罪なのかという問いについて見たのとおなじ錯視がある。あこがれていた美質が犯され、それに黒点がついたことが苦しいことはわかる。しかし、それがどうして〈罪〉と結びつくのか。美質に黒点を印したことは罪だろう。それは犯した相手の罪である。犯された美質の罪とは関係がない。問題は混乱して提示されている。それで「もはや何もかも、わけがわからなくなり、おもむくところは、ただアルコールだけに」なったという。そして焼酎を買う金ほしさに、猥絵に近い漫画を描き、春絵のコピーをして密売するようになる。ヨシ子はいつもおろおろしている。そうした彼女にたいする疑惑に苦しみ、不安と恐怖にのたうち回る思いをする。「ヨシ子にいまはしい地獄の愛撫を加える」ようになる。総じて葉蔵は堕落するのである。

葉蔵の生活は荒んでゆく。ヨシ子の隠しておいた睡眠剤を致死量以上に飲んで自殺をはかる。この自殺に失敗したあと、葉蔵とヨシ子との間はヨシ子がろくに口もきけないようなありさまになり、葉蔵は外にでて呑むことがますます多くなる。そしてからだが衰える。ある雪の降った夜に、銀座裏を歩いている時に葉蔵ははじめての喀血をする。雪道にしゃがんで泣く。「こうこは、どうこの細道ぢや？」という童女の歌声を幻聴のように聞く。そのときに葉蔵はつぎのように思う。

不幸。この世には、さまざまの不幸な人が、いや、不幸な人ばかり、と言っても過言ではないでせうが、しかし、その人たちの不幸は、所謂世間に対して堂々と抗議が出来、また「世間」もその人たちの抗議を容易に理解し同情します。しかし、自分の不幸は、すべて自分の罪悪からなので、誰にも抗議の仕様が無いし、また口ごもりながら一言でも抗議めいた事を言ひかけると、ヒラメならずとも世間の人たち全部、よくもまあそんな口がきけたものだと呆れかへるに違ひないし、自分はいったい俗にいふ「わがまゝもの」なのか、またはその反対に、気が弱すぎるのか、自分でもわけがわからないけれども、とにかく罪悪のかたまりらしいので、どこまでも自らどんどん不幸になるばかりで、防ぎ止める具体策など無いのです。

このあと立ちあがって近くの薬屋にはいり、そこの足の不自由な奥さんから薬をもらう。葉蔵はこの奥さんから翌日もらったモルヒネがもとでその中毒になり、またこの奥さんと醜関係を結ぶことになるのだが、そのようにして葉蔵が破局に陥っていく前の時点での、右に引用した葉蔵の思いについて見ておく必要がある。

ここで葉蔵は世間普通の人たちの不幸と葉蔵の不幸との違いについて言っている。同じ不幸に陥っても、他の人たちはおのれの不幸について世間に堂々と抗議することができ、世間もそれを聞いて「容易に理解し同情」する。しかし、自分の不幸は誰にも抗議のしようがないし、抗議しても呆れられるだけであるという。どうして普通の人たちはその陥った不幸について世間に抗議できるのか。それはその不幸がいわば外から、たとえば社会の欠陥ゆえにその人にやってきたものだからである。葉蔵の不幸はどこからきたか。すくなくとも外から、たとえば世の中の責任に属する原因からきたのではない。原因はどうやら自分にかかわりある範囲に所在するようである。だから彼には、自分の不幸について世の中に抗議する資格がないのである。このように、まずここで、世間普通のひとびとと葉蔵との不幸の原因の〈違い〉が強調されていることが注目される。

それにしても、世間の人々と葉蔵とでは、総じて何が違うのか。これまで語られてきたところから浮かび出てくる〈違い〉というのは、葉蔵が世間の人々との間にある種のいわば疎隔ともいうべきものを宿命的に持っているということである。彼の対世間的な心的構えが世の常識的なありようからつねに離背しており、それからの偏倚を抱いているということである。いわば、彼の心が宿命的にもっている世の常識的ありようからの恒常的逸脱が、彼と世のひとびととの違いを形成している。〈違い〉とはそれ以外には考えられない。世間の人たちの不幸と葉蔵の不幸との違いは、この〈違い〉に関係しているとしか考えられない。

葉蔵は「自分の不幸は、すべて自分の罪悪からなので」と言う。彼は罪悪がそのまま不幸であるという認識を持っているのではない。自分の不幸はすべて自分の罪悪〈から〉なのだ、と言っている。〈から〉のあとに省略されているのは〈来る〉だととるのが自然である。自分の〈不幸〉はすべて自分の〈罪〉から来る。《神の愛は信ぜられず、神の罰だけを信じてゐるのでした》という葉蔵にあっては、〈罪〉から〈不幸〉が来るとしたら、それは〈罰〉として来ると受けとられているととるのが自然だろう。だからここには、「〈罪〉からくる〈罰〉としての

〈不幸〉」という筋道が描かれていることはたしかだとおもわれる。

ところで、「おのずからどんどん不幸になるばかり」だという葉蔵は、ほとんど恒常的に不幸である。そして、いつも不幸でいる自分を振り返ってみると、自分で不幸を造りだしているとはおもえないので、それはなにかの罰としか考えられない。何のために自分はこのような罰をうけるのか。おそらくそれは自分が恒常的に罪をおかしているからなのだろうと葉蔵は考える。だとすると、自分の恒常的な不幸は、自分のおかしている恒常的な罪にたいする罰なのにちがいない。ところで自分は恒常的にどのような罪をおかしているか。自分には、心中をはかってツネ子を死なせたという罪はある。しかし、恒常的に罪をおかしているという自覚はない。ただ、毎日を必死のおもいでしのいでいるだけである。だとすると、そうした毎日が実は罪であったのにちがいない。ということは、自分が宿命的に持っているひとびととの疎隔の事実こそが、実は自分の罪なのにちがいない。このような思いの果てに葉蔵は「自分の不幸は、すべて自分の罪悪からなので、誰にも抗議の仕様が無い」と言ったのであると考えられる。

これを繰り返して別の言い方で説明すれば、葉蔵は、自分の打ち続く不幸の原因は自分の〈罪〉にたいして下された〈罰〉以外にはないと考える。しかし自分は積極的に罪を犯しているつもりはないので、その〈罪〉とはおそらくは自分が生まれつき背負っているものであるのにちがいない。そうした罪以外にはこの不断の不幸（罰）の原因は考えられない。もし個々の罪が原因なのだとしたら、罰としての自分の不幸も、もっと個別的であり、間欠的である筈だからである。だとしたらその持続的な自分の罪、生まれつきの罪とはなにか。それは自分が世間のひとたちと異質であるということ、その異質性ゆえに自己隠蔽をつらぬいていること、そうしたこと以外には考えられない。このように葉蔵は考えたとおもわれる。そういう思考がさきに引用した葉蔵の思念を支配している。

かくて、葉蔵にとっては、自分の日々の生存そのものがその都度〈罪〉を構成していることになる。そのことを葉蔵は発見したのである。(通常考えられるような、道化を演じることによって人々を長い間にわたって欺きつづけてきたことが、彼の罪意識をかきたてた、ということではないのである。)そして、現世の彼の日々の生にたえず〈罰〉がやってきていることに葉蔵は気づいたのである。日々にいわば「神の審判」が下されていたことに気づいたのである。「第三の手記」の〔一〕で葉蔵は、《神の愛は信ぜられず、神の罰だけを信じてゐるのでした。信仰。それは、ただ神の笞を受けるために、うなだれて審判の台に向ふ事のやうな気がしてゐるのでした。地獄は信ぜられても、天国の存在は、どうしても信ぜられなかつたのです。》と書いている。彼は地獄の存在を信じたというが、まさに現世こそが彼にとってはほとんど地獄だったのである。彼は神の罰だけを信じていたというが、現世において彼にその罰はくだっていたのである。かくて終末においておこなわれる審判は、彼の上にすでにやってきていたのである。おそらくこれが葉蔵の認識であり、自己理解であったとおもわれる。

「手記」の最後に「いまは自分には、幸福も不幸もありません。／ただ、一さいは過ぎて行きます。」と葉蔵は書いている。ここにきて葉蔵は〈罪〉とか〈罰〉とかいう観念から離れているように見える。キリスト教的自己理解からいわば東洋的な理解へと変わってきているようにも見える。しかし、右に葉蔵が到達した自分の〈不幸〉理解のなかに、終末の裁きはすでに自分にはやってきているのだという自覚が含まれているとしたなら、そこから「一さいは過ぎて行きます」という心境までは一歩だと言えないことはない。葉蔵には、現在にすでに終末の時は来ているのであり、そうした現在にあっては、いっさいは過ぎて行くとともに、いっさいはとどまるだろうからである。

三

以上で当面のわたしの「人間失格」論は終わりであるが、若干の補足的なことを書いておく。わたしは、葉蔵の〈罪〉というのは世間の普通のありかたから外れた彼のいわば宿命的な素質、性格であると書いたが、類似のことに比較的はやくから気づいていた様子なのは、鳥居邦朗である。氏はその「人間失格」（昭五六・一〇初出、同氏著『太宰治論』雁書館所収）の中で、

葉蔵の「罪」の内実は何なのか、もう一つはっきりしない。（中略）葉蔵が「罪」を犯す場面はどこにも見られない。（中略）強いて葉蔵の「罪」の内実を探るならば、それはそもそも彼が「人間の営み」を理解できなかったということにありはしないか。そしてそれを理

解できない一方で、人間の「清く明るくほがらかな不信」をあげつらうことにありはしないか。「人間が難解なのです」と言っておびえて見せながら、その裏で「世間」の偽りを糾弾しつづけるところにありはしないか。

と書いている。そのあとの方では、葉蔵のアイデンティティは何かと問い、それは、「お互ひの不信の中で」「平気で生きている」ような世間の人にはなりきれないということであり、要するに「人間の営み」がわからないということである、とする。そして、葉蔵の《「罪」の内実も実はこの一点でしかないだろう。》と書いている。念のために氏がこのように言う文脈を見てみる。氏がここで問題にしているのは「第三の手記」の〔二〕の意味なのであるが、《「神」だ「罪」だと大げさなことばを出したものの、結局は「世の中」の恐ろしさを語っただけなのではなかろうか。》というのがつづめていえば氏の〔二〕の読みであり、葉蔵が「人間恐怖」を《越えて自己の内なる「罪」に眼をすえるようになったとは、とても読めない》というのが、右に引用した氏の文章が置かれている文脈である。わたしの述べたことと氏の述べておられることとのあいだには、少なからぬへだたりがあるように思われる。

「生まれ」「素質」「育ち」などをひっくるめて自分が宿命的に背負っているいわば所与性の総体を、葉蔵は自分の〈罪〉だととらえるに至った（というのがわたしの読みである）。このような認識に葉蔵が達したのは、彼が脳病院から退院し、田舎に引っ込んで療養生活をはじめたあとのことだと推定される。「手記」の上では、最初の喀血をした雪の日に葉蔵はそういう自覚を持ったように書かれているが、おそらくそれは、「手記」を書いているときの葉蔵の認識を過去の自分に投影したものだろう。彼がこのような自己認識に達するために、「第三の手記」の〔二〕以前に書かれたような葉蔵の人生行路だけでなくその後の歩みもまた必要であったのだと考えられる。中学生から成年になるまでのこの期間に、葉蔵には彼なりのいわば成長と変化とがあった。そのことは、「手記」の前の部分と後の部分とを比べてみるといくつか指摘できるが、いまはそれをしているゆとりはない。世間をやみくもに恐れていた葉蔵が、世間とは個人にすぎないという認識に達したのも、そうした成長変化の一環である。

雪の日の「最初の喀血」のあと、葉蔵は、麻薬中毒に陥り、薬屋の奥さんと醜関係を持ち、「けがらわしい罪」に「あさましい罪」を重ね、苦悩の増大に苦しむ。そして「生きてゐるのが罪の種だ」などと思いつめる。それでも麻薬地獄から逃れることができずに、やがて破局を迎えて脳病院行きとなり、狂人扱いをされる。それが「人間、失格」である。われわれの前に「人間失格」として残されている作品には、「HUMAN LOST」で、「人間倉庫」に入れられ「きみたち千人、私は、ひとり」と書いたような人間不信、人間呪詛の色合いはすくない。また、いずれ「人間失格」という題で、四年前の病院入院事件の頃のことを、五、六年あとには書いてみたいと「俗天使」（昭一五・一）の中で言っていたときに「私」が描いていた構想ともおそらく、眼の前の「人間失格」は相当に異質のものになっていただろうとおもわれる。

「手記」が世間のひとたちとは異質の葉蔵の性癖、偏向など、総じていわば運命的な彼の所与性とも言うべきものがどこから来たかを、先ず「第一の手記」で問題にしているのも、葉蔵のさきに述べたような〈罪〉認識と無縁ではない。すでに論じたように、葉蔵はそこで、そうした自分の性癖、偏向の由来を尋ねて、そこに少・青年であったときに自分に著しかった二つの事実を見いだしている。そして、自分の世間との隔絶と世間に対する怖れとはこの二つの事実から生じてきたと考えて自分でいわば納得している。そのうえで「手記」は、自分の性癖、偏向はこの二つの事実から発出したのだとする一種の発出論的説明をおこなっている。しかし、葉蔵の持つ特異性、例外性、異常性などの由来のすべてが、この発出論的説明によって十分に説きあかされたと受け取ることはできない。おそらくは、葉蔵も自覚していない先天的あるいは後天的要因がほかにもあったにちがいない。はじめに述べたように、「わが半生を語る」に語られた「私」の自己把握が、葉蔵の性癖、偏向と多くの点で重なっているとしたら、その「私」の性格を規定した諸要因は、葉蔵の性格、偏向を規定した諸要因ともかさなっていた筈である。だが、そこまでいくと、問題はおのずから作家・太宰治のかかえていた素質、性格、育ち、環境の問題へと移行してゆくことになってしまうだろう。葉蔵の抱いた終末論的自己理解の由来についても同じことが言えるだろう。

附　周辺作家——椎名麟三と梅崎春生

椎名麟三論ノオト——「永遠なる序章」を中心に——

一

キリスト教入信後に椎名の書いた文章をみると、イエスによってあたえられた「自由」が椎名の生活にもたらした、捉われることのない自在な立場ともいうべきものが表明されていて興味深い。たとえば「私の聖書物語」（昭三一「婦人公論」・冬樹社『椎名麟三全集』第一五巻所収）がそうである。そして、そこにはまたとらわれることのない椎名の聖書解釈も示されている。椎名はここで、彼の庶民的な体験をいわばリトマス試験紙にして、聖書の中の神話的な話や荒唐無稽の話、イエスの課した倫理的課題などをつぎつぎと裁断してゆく。たとえば、イエスが海の上を歩いて弟子たちのところに来られたという奇蹟（マタイ伝一四章）を信じないと書く。また、「情欲をいだいて女を見る者は、心のなかですでに姦淫をおかしたのである」という有名なイエスの山上の説教についてはつぎのように書く。——情欲をいだかないで女を見るとしたら、そのとき男は女を女としては見ていないのだ。この教えを守ろうとしたら人間には「死ぬかあるいはこの世界から逃げ出すか、それとも人間でない木石となるか、いずれにしても人間性の放棄」以外には残されていない、と。そして「これらの命令がほんとうに守れないということが罪であると聞いたとき、私は笑い出してしまったのである」と書いている。垂訓についてのこの見解は、椎名が信仰にいたる途上での「躓き」のひとつとして紹介されているのであるが、このような捉え方は入信後の椎名においても基本的に変わっていないようだ。「原罪説」については、「とにかく人間に原罪はないのだ」といい、原罪説にたいする「私の反抗は、イエスをキリストと信ずるいまでも、強固なものだと信じている。というよりも、キリストを信ずるようになってさらに強固になったという方が正しいであろう」と記している。

わたしがこのことを記すのは、あとあとの論との関係もあるが、とりあえずは、椎名のキリスト教受容と明治の青年たちのそれとの間の違いの大きさを感じたからである。明治の青年たちは、キリスト教の教えに接したときに、新約聖書冒頭「マタイ伝」の始めに近いところに記された「姦淫するなかれ」というイエスの言葉に接して、いわば震撼されたといってよいとおもわれる。若き日の有島武郎の霊肉相剋の激しい悩みを生んだものもまたこの言葉であった。有島にとっては性欲の問題がつねに「刺」となり躓きの石となっていたが、彼はやがて、そうした純霊的な生き方を自分に強いることが自分を偽善者に仕立てる結果になることを知って、信仰から遠ざかっていった。似たような例をほかにもいくつか挙げることができるが、今はそれをしない。

明治の青年たちがイエスの倫理的・宗教的要請を厳格に受けとめようとした態度と、上述したような椎名の態度との違いの背後には、時代の違いをはじめとするいろいろの事情があるだろうが、明治の青年たちがキリスト教にもとめたものが、何よりも西欧文化の香りであり、ついでは「真理」であったのに対して、椎名の求めたものが混迷の果てでの「救い」であったという違いも大きいと思われる。

遠藤周作はその「椎名麟三論―微笑をとりめぐるもの―」(「文芸」昭三一・十一・『椎名全集』別巻所収)のなかで、椎名の作品の主人公たちに頻出する「微笑」の意味について論じ、ついで椎名の心理小説的手法の未熟を指摘したあとで、つぎのような疑問を提出している。

手法だけではない。思想においても氏はあまりに〝たやすく〟、あまりに〝無抵抗に〟すべてのものを受け入れすぎる。(中略)私は実存主義や共産主義のことは言うまい。しかし一人の基督者として氏の基督教がこの日本的な風土にも、神のなかった歴史にも、その汎神的な地盤にもほとんど抵抗をうけることなく、作品の中に消化されているのを見て奇異にさえ感ずるのだ。/日本で基督教徒であり、しかも作家であることは困難である。なぜならば、彼の内部では一神論である基督教と、彼をとりまくすべての汎神論的な誘惑との闘いがあるからだ。そして日本の基督教作家がまず、ぶつからねばならぬことは佐古純一郎がいみじくも言ったように「我々はいかにして日本で基督教徒たりうるか」「私たちの汎神論的な風土のなかでどうすれば人間が唯一の神を見出すことができるか」と言うことなのである。このような抵抗も障碍も氏にはなかったし、その疑問さえ改宗以後の氏に全く浮かばなかったことを私はどのように解してよいのかわからない。

回心のあとの椎名が当面した作家としての少なからぬ困難のことを読み知っているわたしとしては、椎名が「キリスト教徒であり、しかも作家である」ことの難しさに無縁であったとはおもわない。また椎名のキリスト教入信が遠藤のそれに較べてはるかに自覚的な精神の出来事であったことも認識している。しかし、椎名が、汎神論的風土である日本における一神論宗教の当面する問題といったことにほとんど言葉を費やしたことがないこともまた事実である。宗教の土着化の問題、すなわちキリスト教が日本に土着するにはどのような問題があるかということに、ほとんど生涯かけて取り組んだ趣のある遠藤にとっては、このような問題に何の関心もいだくことをしない椎名の姿が奇異なものと眺められたのであろう。『深い河』の主人公・大津は、ユダヤの超越神をわれわれの汎神論的風土にとって親しいあの「自然の大きな命」と等置しようとさえしている。遠藤はイエスの教えを、人間が人間であるがゆえに直面する苦しみ哀しみへの愛の一点でとらえようとした。そして、イエスの福音があまねく日本の、あるいは東洋の人々に及ぶようになる上での差し障りになる事情を大きな問題とした。いわば在来のキリスト教の性格を問題にしたのである。これに対して、椎名にあっては、当面の自分の、そして人間の個の救済が何よりも問題であった。こうした両者の違いの生まれてくる背後には、両者の入信の経緯の違いということがあると思われる。だから、椎名の入信の持つ特異な性格ということに注目してみる必要がある。

二

そのことについて論じる前に、あるいは論じる一環として、椎名の作品やエッセイに見られるその思想のある特色あるいは傾向に注目しておきたい。彼の精神のいとなみは、武者小路実篤のそれの「未来」へと傾斜したありようとも、永井荷風のそれの「過去」へと重心を移したありようともことなって、「現在」の重視ともいうべき性格を帯びていた。それは入信の以前から以後にわたって変わらない傾向である。たとえば入信後に書いたさきの「私の聖書物語」では、「いま救われるのでないならば、死んでから救われるなんて、信じられないはず」だという。おなじく入信後の昭和二十七年に書いた「信仰と文学」という文章のなかでは、裁きへのおそれのためにか暗い雰囲気をたたえている多くの教会を批判したあとで、「いま生々として人間のあらゆる自由に参加できないとするならば、どうして未来のあの自由を信じているということが出来」ようか、と書いている。以下順次例をあげくゆくと……

「美しい女」（昭三〇・五～九）は、四十七歳になる「私」・木村末雄が私鉄労働者としての自分の生涯を回顧する手記の形をとった長編である。「私」にとっては繰り返しの平凡な日常こそが大切なのであるが、「私」はたとえばつぎのように言う。

そのとき私は、明日地球がほろぶということがはっきりしていても、今日このように電車に乗っている自分に十分であり、この十分な自分には、何か永遠なるものがある、というおかしな気がしていたのである。（一章二節）

私は、昔より現在の方が好きな男であり、未来より現在の方が好きな男であるからだ。（一章四節）

「赤い孤独者」（昭二六・四）では手記を書き残した長島重夫はつぎのように記す。

新しい未来の世界からは、過ぎ去られたものであり、捨てられ忘れ去られたものであり、またその未来の新しい世界からは、矛盾であり醜悪であるにちがいないこの時代の人間の運命を生きたいのだ。（一章七節）

「その日まで」（昭二四・六）では、主人公の真野精一はつぎのように思う。

味噌汁がふきこぼれた。その嗅ぎなれた朝のにおいのなかには、永遠にたしかな日常があった。精一は、そのたしかさに深いなぐさめを感じながら、欠けたどんぶりから鍋へ昨日の残飯をうつした。（二章二節）

だがたとえ、未来において新しい生活がふいにひらかれようとも、その新しい生活は、ここでそうでなければ、俺はそんな生活を少しも信用しないだろう。（二章一節）

何故、今のところに居たまま、今のままで、自分の世界をひっくり返せねえんだい。でなけりゃ、相変わらず同じことだよ。（中略）この地上がこのままで、天国にならなきあ、天国なんか、誰が信用するもんか！（三章七節）

「永遠なる序章」（昭二三・六）では、デモに参加した主人公の砂川安太は、「起て飢えたる者よ／今ぞ日は近し……」という歌声を聞きながらおもう。

今ぞ日は近し、と安太は心のなかで呟く。そう。その日は、もう来ているのではないか。（六章）

「深尾正治の手記」（昭二三・一）で深尾青年はいう。

明日は僕にとって世の中で一番暗黒なもののような気がする。そして今日だけが僕にとって永遠なものなのだ。（六月十九日）

「重き流れの中に」（昭二三・六）では語り手の須巻青年はつぎのように言う。

僕の一日もやっと終わったのだ。勿論、僕の一日もこれらの人々と同じように昨日と同じだ。永遠に昨日と同じだ。一年ほど前は、（中略）露店の売子として明日がないということに絶望していた。しかし今は今日があるということで沢山だ。勿論、その今日も昨日と同じに空白だ。（一節）

僕にとってはこの日々の炊事ほど楽しいものはないのだ。ものの煮える匂いのなかには、あの新鮮な彼岸の朝の予感が強くただよっているのである。勿論、彼岸なんてありはしないのだ。だからこそ一層僕は、朝晩のこの炊事を楽しむことが出来るのだ。煙が眼に沁むときだって僕にとってどんなにいいだろう。（三節）

「深夜の酒宴」（昭二二・二）は主人公・須巻青年が一人称で語る小説である。その〔四〕に、銀座通りで露店を営むために重い風呂敷包みを背負ってアパートを出るときの「僕」の思いが記されている。

そのとき、突然僕は時間の観念を喪失していた。僕は生まれてからずっとこのように歩きつづけているような気分に襲われていた。そして僕の未来もやはりこのようであることがはっきりと予感されるのだった。（中略）僕は、以前この道をこのような想いに蔽われながら、ここで立ち止まって何となくあたりを見廻したことがあるような気がした。（中略）この瞬間の僕は自分の人生の象徴的な姿なのだった。しかもその姿は、なんの変化もなんの新鮮さもなく、そっくりそのままの絶望的な自分が繰り返されているだけなのである。（四節）

著作の時間的前後からいうと後期のものから初期のものへという順番にならべてしまったが、いずれの引用文にも、主人公が過去や未来よりも現在に位置しようとしている姿勢が窺われる。そして、同じ現在に位置しようとする姿勢ではありながら、初期の作品の主人公の思いには、ある暗い陰がまつわりついていることが察知できる。「深夜の酒宴」の須巻青年は、「絶望的な自分」の繰り返しとして「現在」をとらえているし、「重き流れの中に」の手記の筆者である同じ須巻青年は、自分には「今日があるというだけで沢山だ」と言いながら、その今日が「昨日と同じに空白だ」という。この暗い「現在」に変化がおとずれてくるのは「永遠なる序章」からである。「重き流れの中に」にもその萌芽は見られるが、まだ暗さをひきずっていた。「永遠なる序章」の安太は、病で死に瀕していながら、「その日（解放の日）はもう来ているのではないか」と「現在」を規定する。

「永遠なる序章」の一年あとに発表された「その日まで」は、椎名が洗礼をうける一年半前の作品であるが、ここで「その日」というのは、主人公・精一にとっては、「この地上がひっくりかえる日」（三章五節）、「この地上が、このままで天国になる日」（三章六節）であり、ボディ屋のおかみ・安江にとっては「今に何も彼もよくなる日」、「お前さんの手はきれいだなあ」とみんなから言われる日である。そうした「その日」がやってくるという希望は誤解かもしれないことを知りつつ、精一は、その誤解とおもわれるものに賭けて、日々を人々の中で、人々に奉仕しながら生きている。そして彼にとっては、「その日」がやってくるにしても、それは「ここ」にやってくるのでなければならない。「どこか遠くへ行きたいなあ」という茂夫にたいして精一はいう――みんながそう思ってきたが、誰もどこへも行くことはできなかった。どこかへ行った人でも、「やはり、同じところにいるんだ。」「ここで生きてこそ、ほんとうに生きたということが出来るんだ」と。ここには、「いま」の思想が「ここ」の思想を伴って出現している。日常性重視の思想である。精一の「現在」は「永遠なる序章」以前の作品の主人公のそれにくらべて格段に明るくなっている。精一が抱いている期待あるいは確信を、「いま」と「ここ」とに実現する「その日」という風にとらえてみると、入信後の椎名の作品の主人公、たとえば「邂逅」（昭二七・四～一〇）の古里安志、「美しい女」（昭三〇・五～九）の木村末雄らに見られる思想の骨格は、受洗一年半まえのこの作品においてほぼ出来上がっていたと見ることができる。

三

戦後の椎名の精神の歩みにとっては、昭和二十五年十二月二十二日の「受洗」と、その「二、三カ月」あと（「半年」あとという記述もある）に経験した「回心」とが重い意味をもつ出来事であった。しかし、作品の主要人物にあらわれた思想という点からみれば、見てきたように、「現在」に重きをおく思想は、「受洗」「回心」の前後を貫いてそれらの人物にあらわれていた。そしてそれらの人物のいわば「現在」思想の性格の大きな変化も、「回心」を契機になされたというよりも、「回心」のほぼ二年前に発表された「永遠なる序章」を介してなされたという印象が強い。

「永遠なる序章」を書いている前後の時期に、椎名がどのような精神の状態にいたかを、彼はいくつかの場所で告白している。死没の年に書いた「〝復活〟へたどりつくまで」（昭四八・『全集』二一巻）では当時のことがつぎのように回想されている。

「眼の前が真暗になってしまった」という言葉がよくいわれるし、その体験をお持ちの方も多いだろう。そのころの私もそのような状態にあった。昭和二十四、五年の頃である。あるいは私の場合は少々重症であったのかも知れない。かんかん照りの新宿の街を歩いていても、たそがれのなかを歩いているような気がするのである。人や建物などはっきり見えるのにそれらはみな薄暮のなかにかこまれているように見えるのだ。我ながらふしぎな感じのする光景だった。原因は簡単なのだ。思想的に行きづまっていただけなのだ。

当時酒に救いをもとめて、毎夜のんだくれていたこと、太宰のあと「今度自殺するのは椎名麟三だろうと」多くの作家や批評家に言われていたことなどが「わが心の自叙伝」（昭四二・『全集』二三巻）には記されている。

「〝永遠なる序章〟について」（昭二三・七「文芸」・『全集』一四巻）にはつぎのように記されている。

《僕は「深夜の酒宴」を発表してから何もしなかった。しかし、絶えずあの疑問、なぜ自分は生きているのだろう、という疑問が、ふとした瞬間に自分に襲いかかり僕を笑うのであった。一切は無意味ではないか。するとお前のただ一つの自由は、自殺だけではないか。だが、自分は死ぬことはできなかった。死ねないということ、それだけが僕の生きている唯一の理由なのであった。

《そして「深尾正治の手記」を書いたのであるが、それを書いたとき、一切が自分にとって不可能なのだという自覚が痛烈となった。全く死ぬことさえ不可能なのだ。人間にとってのあの最後の自由、死ぬことの自由さえ失われているならば人間にどんな自由があるだろうか。（中略）そして「永遠なる序章」を書いた。（中略）そして僕は生きはじめた。

《言いかえればこの作品は自然に、現在の状況において、不可能を前にした絶望から、一人の人間が如何に自己の可能をつかんだかという僕自身の告白でもあるのだ。

しかし、この半年あとの「疑惑」（昭二四・一「文芸首都」・『全集』一四巻）という文章ではつぎのように書く。

そして僕は今、「永遠なる序章」を書いて、またある混沌に陥っている。この混沌は今迄になく深く、生きているという事実も救いにならない。

これらの文章によって、当時の椎名の精神的境位のおおよそはうかがい知ることができる。それを色どっているのは「一切が無意味だ」という深い虚無感である。

周知のように「永遠なる序章」の主人公・二十六歳の砂川安太は肺と心臓とを病んでいて、三カ月後に死を予定された人間である。虚無の問題に直面していた椎名が、死に直面した人間を主人公にしたのは当然の設定であった。なぜなら、後からも見るように、椎名にとっては虚無とは何よりも死が避けられないという事実のはらむ問題にほかならなかったからだ。死を三カ月後に控えた安太というのは、だからその全存在を虚無の中に浸した人間、虚無によって終始脅かされている人間ということに等しい。それでは虚無の人・安太は何を経験するか。

真継伸彦は椎名の文学に深い理解を示している作家であるが、「永遠なる序章」には低い評価をしかあたえていない。主人公・安太に何の発展もなく、安太が小説のはじめに抱いた感慨の境地に留っているからだという。事実、安太はこの小説のはじめおいて、「死が自分の生きる力の源泉であるかのような、不思議な戦慄をともなった歓喜」に突然襲われたあと、おなじ不可解な戦慄・歓喜を繰り返し味わっている。一見すると、安太はこの冒頭の不思議な経験から一歩も出ていないかのように受け取れる。しかし、かならずしもそうではない。その辺のところをすこし詳しく見てゆきたい。

病院で「死を宣告された」ような安太は、病院の近くの橋の上に佇みながら、もの思いにふける。そのとき次のような経験をする。

気がつくと、安太は渦巻く人々を羨しそうに眺めているのである。そしてその自分に気づいた刹那、彼は云いようのない強い戦慄につらぬかれていた。（中略）その戦慄は、恐怖のそれでありながら、性的なエクスタッシイに似た不思議な歓喜にあふれているのだ。彼はぼんやり考える。一体自分は何に襲われているのだろう。そしてこの胸に強く満ちてくる歓喜は、一体何なのであろう。（中略）その胸の歓喜は戦慄のたびに一層力をまして彼を揺り動かし、それはまた胸のなかの烈しい光のように実感される。（中略）死ぬより仕方のない今、これではまるで自分は希望にみちあふれている人間のようではないか、全く自分はどうかしてしまっているのだ。（一章）

これが、その後ほぼ八回にわたって安太を襲う「戦慄をともなった歓喜の経験」の原型である。この経験が出来するのは、ほとんどの場合、安太が自分の死を身近に感じたときにおいてであるが、この経験に付随して安太が感じること、気づくことはその都度必ずしも同じではない。この後者の事情を各回について摘記してみる。

一回目……胸のなかの烈しい光のような歓喜。死ぬより仕方のない今、これではまるで自分は希望にみちあふれている人間のようではないか。（一章）
二回目……感動したように微笑する。（一章）
三回目……歓喜のなかに何か啓示のようなものを感じている。自分がふいに殻をむしりとられた蛹のように感じられる。何か自由で、何かその自由は肌寒い。（一章）
四回目……一体自分は、何を仕出かそうとしているのだろう！　そうだ。自分には何事かが起っているのだ。その時突然ある一条の光が彼の胸にひらめいた。彼はしばらく放心し

たように佇んでいた。(一章)
五回目……一切は自分にとって無意味だ。これよりたしかな真理はない。それにもかかわらず自分は生きている。それは全く素晴らしいではないか。(一章)
六回目……あの戦慄と歓喜が彼をうっている。まるで死が彼の生きる力の源泉であるかのように。(二章)
七回目……彼の身体のなかには、ある未知の、はためくような光がみちている。彼は深い異様な緊張と高い力の充溢感にあふれている。何かはじめなければならないと考える。きっと自分はとんでもないことを仕出かすだろうと思う。何をはじめるか、この生活を、今日一日の生活をはじめるのだ。そして人類は、長い歴史を通じてそうして来たのではなかったか。瞬間、瞬間にはじめ、一日、一日にはじめ、永遠にはじめているのではなかったか。そう、生活、それ以外に大切なものは何一つありはしないのだ。(三章)
八回目……彼は人々と生き、人々と生活していることを感動をもって感じている。全く以前の自分の暗い生活気分は、どこへ行ったのだろう。以前の自分はこうして人々のなかに立っていることはできなかった。以前には街へ出ることがあっても自分の孤独をたしかめるために過ぎなかったが、今は人々は自分の生きていることを実感させて呉れる神聖なものであり、明日への激情を自分にもたらしてくれる力の源泉なのだ。(三章)

おなじ戦慄の経験であるのに、その度に安太の感じることと考えることにはあきらかな変化あるいは発展が見られる。ここでは三回目のときに安太の感じた「何か啓示のようなもの」というのと、四回目の経験のときの「自分にはなにかが起っているのだ」という発見、それに「一条の光」の存在とにまず注目しておきたい。

これらの「何か啓示のようなもの」や「一条の光」や生起しつつある「何事か」が何を意味しているのかは、ついに安太によっても明白には掴まれていないし、小説の中でも明らかにされていない。しかし、それを想像する手掛かりになるものはある。三回目の戦慄の経験のあと、安太は竹内銀次郎の妹・登美子と喫茶店に入るが、そこでの会話の途中で彼は少女たちが縄とびをしている光景を幻視する――

その彼は、ふと、一つの幻想に陥っている。遠く濶葉樹らしい茂った木の葉が、眩しい光にかがやいている。その木の下で少女が縄とびをしているのだ。少女らはみな裸足でリズミカルに次から次へとゆるやかにとんでは元の場所へ戻ってくる。余り遠いので笑いさざめいているらしい声は聞こえないが、彼女らのにこにこ楽しそうに笑っている顔が鮮やかに見える。そして彼女らは、廻る縄をゆるやかに次から次へととんでは、元の場所に戻って来る。それはいつまでも続いて、そして飽きる風もない。――ふと安太は我に返った。(一章)

「我に返った」安太は、登美子との二、三の言葉のやりとりのあと次のように思う。

彼は自分の胸の中の一条の光を改めて感じている。それは勝利に似たもの、新しい世界の感じ、しかし、まだ自己の肉体に過ぎ去ったものの跡の痛く感じられる、新しい世界の感じである。そして彼はその自分を信じる。

この少女たちの縄とびの場面は、小説のなかでこのあと四回、したがって合計五回安太の幻想の中に出現してくる。だから、この小説にとって少なからぬ意味をもった幻想内容だととらえてよいと思われる。だから右の安太の思いにおける「一条の光」「新しい世界の感じ」というのは、あきらかにその前の安太の幻想の内容と関連しているとみて間違いないだろう。

この幻想の構図が表しているものは、「眩しい光」の下で、少女たちが「裸足でリズミカルに跳んで」は「元にもどってくる」繰り返しの光景である。このいつまでも続く円環運動を凝視したときに、それが安太にとって「一条の光」であり、「何かの啓示」であり、「新しい世界の感じ」、「勝利に似たもの」であったとしたら、このとき安太はこの構図のなかに何を感じ何を読み取っていたのか。

四

「永遠なる序章」において、安太がどのような精神的経歴を持つ人間として描かれていたかをちょっと振り返ってみる。

安太は十六歳のときに身投げをしたことがある。少年は息がつまってもがきながらも、夜の水の中の明るさを「やわらかなあたたかい諦めに似た平和」なものと感じていた（一章）。貧しい少年の家の四畳半の畳の上では、兄、姉、父が死んでいった。「死はそのころから彼の前に立ちつづけていた。」十六歳の時には母もその畳の上で死んだ。二十歳の時には志願兵として軍隊に入る。精勤して下士官になるが、「しかし何か一切が無意味だった。その一切が無意味だという感じは、何をしていても彼からついて離れなかった。」しかし、自殺はできなかった。「絶えず死と見つめあっているだけだった。」決死隊を志願して負傷した彼は内地の病院に送還される。そこで若い軍医の竹内銀次郎を知る。ニヒリスト銀次郎と眼があった瞬間に、安太は「銀次郎が自分と同じ哀れな存在であることを理解」する。二人の間には「暗黙の了解のようなもの」が生まれる。あとで銀次郎は当時をふりかえって安太にいう、「病院にいるとき俺がお前を好きだったのは、俺とお前とは同じ世界にいる人間だと感じたから」であり、「虚無の海にうかぶ必然系」という誰かの言葉を安太に感じたからだと（三章）。病院で見たときの安太は死にたがっていたと見えたともいう。「だが、今はお前は、それをすっかり忘れて」、いつもにこにこして、馬鹿にうれしそうに見える、そういうお前が気にくわないと銀次郎はいう。

こうして見てくると、間近な死を宣告される以前から、安太は死を身近に感じ、「一切が無意味」だという感じにつきまとわれていたことがわかる。その虚無的な雰囲気は、「世の中を小馬鹿にしたような戦闘帽を横っちょにかぶって」病院内をひょろひょろ歩いていた当時の安太の後姿に「きゅっと胸が痛く」なるほど感じられたと銀次郎はいう。

虚無の中にとりこまれているということは、安太がいうように「一切が無意味」に思えるということだろう。ところで、一切が無意味だということは、当面の必要にかぎっていえば、少なくとも次の三つのことを含意している。ひとつは、そこでは物や人の存在それ自身は否定されていないということである。無意味なものが無意味なままに存在することは認められているからである。二つめは、それが慣習的な意見や価値からの解放の側面を持つということである。在来の価値はすべて無化しているからである。三つ目は全てが等価だということである。意味がないという点ではすべてが一緒だからである。この三つが虚無感の到りつく当面の境地だとおもわれる。ところでこの三つのことは、それぞれどのような事態を孕んでいるか。

まず、全てが等価だということから見てゆく。右するも左するも彼にはどちらかを選ぶ基準がない。右も左も等価なのである。同じようにして、昨日と今日もまた等価である。そもそも価値を持たない毎日なのだから、日々のあいだに差が生まれる筈がない。「重き流れの中に」の須巻がいうように、「僕の一日も永遠に昨日と同じ」なのである。全てが等価だということは、まずこのような感じを虚無の人にもたらす。しかし、この感じはそのままにとどまってはいない。彼の中でその姿を発展させてゆく。どの日も等価で特別の時、特別の日はないということは、あらゆる時を特別の時、特別の日への隷属から解放する。目がけねばならない特別のことの成就の時はないからである。したがって、その日を目指すことで意味づけられる今日ということも失われる。未来のある時にむかっていた視線は今日へと突きかえされる。未来に目標あるいは終末の時がないのと同様、過去に出発あるいは始原の時もない。どの時も今日と等価である。だから、もし始原の時あるいは終末の時というものがあるとしたなら、今日こそがその始原の時であり、終末の時となる。時間は直線的な構造を喪失する。何かはじめるとしたら、類のない今日こそがその日なのであり、そして、もしも成就ということがあるとしたら、今こそ成就の時なのかもしれないのである。「今ぞ日は近し、……そう。その日は、もう来ているのではないか」と安太が呟き、「さめよ、わがはらから／あかつきは来ぬ……／そうだ。自分にとってあかつきは来たのだ」と安太がおもう（六章）背後にはこのような事情がある。

次に慣習的な意見や価値からの解放の側面について見てみる。一切は意味を失っているのだから、彼を拘束していた価値は権威を喪失する。この解放は彼を他人の意志への従属から解放して、彼を自分の主人にする。それは当初は困惑であり、恐れであり、不安な事態である。「何か自由で、何かその自由は肌寒い。」しかし、やがてそれも彼の内部で変容してゆく。いま自分はいままで自分を束縛していた一切のきずなから解放されて自由の虚空に息づいていると いう感じが彼にやってくる。それは跳びあがるような喜びを彼にもたらす。この自由の感じは内に包んでいられないほどのものになる。安太が七回目の戦慄の体験のあと、「高い充溢感にあふれ」て「何かはじめなければならない。きっと自分はとんでもないことを仕出かすだろう」と思うのはこのような事情による。

残るのは物や人の存在自体は否定されていないという事態のもたらすものである。彼にとってすでに「一切は無意味」なのであった。しかし、この世に物や人が存在しているという事実は彼にも否定することができない。腹がへれば目の前の食物を食べねばならない。人や食物が存在することは虚妄の幻影ではなく眼前の事実である。意味のないものが意味のないままこのように存在しているということは、当初は彼にとってやり切れない重荷であり、厄介でときに退屈な事態である。しかし、ここにも変化がしのびこむ。それらの森羅万象が存在しているということには確かに必然的な理由がなにもない。それらは無くても不思議でないものであり、むしろ存在していないことの方が当たり前のものなのだ。ところが物や人は現に在る。このように存在する必然も理由もないものが現にあるということが、彼にとってやがて驚きとなる。物や人の存在それ自体が自明でない事柄となる。自分はいま不思議な出来事、総じてものが「ない」のではなくて「ある」という出来事に際会しているという思いに彼は捉えられる。そしてやがて、自分がいま目の前の人と、このように時と場所とを同じくしているということは、これは希有の出来事であり、希有の出会いなのではないかという思いが彼におとずれてくる。そうすると、彼には人々が急に身近な親しみのある存在に感じられてくる。そして同時にまわりの物たちが急に新鮮なものに見えてくる。「彼は人々と生き、人々と生活していることを感動をもって感じている」という、八回目の戦慄の経験のあとの安太の感慨はこのような境地に根ざしている。

繰り返して同じことを書く煩を避けるために、右に述べた三つの境位に、とりあえず便宜的な呼称をつけておく。最後に解明した境位には「C—存在の驚きと際会の希有さ」、その前の境位には「B—溢れる自由感」、そして全ては等価だという感じがもたらす境位には「A—現在に収斂する時間」と。

さきに宿題にしておいた課題は、縄とびをする少女たちの構図が安太にとって「一条の光」であり、「何かの啓示」であり、さらには「新しい世界の感じ」でありえたのは何故かということであった。右に述べた三つの境位を踏まえて考えてみれば、この問に答えることはそれほど難しいことではない。

さきにも述べたように、この縄とびの構図に一番はっきりうかがえるものは「繰り返し」のテーマである。少女たちは「廻る」縄を「次から次へと」とんでは「元の場所に戻って」くる。それは「いつまでも続」く。「廻る」縄にも少女たちの動きにも同じ運動が繰り返されているだけで、次の場面への推移も展開もない。それは終わりのない円環運動である。ということは、ここでは時間は直線的な進行のかたちを失っており、あるのは今ここの形の再現につぐ再現だということだ。時間の撥無といってはおおげさかもしれないが、それに近いものがここにはある。この構図が右にのべた「A―現在に収斂する時間」という境位とするどくマッチしていることを見ることはたやすい。

縄とびの少女たちは「眩しい光にかがやいた」木の葉の下で、「裸足でリズミカルに」跳ぶ。彼女らは「にこにこ楽しそうに笑っている。」それは屈託のない自由、跳ねあがるようなよろこび、素足の解放感を表現した構図である。まさに「B―あふれる自由感」の表現そのものだろう。

そしてこの構図には「眩しい」陽光を浴びてかがやく「潤葉樹らしい」茂った樹木の現存があり、少女たちの姿があり、「笑いさざめく」少女たちの仲間たちとの共存がある。それらが相拠り相寄って一幅の絵画的場面をつくりあげている。物たちの現存と人々の共存。この場面を見る度に、本来空無であってもおかしくない世界に、何ものもないのではなく物や人たちが「在る」という事実の不思議さに安太が打たれたことが考えられる。「C―存在の驚きと際会の希有さ」である。

このように、この幻視の場面の中には三つの境位と相応ずるものがある。その三つの境位は、虚無感に苛まれ、それを凝視し、やがてそれに馴染み、それがもたらすものをいわばその果てにおいて受けとめようとした安太の中に胚胎していたものであった。この縄とびの場面を安太は繰り返し幻視するが、その度におそらく彼は、自分の中に胚胎している思念を見つめ、確かめ、それに形をあたえようとしていたにちがいない。だからある時はそれは彼にとって「一条の光」であり、「何かの啓示」でありえたのであり、ある時はそれは「新しい世界の感じ」でありえた。それらが「新しい世界の感じ」として感じられたのは、これらの境位が虚無感の中に胚胎したものであるにもかかわらず、ついには何程か肯定的な色合いを帯びてきているからだろう。安太が「そうだ。自分には何事かが起っているのだ」と感じたのは、このような虚無から肯定への転換の出来事が彼の内部で進行していたことを指す。

そう見てくると、この小説のなかで安太が到達した境地、掴みえた「新しい世界」なるものは、この三つの境位に要約されるような性質のものであったにちがいないと推定される。事実、これらの境位から生まれてきたと見られる安太の特徴のある思念の表白を、わたしたちはこの小説の随所にみつけることができる。そのうちの幾つかについてはすでに見た。つづけていくつかを拾ってみる。（それらの思念が三つの境位のどれに関連するかを括弧のなかに示しておく。）第一章から――「今に何事かが起るだろう。しかしその何事かは、もう既に自分にやって来ているのではないだろうか（A）」。第二章から――「だが次の瞬間、彼は感動的に心の中に叫ぶ。無意味にもかかわらず自分は生きている。その事実は、自分にとっては至上のものではないか！（C）」。安太の登美子に対することば「生きている自分を信ずるんですよ。……すると、生活が一番大切になって来ますよ。実際、生活以外に大切なものはなにもありませんよ（AとC）」。第四章から――「だが、彼は、幸福そうに微笑している。ここにいる。それがすべてだ。そして彼は、今、自分が自由で幸福であることを感じている（CとB）」。第五章から――「しかし、この自由は自分に持ちこたえられないほどだ。何か行動へ解消しないかぎりは、自分は、破裂するだろうという感じが安太を強く動かしている。……人間が革命的となるのは、まさに人間が自由であるからだ。……全くこの生きているという実感のなかには、たしかに何かが内在している。恐ろしいほど革命的であるあるものが（B）」。第六章から――「子供たちは、きっとこの不可能から出発するであろう。たとえそれが、永遠に出発であろうとも。人類は、繰り返し繰り返し、一切の不可能から出発してきたのではなかったか（A）」。

本多秋五はこの小説の解説文（新潮文庫『永遠なる序章』所載）のなかで、この小説は「かなり難解な作品である」と記し、「ここには謎のような、予言のような、また片言めいた言葉がバラまかれている」と書いている。たしかに安太は随所で多分に勝手で多分に飛躍する考えを吐露していて、ときに読者は混乱させられる。しかし、それらの中の幾つかは、右に述べた三つの境位を踏まえてみると、読みとけないことはない。たとえば安太は、おかねへの自分の愛を自己解説して「醜悪への意志」だというが、この「醜悪への意志」という言葉が「この作品のなかへ入って来なければならなかった、その結びつき具合が」自分には難解だと本多氏はいう。たしかにそうである。作品のなかで安太は、おかねへの彼の愛の背後にある事情を説明して、「同一の社会的存在としての共存的な感情。奥深い秘密な気分」とか、「代々から蓄積されて来た自己の社会的運命の理解であり、お互の呪われた生体験からくるところの、共通な、その故に秘密な、デモーニッシュな生活感情」だと言う。これは判るが、しかしこのことはおかねへの彼の愛が「醜悪への意志」であることを納得させはしない。ただ、安太がこの時、現在の自分のすべてを肯定する立場に立っていた（それは十分にありうることである）とすればどうなるか。現在の自分を肯定する安太というのは、現在の自分をもたらした自分の全過去を肯定する安太である筈である。四畳半と三畳二間の家での貧しかった育ちも、少年のときの自殺のこころみも、「死にそこない」と罵声をあびせられたことも、運転課長の家に引き取られて一銭の金もなく物置き同然の部屋で寝起きしたことも、軍隊に志願したことも、それら全てを今の安太は肯定している。それら全ての過去の上に現在の自分があるからである。過去は単に過ぎ去ってはいない。それを肯定することでいわばとり戻すことができる。「醜悪への意志」とは、みずからの否定的な過去への意志であり、それを肯定し、現在において反復しようとする意欲である。おかねへの愛に傾く安太が、「呪われた生体験からくるところの共通な生活感情」と自分の気持を意味づけることの背後にある論理は、おおむねこのような「現在肯定」＝「過去肯定」ともいうべきものであったにちがいない。醜悪な？おかねへと傾く心は、醜悪な自分の過去の全肯定の意志に即したものであった。「おかねのところへ帰るということが、まるで彼自身へ帰ることでもあるかのよう」であったというのは、このことにほかならない。

安太が、「死」を「価値の革命者である」かのように感じたり（四章）、「死、それが一切を自分にもたらして呉れたのだ」と思ったり（五章）するのは何故かということも、ここでの「死」をさきに記した「虚無感」と同じと見たてれば、容易に答はみつかるだろう。

さきにわたしは、椎名の「現在」重視の思想の姿に大きな変化が生まれたのは「永遠なる序章』を介してであるといったが、その変化のおおよその事情は右に述べたことで説明しえたとおもう。A、B、Cを伴うことによって、「現在」思想は大きく転回した。

この小説で安太が獲得した境地は、ほとんどそのまま「その日まで」の真野精一、「邂逅」の野原安志に受け継がれている。それだけではない、「赤い孤独者」の長島重夫や、「美しい女」の木村末雄さえも、その抱く思想の核心の部分においては安太の後裔である。たとえば「赤い孤独者」の重夫は、警官に連れられていく四歳くらいの捨て子の男の子をみて、「その子の後姿に、はじめて地球に生まれて来たただひとりの人間という感じとともに、この地球の最後に残されたただひとりという感じが、奇妙にも同時にただよっているのを感じ」るが、これはまさに安太のものだろう。

ただ、「その日まで」にあっても、「邂逅」にあっても、そこに描かれている主人公は、いわばある境地を獲得した人間、あるいは獲得したのに近い人間である。作品はこのような人間を提示して、「この人を見よ」と言っている色合いが濃い。そのためか、この二つの作品には思想のドラマの色彩は希薄である。おなじことは「美しい女」についても言える。これらの作品を読みながら、わたしは、おなじく「この人を見よ」の色彩を持つ広津和郎の『泉へのみち』(昭二八~九)を思いだしていたが、思想的なドラマ性の点ではこの方がすぐれている。そして「永遠なる序章」もまた思想的なドラマ性においてい以上の椎名の三作品にくらべればはるかに傑出していたといえる。

五

「その日まで」「赤い孤独者」「邂逅」「美しい女」と、この時期の椎名の長編小説を発表の順にならべてみると、右に述べたような事情のほかに、椎名のキリスト教への接近と入信との思想的な影が、次第に濃く刻印されてきていることを見ることができる。さきにも述べたように、椎名の受洗は「その日まで」発表（昭二四・六）のほぼ一年半あとのことであり、彼の「回心」は「赤い孤独者」が発表された昭和二十六年四月前後の出来事である。入信のだいぶ以前から椎名はキリスト教思想に親しんでいた。

受洗前後のことについて椎名は、さきにも引用した「〝復活〟へたどりつくまで」のなかで、つぎのように書いている。

私の思想的な行きづまりはますます私を追いつめて行った。全くどうしようもなかった。死を思ったが、臆病者にそんなことはできないことも、死は一つの解決であってもほんとうの解決ではないことも知っていたのだ。もはやドストエフスキーを信頼して私にとってのわけのわからないイエス・キリストという存在へ自分を賭けるより仕方がないと思った。／結果としておかしなことが起こった。無神論者が洗礼を受けるということだ。受洗すれば、こうパッとイエス・キリストがわかるにちがいないと思ったのに、やはり私にはわからなかったのである。

「わが心の自叙伝」（昭四二「神戸新聞」・『全集』二三巻）では、「私の受洗はおかしなものであった。信じられないままにイエス・キリストへ自分の全存在を賭けたのだ」と書いている。受洗のあと聖書を繰り返し気ちがいのように読み返したが、矛盾は深まるばかりだったという。
そうした状態にいた椎名に、後に彼が「回心」と名づける出来事が起こる。「私の聖書物語」や「復活」（昭二六〜二七「指」・『全集』一四巻）によってまとめてみるとそれはほぼ次のような出来事である。――洗礼というのは「何のことはない頭に二、三滴の水が落ちた」だけで「全く何ごとでもなかったことを改めて確認させられた」椎名は、ある日「よりによって聖書の一番馬鹿らしい個所、つまり復活の個所を拾い読みしはじ」める。まずマタイ伝の復活の個所を読む。この聖書記者は復活の個所を読まれたら困るかのように急ぎ足に書いているなともう。ついでマルコ伝のおなじところを読む。まるで余計な記述であるかのように括弧でかこんであるので、失望する。つぎにルカ伝の復活のくだりを読む。死んでしまった筈のイエスが、集まっている十一人の弟子たちの前に現れる場面である。イエスを見て恐れ驚き、霊を見ているのだと思っている弟子たちにたいして、イエスは「どうして心に疑いをおこすのか。わたしの手や足を見なさい。まさしくわたしなのだ。さわってみなさい。霊には肉や骨はないが、わたしにはあるのだ」と言って手と足とを見せる。そして弟子たちの焼いた魚を取って、みんなの前で食べてみせる。……この個所を読んだときに、椎名は「突然ショックを受け」る。「この世の関節がぐらりと所をかえ、この世の光の色がかわったこと」を感じる。その自分が信じられなくて、気ちがいになったのかとおもう。鏡に自分の顔をうつして見る。そこには酔っぱらったような真っ赤な顔、宝くじにでもあたったかのように喜びにあふれた顔がある。——これが彼のいう「回心」の出来事である。

椎名はこの時の経験を振り返って、その「複雑な心理的過程」をみずからつぎのように分析している。——十字架で死んだイエスはまさしく死体であるほかにありようがない。しかしほんとうに死体であるかといえばそうではない。何故なら彼は確実に生きているからだ。では彼はほんとうに確実に生きているかというとそうではない。何故なら確実に彼は死体であるからだ。死は、十字架上のイエスを殺し、眼前のイエスを殺しつづけている。死は勝利の凱歌をあげている。それなのにその死者は動き、魚を食べている。生きている。つまりイエスは死んでいて生きている！　この死と生とがたがいに相手をおかすことができずに同居しながら、たがいに唯一絶対のものになることができないでいるという事実に支えられているイエスの肉と骨とに、椎名は人間の真の自由を見たのだという。あるいは、復活のイエスは死であり、時間の束縛をうけたものでありながら、そのままで死に対して決定的に自由であり、時間の束縛を超越している、そのような自由としてイエスは自分を示されたのだと椎名はいう。これが椎名の

「復活」体験である。

　椎名の著作をいくつか読めばすぐわかるように、椎名は死にたいして大変に敏感であった。それは六歳のときにお寺の壁に掛けられていた地獄図を見たときからはじまるという。そして「それ以来少なくとも現在まで、如何なる精神にあるときも」虚無への緊張、死への緊張はついてまわったという（「蜘蛛の精神」昭二三）。「運河」（昭三〇〜三一）には、左翼運動で検挙された塚口洗吉青年が拷問をうけて「死ぬよりは白状した方がいいと思いはじめた」ときの描写がある。洗吉は「このまま自分は死んでしまうのではないかという恐怖を」感じ、「すると何も彼も馬鹿馬鹿しく、どうでもいいものであった気がしはじめた」という。これと似たことが椎名青年に事実あったことが「私の聖書物語」で告白されている。「自由の彼方で」（昭二八〜二九）の山田清作少年は何度か首吊り自殺をはかるが果たせない。似たようなことが若いときの椎名自身にあった。以来自殺は不可能との思いは椎名の確信になる。死ぬことはできない、しかし死は避けることができない。避けえない死が、あらゆることとの意味を奪う究極の無として、絶えず自分を脅かしている。死を思ったとたんに、何もかもが権威を失い、無意味になってしまう。「根本的にいえば人間は死ぬものであるから、ニヒルの感情が生まれるのであるということが出来よう。言いかえれば、人間に死がなければ、世界全体の拒否も、自分自身全体の拒否も起らないのである」（「〝ニヒッてる〟人生からぬけでるために」昭二九・『全集』一五巻）。椎名における死の意識と虚無感との強い結びつきがうかがえる。

敗戦後の廃墟の中に、まさに廃墟の文学として深い虚無感を湛えた「深夜の酒宴」をひっさげて文壇に登場した椎名ではあったが、そのエッセイをみると敗戦が椎名の精神にもたらした刻印についてはほとんど触れることがない。「深夜の酒宴」についても、それは「戦時の傷痕の濃い作品である」(「『永遠なる序章』について」)と記していて、「敗戦の傷痕」とは書いていない。どうやら敗戦を契機とする思想の崩落ということは椎名にはなかった模様である。椎名はすでに敗戦以前において、自分はひとつの廃墟であるとの意識をもっていた。それがそのまま敗戦のあとの日本の廃墟につながっている。(この点が、敗戦により二度目の意味の崩落を経験した梅崎春生と異なるところである。)昭和十三年当時を振り返って椎名は、その頃の自分が「結局人生にはなんの回答もない。何故かしらわからないが、ただ生かされて、何故かしらやがて死ぬように決められている」と思っていたこと、いわば「人生そのものに失望していた」のであることを、「なぜ作家になったか」(昭二九・『全集』一五巻)に記している。繰り返すことになるが、椎名のいだいていた虚無感は、敗戦以前からのものであった。

椎名が敗戦以前からもっていた虚無感、死の意識と強くむすびついた独特のその虚無感を、いよいよ深めて行ったのは、どうやら「深夜の酒宴」を書いたあとから昭和二十四・五年にかけてである。その頃の事情についてはすでに述べた。こうしたなかで、「永遠なる序章」で椎名の思想にひとつの転機が画されたのは事実である。「廃墟のモラル」(『全集』一三巻)という小文は「永遠なる序章」発表の半年あとに書かれたものらしいが、そこで椎名はつぎのように言っている。「現在、少なくとも僕にとっては、如何なる廃墟も存在しない。しかし以前は、僕は、一個の廃墟であった。そしてその廃墟の自覚に於て、僕は、僕の全過去も、そして全未来も単なる空虚であることを知ったのである。（中略）とにかく歩き出さねばならぬ。しかしどこへ。そして何のために。それは判らなかった。しかし、現在僕はやっと歩きはじめている。」「永遠なる序章」を介して何かが椎名に訪れたことを窺わせる文章である。しかし、その境地は椎名を虚無からほんとうに救済するものではなかったようだ。「背後世界」を一切拒否したようなその境地に椎名は安住できなかったのだろう。椎名には、ドストエフスキーが彼に示してみせたイエス・キリストによる救いの可能性という思いがはやくからついてまわっていたが、このときの彼をいわば安太の達した境位に安住させなかったものも同じ思いであったにちがいない。

さて、このような境地にいた椎名に「回心」が訪れた。それを経験した時の椎名の実感に即していえば、それは「死んでも生きている」という事態の発見であった。彼の前に長いあいだ立ちふさがっていた死の絶対性ともいうべきものが崩れてゆくことの経験であったといってもよい。死は克服されている。そのところに復活のイエスがいる。虚無の中にいる自分がほんとうに救われるとしたら、ここにおいてしかない。そういう直覚であった。そして、死が彼の前からその影を薄くしてゆくにつれて、椎名の中にあった虚無感もまた薄れてゆく。このときから椎名のキリスト者としての生がはじまる。

入信以後の椎名の書いたものを読んでみて、著しい特徴をなすとおもわれるのは、いわば流露する自由感ともいうべきものである。あるいは現実にたいする徹底的といってよい相対主義的態度である。「人間的な一切の事柄というものは、相対的なものであって、唯一絶対の〝ほんとうのもの〟となることができないというのが、イエスの復活の証言である。」この地上では何ものも「ほんとうのもの」であることはできないとわかったとき、「私たちは、一切のこわばりや痙攣からゆるめられる」のだという(「私の聖書物語」)。また、キリストから与えられた自由を自覚したときに、人は「激しい力で僕たちの時間的な現実のなかへ投げかえされるのを感じ、」「そのことに深い歓喜を感ずる」ともいう(同)。そして「どんな日常的な関係でさえ、僕たちに明瞭に意識され、それは、僕たちの身にしむのである」という。何やら、誰彼のすぐれた仏教者の達した境地をおもわせる言葉である。

このように見てくると、椎名の入信にいたる過程をつぎのような図式に示すことができるだろう。死への恐れ→虚無感の深まり→絶望的境地→賭としての受洗→イエスの復活の体験＝回心。この椎名の宗教体験あるいは信仰体験は、そのまま受け取る以外にはない、個人の私秘的な出来事であり、本来言葉を超えた体験である。本人ですら言葉にし難い事柄なのだから、他人が、ことに信仰に縁の薄い者が言葉をはさむべき筋合いのことではない。しかし、椎名は文学者として、この極度に私的な経験を言葉による表現に持ち来たしている。読者として、表現された言葉にたいして多少の言葉をついやすことは許されるだろうとおもう。そういうことで言わせてもらうのだが、ここで中心的な役割をはたしているのは復活の体験である。虚無的な生の果てにあった椎名を、「死んでいて生きているイエスの二重性」という事実が突然に襲ったのである。この体験に見られるものは、われわれにやや親しい言葉でいえば、「無」から「有」への転換ともいうべき事態である。この国の一部の哲学者たちが昔よく使った言葉で言えば、「絶対無」が「絶対有」に転換するともいうべき事態であった。仏教の言葉でいえば「前念命終、後念得生」である。

九鬼周造は『人間と実存』（昭一四）所収の「実存哲学」（初出昭八）のなかで、無が有に転換する事態をいわば論理的にあきらかにしている。「ある事」が「Aでない」という否定判断は「非Aである（A以外のものである）」という肯定判断（無限判断）でもある。それはその事が「Bである」という積極的な肯定判断にいたってはじめて落ち着く。だから「Aでない」「Bでない」「Cでない」……と対象の否定をつづけた末に否定の総和（無）に到達しても、それは同時に肯定（「非Aである」「非Bである」「非Cである」……）の総和（有）を含有している。それだけでなく、否定判断（無）は肯定判断（有）にいたってはじめて落ち着くという事情はここでも貫徹される。否定の総和は肯定の総和を意味する。だから絶対無というものが考えられうるとしても、その実それは絶対有でなければならない。空無や涅槃が、それが空無や涅槃であるとともに、同時に、積極的な光によって一ぱいに充たされていなければならないのや、絶対無が神とか永遠の今とかという積極的な意味をもってくるのもこのためである。――大体このような趣旨である。何やら狐につままれたような感じがしないでもない。しかし、たとえば、罪悪深重の身であり、地獄は一定すみかだと観念した人が絶望の果てに阿弥陀仏の摂取不捨の慈悲に救いとられるという宗教的な機作を、絶対否定から絶対肯定への道筋あるいは絶対無の絶対有への不思議な転換と説明したわが国の哲学の論理をおもいだしてみると、両者のいうことが繋がっていることを思わせられる。

このような論理から見ると、椎名の歩んだ道筋はまさに否定（虚無感）の行き着いたところにおける、その肯定への転換であったと捉えることができる。虚無感の深まりによる混迷の深まりとともに、椎名の中には救済への希求（肯定）もまた積み重なってくる。そうした歩みの果てに、椎名は「死んでいて生きている」復活のイエスを発見する。それが復活のイエスとの際会であることを除けば、この椎名の経験は、絶望といった状況におかれた人間が経験するある種普遍的な宗教経験の型に属する。無から有への不思議な転換といわれてきた宗教的な精神の機作に属する。もし椎名が、ドストエフスキーによって救いはイエス・キリストの下にあるということを暗示され指示されることがなく、あげくキリスト教や聖書に身近なものを感じるということがなかったならどうだっただろう。幼児期の経験からお寺にうす気味悪さを感じていたということがなかったらどうだったろう。そしてもし、たとえば親鸞の事績に親しんでいたならどうだっただろう。おそらく、阿弥陀如来の慈悲によって無から有への転換あるいは回心を経験したにちがいない。

虚無感に苛まれていた椎名にとっては、一切を無化する死の脅威からの解放が最大の関心事であった。だから「死んでも生きている」イエスの発見が大事件となりえたのである。それ以外のことはほとんどどうでもよかった。だから、キリスト教が一神教であるかどうかなどということは関心の外にあった。ヤーウェの神についての関心も当座は殆ど椎名の意識を占めることはない。原罪説を認めなかったことについてはすでに触れた。イエスの愛の教えについて、入信後しばらくの間椎名がわずかな関心をしか抱かなかったと見られることも、このような入信の経緯に由来する。「邂逅」を読むと、入信が椎名あるいはこの小説の主人公・安志にもたらしたものは、安太的な境地の一層の深まりと安定とであったようにわたしには思われる。このような経緯を持つ椎名の信仰と、母の導きで少年期からカソリックの信仰に親しんできた遠藤の信仰とでは、その入信の機作がまったく異なる。つれて、その宗教経験の内容もまた質を異にするのである。晩年の作「懲役人の告発」（昭四四）の提示する問題については、稿をあらためねばならない。

「桜島」と「幻化」

一

梅崎春生の「桜島」（昭二一・九）では、「私」（村上兵曹）が敗戦を知ったときの様子は、小説の終わりに近いところで、概略次のように描かれている。――八月十五日の夕方、壕の中の居住区には吉良兵曹長と「私」の二人がいる。吉良兵曹長は「私」を前にして、「敵が上陸してきたら、卑怯未練な奴をたたっ切ってやる」とさけぶような声で言う。そこへ使いの兵が帰ってきて、今日の昼の御放送の内容が終戦の御詔勅であったことを伝える。「私」は異常な戦慄にとらえられ、卓を支える右手がぶるぶるとふるえ出すのを感じる。一方、吉良兵曹長は、くずれるように腰をおろしてその頬に涙の玉を流していたが、やがて軍刀を抜いて、憑かれた者のように刀身に見入る。不思議な殺気がその全身を包んでいる。不気味な一刻のあと、吉良兵曹長は刀をさやに納め、「村上兵曹。俺も暗号室へ行こう」と言う。

これをうけて、「桜島」の末尾は次の文章で閉じられている。

壕を出ると、夕焼が明るく海に映っていた。道は色褪せかけた黄昏を貫いていた。吉良兵曹長が先に立った。崖の上に、落日に染められた桜島岳があった。私が歩くに従って、樹々に見え隠れした、赤と青との濃淡に染められた山肌は、天上の美しさであった。石塊道を、吉良兵曹長に遅れまいと急ぎながら、突然瞼を焼くような熱い涙が、私の眼から流れ出た。拭いても拭いても、それはとめどなくしたたり落ちた。風景が涙の中で、歪みながら分裂した。私は歯を食いしばり、こみあげて来る嗚咽を押えながら歩いた。頭の中に色んなものが入り乱れて、何が何だかはっきり判らなかった。悲しいのか、それも判らなかった。ただ涙だけが、次から次へ、瞼にあふれた。掌で顔をおおい、私はよろめきながら、坂道を一歩一歩下って行った。

敗戦――それは「私」にとって、間近に迫ってきていると覚悟していた死からの解放を意味した。そしてまた、納得のいかなかった宿命からの、軍隊生活の強制と非合理からの、吉良兵曹長からの解放をも意味した。それは同時に自分の国の敗北であり、屈伏でもあった。右の文章はそうした瞬間に直面した「私」の複雑な感動を描いていていてみごとであり、この作品のここまでの質量に充分に対抗できる末尾としての重みを持っている。

この文章について言いたいことは沢山あるが、いまは焦点をひとつにしぼることにする。ここで村上兵曹が「よろめきながら、坂道を下って」いくというのや、「風景が涙の中で、歪みながら分裂」するというのは、どのような意味をもっているかである。別言すれば、これらの言葉は、敗戦時を描いた梅崎の他のいくつかの小説との関連の中においてみると、どのような意味を帯びてあらわれてくるだろうかということである。

「無名颱風」（昭二五・八、一〇）は、敗戦の月の月末に、鹿児島からの復員の途上、日豊本線の高鍋の町で未曾有といってよい台風に襲われたときの経験を、海軍のときに兵曹であった「私」の視点で綴ったという形の小説である。全体につくりものめいたところの多い小説であるが、「私」の復員途上の感慨には注目すべきところが少なくない。

列車は復員兵で満員である。戦終わってまだ数日だというのに、列車の中では軍隊の階級は通用しなくなってきており、歳のいった兵が腰かけて談笑しているそばに、下士官が通路にうずくまっていたりする。年齢という「世間の掟」が軍隊の掟をしりぞけて、徐々に復員兵たちの間に浸透してゆく。列車の窓からは浴衣にカンカン帽をかぶって道をゆく男の姿が見える。「そんな服装が暗示する生活。それが世間にあるということ、自分にふたたび始まるということが、なぜか先ず肌合わぬ感じとして」「私」にくる。しかし、そうした世間のありきたりの生活こそ「この二年近くの間」軍隊にあって「私」が「ひそかに渇望しつづけていた」ものであった。つづけて「私」はおもう。

それだのに今となって、その渇望は渇望の形のまま、へんに不透明な翳をひき始めている。ごく微かな、ぼんやりした侘しい翳を。それはいきなり気圧の低い世界に立たされたような、生理的に不安定な感じを伴っている。（中略）今朝部隊の門を出るときの、あの昂揚された自由感が、何時の間にか、なにか質の違ったものとすり替えられている。そんな筈はあり得ないのに、その感じは膜のように私にかぶさってくる。

ここに出てくる「生理的に不安定な感じ」と似たような感じは、一種の敗戦小説といってよい「赤い駱駝」（昭二三・一〇）にも見られる。海軍で「おれ」と同期の予備士官であった二見少尉は、軍人としての適性をまったく欠いた男であったが、軍人らしくなりたいと必死といってよい努力をしていた。その二見少尉が敗戦をむかえて錯乱におちいり、あげく自殺するという物語である。この小説のなかで、敗戦の報せを聞いたときに「おれ」がどのように感じたかを、語り手の「おれ」は次のように記している。

おれはと言えば、強い風に逆らって歩いていて、いきなりぱたっと風が止み、肩すかしを食ってよろめくような、そしておそろしく不安定な気持がした。そしてその瞬間がすぎると、自分を押さえつけていたものがすべて、こなごなに砕け散った解放感が、やがておれにも起ってきた。その感じが途方もなく拡がってゆくもんだから、おれ自身がそれについてふくれ上ってゆくのに、足もとのふらつくような不安な感じが、突然おれをしめつけてきた。そして軍隊ですごした一年余の歳月が、おそろしく長い時間としておれに感じられてきた。

「赤い駱駝」と「無名颱風」とは、敗戦の日に梅崎が経験した解放感と不安定感との奇妙に混交した感じを、戦争のあと三年と五年の間をおいて、小説のかたちで繰り返し確かめているという趣のある作品である。「桜島」の末尾には「私」を襲う解放感は描かれていない。解放感がやってくる前の、「私」が「嗚咽」し、混乱し、「よろめき」、そして「私」の涙の眼に風景が「歪む」さまが描かれている。「赤い駱駝」「無名颱風」に描かれた敗戦時経験から推定すれば、おそらくこのあと村上兵曹は「途方もなく拡がって」ゆき「ふくれ上」がる解放感を味わうのだろう。そしてそのあとでは、「足もとのふらつくような不安な感じ」、「いきなり気圧の低い世界に立たされたような、生理的に不安定な感じ」を味わうことになるのにちがいない。ひょっとすると「無名颱風」の「私」のように、「昂揚された自由感が、何時の間にか、なにか質の違ったものとすり替えられる」という事態を経験することになるのかもしれない。このように想像することはそれほど無稽のことではない。そして、このような想像のもとに「桜島」の末尾の文章をもう一度ふりかえってみる。すると、そこに記された「私」の「よろめき」や、風景の「歪み」や、悲しいのか嬉しいのか「何が何だかはっきり判らない」「入り乱れた」思いやらは、その後に「私」に訪れてくるだろう「途方もない解放感」だけではなく、それに接してやってくる「足もとのふらつく不安な感じ」や、さらには「なにか質の違ったもの」への解放感の「すり替」わりをも、あらかじめ予感し反映していたのだと受けとることができると思われる。それゆえの「よろめき」や「歪み」でもあったに違いないと。

「一年近くの間」ひそかに「渇望しつづけていた」「畳の上で飯を」食い「背広を着て、毎日役所に通う」そんな平和な日常生活がいよいよ現実のものとなる復員の時になって、その渇望が「渇望の形のまま」「ぼんやりした侘しい翳を」ひき始めるのを、「無名颱風」の「私」が覚えるのはどうしてなのか。今朝感じた「昂揚された自由感」が「なにか質の違ったものとすり替えられている」と感じるのはどうしてなのか。あるいはまた、「赤い駱駝」の「おれ」が、途方もない「解放感」のあと、「足もとのふらつくような不安な感じ」に「突然しめつけられる」のを覚えるのはなぜなのか。

「無名颱風」の中にも「赤い駱駝」の中にも、直接この疑問に答えるものはない。むしろ主人公自身がこれらの疑問を自分につきつけ、しかも答を得られずにいる。しかしこの疑問を解く一端の手がかりがないわけではない。「無名颱風」のなかに、鹿児島駅のホームでいつ来るかもわからない汽車を待っている復員兵たちがそれぞれに示す勝手な振る舞いを見ながら、「私」が次のように思う場面がある。「すべてが別々に、揺れ動いていた。そしてみんな同じ境遇にもかかわらず、妙につめたい無関心が、どこかに動いているのが感じられた。」「故郷の客」の言葉でいえば「連帯感」が失われていくことの発見である。つぎのような場面もある。汽車が部隊のあった土地から遠ざかるにつれて、復員兵たちが「すこしずつ娑婆の表情をとりもどしてくる」のを見、自分自身も「いつしか世間の感情を」とりもどしはじめているのに「私」は気づく。そして思う、

しかしその自覚は、必ずしも今の私には愉快ではなかった。ひどい倦怠のさなかにいるような、また密度の違う世界に無理矢理に追いこまれるような、生理的にかすかな厭らしささえ、ありありと感じられる。何故だろう。戦争から解放されて、今はすっかり自由になったというのに、私のこの感じは一体何だろう？

「赤い駱駝」にはつぎのような「おれ」のもの思いがある。「組織というものがなくなると、人間と人間を結びつけるものは何もなくなってしまったんだ。皆自分のことだけで手いっぱいで、他のことなどには無関心なふうだった。」

軍隊を離れて娑婆にもどることが「私」には「密度の違う世界に無理矢理に追いこまれるような」厭らしいものとして感じられるという。軍隊が解体して「すっかり自由になったというのに」、「私」はひどい倦怠のさなかにいるような感じがするという。自分が世間の感情をとり

もどしはじめていることを自覚すると、愉快ではないという。「密度の違う世界」に追いこまれるというのは、別のところでは「いきなり気圧の低い世界」に立たされるというように表現されていた。「私」にとって、軍隊から世間への戻りは、だから密度と気圧の高い世界からそれらの低い世界への移行を意味していると感じられていることになる。密度の高い世界には、組織があって人間と人間とは何かによって結びつけられていたが、その世界が解体すると、妙につめたい無関心が支配しはじめる。それが「私」の不愉快の一端をなしていることも事実だろう。だがそれだけではないだろう。

さきにも見たように「赤い駱駝」の「おれ」は、敗戦のあと自分におとずれてきた「解放感」が「途方もなく拡がって」いき、「おれ自身がそれについてふくれ上って」いったあと、「足もとのふらつくような不安な感じ」に突然しめつけられたという。この描写はわれわれに風船をイメージさせる。ふくれあがった自分自身は風船のように宙に浮くのだろう。そしてただよいはじめようとするのだろう。この風船には重しがない。「ふらつくような不安」というのは重しを失った風船の頼りなさを思わせる。

このように見てくると、敗戦の直後といってよい時期に、解放された「私」や「おれ」を「不安」にし、二年にわたって抱いていた「渇望」に「不透明な翳」をあたえるものは、いわば「重し」の喪失、あるいは戦時中の環境のもっていた高い「密度」や「高い気圧」の喪失であるということになる。それでは「重し」「密度」「高い気圧」とは「私」や「おれ」にとって、具体的には何であったのか。
「黄色い日々」（昭二四・五）は「無名颱風」の一年ばかり前に発表になった作品である。この小説の中で、「長い行軍のあとのような」疲労感、虚脱感にむしばまれて生きている「彼」は、友人の中山に、僕たちは「何かしら、実質もなにもない、へなへなしたようなやり方ばかりで、生きているような気がするよ」という。また中山宛の手紙を書きながら、「いつもおれは実のないへなへなした言葉ばかりを、言ったり書いたりしている」と思う。そのような「彼」が、家主の白木と花札をやっているときに、東京裁判の実況ラジオ放送を聞く。ちょうど裁判官が戦争犯罪人たちに刑を言い渡す場面である。

英語と日本語が入りみだれて聞えていた。その中から、ひときわ荘重なはっきりした言葉を、彼の耳は拾いあげていた。その言葉は、ある重量と実質をふくんで、彼の耳におちた。「デス・バイ・ハンギング」（中略）／ぶらりとぶら下った人間の姿が眼の前に見えるようじゃないか、と彼は心の中でつぶやいた。（中略）（このような実質のある重い言葉を、どんなに長い間おれは聞かなかっただろう？）

踏切の遮断機の前に立って電車の行き過ぎるのを待つ「彼」が、電車の車体の引きおこす突風にはげしく顔をたたかれ、その「鉄の匂い」のする風ですこしくよろめく、という描写でこの小説はおわっている。

「本当はずっと以前から、何年も何年も前からつづいていたのかも知れな」い不透明な虚脱感のなかに、「へなへなしたやり方ばかりで」戦後の世間に生きてきた「彼」の抱く、「鉄の匂い」のするような「実質と重量」のある生活への渇望あるいは郷愁といったものが、この小説のモチーフをなしている。ここでの「実質と重量」という言葉を「密度と気圧」に置き換えてみれば、さきの密度や気圧が何をさしていたかの一端をうかがうことができよう。「へなへなとした」生ではない「重量のある」生が戦時中にはあったということなのである。

わたしはここで、戦時中の密度と気圧の高い生活ということを、「幻化」のなかで五郎の回想する二十年前の「ひりひりと生を感じながら生きていた」生活と結びつけたい誘惑を感じる。しかし、それは今は手控えておこう。また、重量のある生というのは、「桜島」を背景において理解すれば、迫りくる死に直面した生、死に直面することでかえって輝きを増していた生、といったふうのものになることもわかるが、それだけのものではないと思われることをあらかじめ言っておく。

いずれにしても、敗戦時に材をとった「無名颱風」「赤い駱駝」や敗戦後三〜四年の生活を描いた「黄色い日々」に描かれたものが、敗戦にともなうある種の喪失ともいうべき事態であるということは言えると思う。似たような事情は「故郷の客」(昭二五・一)にもうかがうことができる。敗戦にともなう喪失・崩壊の体験ということは、それ自体をとってみれば当時ひろくひとびとの経験したことであって、珍しいことではない。問題はそのなかみである。梅崎の小説に見られる喪失あるいは崩壊という事態は、どのような特色をもっていたか。

二

梅崎春生は「ランプの下の観想」(昭二二・一二)というエッセイのなかで、このようなエッセイを書くことは自分にとっていいことではないということを、次のように述べている。

私は自分を限定したくない。まして小説以外の、この種の文章をつづることによって、自分を袋小路に追いこみたくない。言いたいことは小説にすればいいので、こんななまな文字をならべることは私の創作力が衰弱している証拠だ。(中略)これを書くことによって、自分の内部にあるものが更に明確になるとは私は思っていない。

また昭和二十二年六月に書いた「文芸時評」のなかでは、折から「近代文学」に連載されていた埴谷雄高の「死霊」についての感想を述べている。その中で梅崎は、「死霊」に出てくる人物たちがマネキン人形よりも生気のない手合いであることを言ったあとで次のように書く。

小説というものは現実の人間を描くものであり、現実の人間を追求することで、ある観念なり思想に到達するものだ。言わば思想の形成を現実の肉体で手探りする過程が小説なので、作家の生理からすれば思想が作中人物を割りふりするなどはあり得ない。ところが、「死霊」における発想の具合は、その生理を逆行しているように思われる。

これらの言葉は、小説の中にしかその思想の内実をみせようとしない梅崎の方法を的確にあらわしているように思われる。わたしは沖積舎版『全集』第七巻所収の梅崎のエッセイの大体に目をとおしてみたが、それらの文章から梅崎の思想のかたちをとらえるということはほとんど不可能のことのように思えた。梅崎が言うように、彼にとって小説とは「自分の内部にあるもの」を「更に明確に」する手段であった。「現実の肉体」で「思想の形成を手探り」し、「ある観念なり思想に到達する」ことが、彼が小説を書くことの意味であった。そのために虚構をしつらえたのである。あたりまえのことだが、梅崎の思想のかたちを探ろうとするなら、彼の小説によるほかはない。わたしが、敗戦に際しての梅崎の思想の内実を「桜島」「無名颱風」「赤い駱駝」「故郷の客」などの小説作品を手がかりとしてさぐろうとしたのも、そのためである。

虚構の人物をしつらえて、その人物の「現実の肉体」を借りてみずからの思想を「手探り」するという方法がもっともみごとな達成をしめしているのは、おそらく「風宴」「桜島」「幻化」である。「風宴」（昭一四・八）は、「胸の空洞を吹き抜ける」虚無の風の「悲しい密度」によって「絶望感」にとらえられている大学生が、あてもない怠惰な日々をおくっているうちに、ひとびとが日常の生活を侘しい明るさの中で営んでいる姿に感動するいきさつを描いた小説であると言える。ここで「侘しさ」とはひとびとの生を根底で支配しているある否定性をあらわしており、「明るさ」とは、そうした否定性に隈どられながらもひとびとが健気に日々の生を営んでいるさまをあらわしている。虚無的で例外者的な生をおくっている主人公は、ひとびとのこのような姿を見て、いままでの生き方から脱け出して、ひとびとの日常性に寄り添って生きていこうとこころざす。泥竜館の娘の葬儀の日、「お正月のような澄んだ明るさ」の中を出てゆく霊柩車のあとを追って、「侘しい明るさを拾いながら」「私達」が焼場へゆく自動車の方へぞろぞろとあるいてゆくという、この小説の末尾の場面はこのことを象徴的に描いたところである。

主人公の青年から人生無意味の思いがなくなったわけではない。無意味なままの人生にあって、ひとびとがなお明るく生きている姿が、ひとつの啓示のようにして彼に生きることに耐える力をあたえたのである。戦時中の梅崎に無意味な戦争の狂騒に耐える力を与えたものもまた同じような思いであったにちがいない。

このような「風宴」を書いて、生きることのアンニュイと無意味とに苦しむ青春像を造形していた二十三歳の梅崎のことを、わたしは思ってみる。この小説からうかがえることは、すでに若年にして梅崎は、この世の価値を、あるいは無価値を、果てまで見通していたということである。いわば一種のニヒリズムを自分のものとしていたということである。そのような梅崎の青春に、ある種の崩壊の経験あるいは喪失の体験があったことは確かである。そうした喪失の果て、自分を支えるものとては何もないいわば空白の地平に立ちながら、おそらく梅崎は戦争を迎え、そして送ったのである。

さきにわたしは、戦後二〜五年のあいだに書かれた梅崎の小説をとりあげて、そこには敗戦にともなうある種の喪失あるいは崩壊の事態が刻印されているといった。これらの刻印が梅崎そのひとの敗戦時の体験を色濃く反映していたとするなら、敗戦時のこの喪失・崩壊と梅崎の青春における喪失あるいは崩壊の事態とはどのように繋がるのか。自分を支えるものが何もないような空白の地平に立っていた人間に、さらに崩れ去るようななにものかがまだ残っていたということか。おそらく残っていたのである。だから梅崎には、そう言ってよければ二度にわたる喪失あるいは崩壊の経験があったということになる。自分には、すくなくとも意味の領域では失うべきなにものもないと思っていた梅崎に、敗戦に際して二度目の喪失という事態が訪れたのである。

磯田光一は「戦後文学の精神像」（昭三八・三）の中で、「聖戦思想」は中学三年で終戦を迎えた氏の上にも「大きな影を落としていた」ことを言い、戦時中にあっては《単なる「存在」としての人生のはるか高所に、聖戦という巨大な「意味」の体系がそびえていた》という。そして戦後とは《充実した「意味」の世界から、さもしい「存在」の世界への転落を意味していた》と書いている。ここには敗戦を挟んでの典型的な喪失・崩壊の体験が告白されているが、聖戦という意味の体系などとは無縁であった戦時中の梅崎が、敗戦時に磯田のいうようないみでの「意味」からの「転落」を経験しなかったことは明白である。それでは敗戦に際して梅崎の失ったものは何であったか。それを探る上で少なからぬ手がかりをあたえてくれるのは小説「日の果て」（昭二一・九）である。

「日の果て」はこれまで大体において「反戦小説」として読まれてきた。しかし今読みかえしてみると、戦場離脱者あるいは逃亡者個人の視点からなされた戦争批判の小説という枠にはおさまらないものがこの作品にはある。

主人公・宇治中尉の属する部隊は、カガヤン渓谷を南下して、苦難に満ちた行軍のあとサンホセ盆地の南口の密林の中に駐屯している。すでに敗色濃厚であり、部隊にはろくな食料はなく、皆栄養失調にかかっている。夜になると斬込隊を組織して米軍を襲うが、逃亡する兵がようやく増えてくる。軍規は乱れはじめている。そうした中にあって、宇治中尉は、軍を離脱して現地の女とともに暮らしている花田軍医中尉を射殺してこいという命令を隊長から受ける。すでにだいぶ前に、カガヤン渓谷を南下する難行軍の中で、烏合の衆に化しつつある部隊を見ながら、宇治中尉は「俺は俺のために生きよう」と考えはじめていた。花田中尉を迎えにいった高城伍長が戻ってきて花田中尉の命令拒否を伝えたとき、宇治の軍隊離脱の思いがはっきりとした形をとる。宇治は高城伍長を選んで同行させ、花田中尉の居場所を求めて密林の中をゆく。その途中で、高城伍長に自分の逃亡の意思を伝える。一旦は宇治に背いて原隊にもどりかけた高城伍長が、思い直してまた宇治中尉についてくる。小説は、逃亡の意思をかためて密林の中をゆく宇治中尉のさまざまの思念を中心に展開しているといえる。

その思念のあとをいちいち追っている余裕はないので、要点だけをひろってゆくことにする。「自分のために生きるのが、唯一の真実」であり「爾余の行動は感傷に過ぎない」と自分に言い聞かせ、「生き抜くのが正しいと思えばこそ」逃亡を断行した宇治中尉ではあったが、密林の中で、所属から離れた兵隊たちが支柱を失ってさまよった果てに飢餓のために死んでゆくさまを見たりしたあと、自分の中で、出発のときの「逃亡の新鮮な意図が次第に重苦しい不快なものに変わって来ている」のに気づく。そして出発する前に部下たちの見せた突き刺すような視線をおもい浮かべる。堅く鎧った筈の心のごく狭い弱みをねらって、それらの視線は鋭い刃を立ててこようとする。そのうちに「彼は次第に自分が何を考えているのか」判らなくなりはじめる。自分の判断で割り切って行動していると信じていたが、それもあやふやなものに思われてくる。「荒涼たる疑念が何の連関もなく彼の胸を衝き上げて」くる。狂女とともに無人の部落にとどまっている民間人の男を撃てというつもりで出した宇治の命令を誤解して、高城が女を射ってもどってきたとき、その食い違いに直面して彼は「逃亡の最初から何かしら狂っているのではないか」と思い、「段々混乱し始め」「兇《わる》い予感」にしきりに脅かされる。そして「(得体の知れないものが何処かにいるのだ！)／その予感が、今朝離隊する時から彼の心をじっと掴んで離さなかったことを、彼は初めて鋭く意識でつかんでいた。」という。花田を射殺してしまったあと宇治中尉は、「(到頭殺してしまった!)(中略)どんなに努力しても逃れられない運命のようなものが、彼を強い掌で握りしめているらしい」と思う。そして花田中尉の女が自分に銃口をむけているのをみながら、逃げることもしないで「虚脱したような安定感」が自分の身体をわずかに支えているのを覚え、「次々に生起してくる現実に抵抗しようとする力がようやく尽きかけて来たことを」静かに感じ取る。そして女に撃たれる。

　原隊を逃亡し隊長の命令を無視した筈の宇治中尉が、花田中尉を射殺して、隊長の命令を忠実に実行したのと同じ結果になるのはどうしてなのか。花田に拳銃を発射する前に、「おれは花田を嫉妬していたんだな。それもずっと前から!」という苦痛を伴う考えが頭を通りぬけるのを宇治は感じたというが、発射したあとでは、「どんなに努力しても逃れられない運命のようなものが」自分を握りしめているらしいと感じている。この「逃れられない運命のようなもの」が花田にたいする彼の嫉妬心を指しているととるのは奇妙だろう。拳銃を撃つとき、これは嫉妬からだと自分に言い聞かせてはみたものの、あとになってみると、自分をして花田を射殺させたものは、嫉妬などという個人的な感情ではなくて、逃れられない運命のようなものであったと気づいたということなのだろう。花田を殺したあと彼が「虚脱したような安定感」を覚えるのも、次々に生起してくる現実に抵抗しようとする力の衰えを感じるのも、彼が自分を超えたものの意志にしたがって、銃殺の役割をはたしたこと、あるいは果たさせられたことと無縁ではない。

「生きたいという内奥の声」に従って軍隊を離脱したあとの宇治中尉の「心をじっと掴んで離さなかった」「得体の知れないもの」とは何か。「逃れられない運命のようなもの」とは何か。宇治はどうやらそれらのものにいわば無意識のうちに支配されていたようである。このいわば無意識の支配が、密林の中をゆく宇治の心をだんだんに沈んだものにし、「囚人のように暗い気持」にさせ、やがて彼の心を「荒涼たる疑念」で衝きあげさせる。そして、内心では東海岸に逃げることによって生の安全をはかろうと意志していた筈の宇治に、命令どおりに射殺を実行させてしまう。

このように見てくると、この小説は、戦場離脱者による戦争批判の小説などではまったくなくて、戦場を離脱した者をもなお捉えて自由にはさせておかないものの存在することを描いた小説だということになるだろう。そのようなものが何であるかは、にわかには言えない。宇治は「支柱を失った人間は影を失った幽鬼にすぎない」というが、そのような支柱であったものかもしれない。長い間の学校や軍隊での教育によって宇治のからだにしみついてしまったものかもしれない。秩序と掟とに対する本能的な帰属意識かもしれない。軍隊の掟あるいは枠かもしれない。いずれにしても、自分をくるみ、抱き込み、支えてきた秩序・規範・掟・規律などという枠組から、自分の個人的な意志だけで脱出することは、人間にとってそれほど容易なものではないことを、この小説は確認しようとしているといえる。

それでは、昭和二十二年の時点で、どのような問題意識が梅崎をしてこのような小説を書かせたのであるか。ここでわたしは、戦線を離脱した宇治中尉の姿に、半ば批判的に戦争に対処していた戦時中の梅崎の姿を重ねあわせてみたい誘惑を感じる。軍隊にいたときの宇治を律し、よかれあしかれ彼にとって支えであったものが、自由と生を求めて軍隊を離脱した宇治に対してなお持っていた意味あるいは力を追求することは、梅崎自身が戦時中にその中におかれていた秩序や規制が梅崎に対して持っていた意味をあきらかにすることにつながるにちがいない。言い方をかえれば、自分の否定した軍隊の秩序あるいは掟、規律によって逃亡のあともなお無意識のうちに支配されている宇治中尉の思念と行動を追ってみることは、梅崎にとっては、戦時中の自分が、自分の積極的には加担した覚えのないもろもろの価値・秩序・規制・ノモスなど総じていわば規範的なものによって、実は深いところで支配され、かつ支えられていたことを確認する営為であったということである。そう理解しなければ、この小説で宇治中尉の思念と行動とを追っていったことの作家・梅崎にとっての意味が失われてしまう。

わたしが「深いところで」とわざわざいうのは、ここで言う規範的なものが、聖戦思想や大東亜共栄圏思想や大政翼賛思想などの特殊に戦時的な枠組を意味しているのではないことをいうためである。そんな急ごしらえの枠組は「私」や「おれ」や梅崎を深いところで律してなどいはしない。敗戦が崩壊させたのは必ずしも聖戦思想、共栄圏思想などに限られはしない。右にのべたような、より深いところで律していた枠組までが崩壊したのがおそらく「私」や「おれ」にとっての敗戦であった。

この「深いところで律している規範的なもの」は、さきの言葉でいえば、二度目の崩壊において梅崎の失ったものにあたる。だからそれは一度目の崩壊・喪失のあともなお梅崎の中に残っていたものである。青春における虚無の体験のあと、一切のものの意味の失われた空白の地平に立っていると思っていた梅崎を、なおも支えていたものである。それが何であるかは、たぶん消去法によって求める以外にはないのかもしれない。

われわれは数多くの規範的なものに支えられて日常を生きている。それらは大雑把にみれば法律、制度、道徳、倫理、慣習、民俗、イデオロギー、世論などなどに区分することができよう。リオタールの指摘以来流行となった「物語」という解釈図式（ゼマンティク）もまた別の視点から見た支えであり規範である。われわれがものを認識するときには、ものは必ず「地」を背景とした「図」として立ち現れてくる。フッサールの流れを汲む現象学の近時の知見の教えるところによれば、このような「地―図」ゲシュタルトの生成という基本の事態の中に、すでにある様式なり習性なりが働いているということであり、その様式や習性はすでにつねに歴史的な慣習なり物語なりに浸透されているという。現象学があきらかにしたこのような事態よりももっと奥深いところでわれわれの日常を支えている精神のメカニズムに照明をあたえたのは、W・ブランケンブルクの著書『自明性の喪失』（みすず書房）である。単純型の分裂病女性患者であるアンネ・ラウは、「ほんのちょっとしたこと」「もともと自明のこと」、しかし「それがなければ生きていけないこと」が自分には欠けているために悩み、あげく自殺するのであるが、彼女に欠けていた「もともと自明の」「ちょっとしたこと」というのは、いわば「世界への根のおろし方」ともいうべきものであったという。別の言葉でいえば、それは「世界・内・存在」としてのわれわれの「内にあること」、世界の「もとに住み慣れていること」、世界と「馴染んでいること」といった事態を指すのだろうと訳者の木村敏は解説している。

このようにわれわれは、一番の奥深いところでは精神病理学的な事態によって、それよりすこし浅いところでは現象学の明らかにしたような超越論的な事態によって支えられている。そしてさらに浅いところでは、言語による世界の分節の仕方やら、物語やら、制度やらもろもろの規範やらによって支えられ枠づけられて生きている。だから、喪失ということをいう場合には、その喪失なるものが、このような幾層にもわたる支えや枠のどの深度にまでおよんだものであるかを腑分けしてみることが必要である。

青春における梅崎の喪失が、右に述べた精神病理学的な層やゲシュタルト生成の層にまで及んでいなかったことは確かである。ロカンタンの場合には、その喪失が言語による世界の分節の層にまでおよんでいたことが示されているが、梅崎の場合には両度の喪失ともそこまでは至っていない。梅崎の青春時の喪失は、おそらく人生無意味あるいは無価値の感情の深刻な体験とも言うべきものであって、そのとき失われたのは生きるに値する人生の意味、そういう価値的ないみにおける「意味」であったとおもわれる。そして、そのいわば価値的な人生の「意味」

の喪失を体験したあとも、彼は日常的なもろもろの規範枠組を無意識の支えとして生きていた。その日常的な枠組の中で、敗戦によって崩壊したものは、もっぱらその中の制度的な規範に属する層であったと思われる。

昨年わたしは必要あって、主体性論をひっさげて戦後の論壇に登場した当時の梅本克己の論文を読みかえしてみた。あわせて彼の卒論や日誌にも目を通した。梅本もまたその青春の日に深い喪失（それは罪の自覚を基本とする著しく倫理的な性格のものであったが）の思いに苦しんだが、親鸞の教えに導かれることによって、絶対否定のゆきづまりが絶対肯定に転換する「不可思議」を体験する。それを梅本は阿弥陀の「摂取不捨」の慈悲だと理解する。このいわば絶望のあとに訪れた再生の境地にひとまず位置しつつ、梅本は戦争を迎え敗戦を経験する。その梅本が戦時中の日誌には、征くものも残るものも「等しくこれ醜の御楯／大君の辺にこそ死なんとき／は来つれ」と書き、「美しき日本／汝は滅ぶべからず／神州日本／汝はおかすべからず」と記している。このような梅本にとって、敗戦が二度目の崩壊・喪失の体験であったことは疑いえない。後に梅本が「あらゆるニヒルに共通なものは〝自明〟の崩壊である」と記し、また「既存の地盤が虚構として無の中にすべり去る」と書いたのは、この体験を反映していたといってよい。

わたしが注目するのは、一度目の喪失の経験、虚無の体験のあと、なお梅本克己が、戦時中あるいは戦前の日本の体制に基本的に依拠していたことである。戦争末期、その包懐するリベラリズム思想の故に勤務先の旧制高校での講義を禁止された梅本が、軍国思想に染まっていたわけはない。当時の軍国思想には十分に批判的であった筈である。しかし、当時の日本を支配した明治国家体制の、あるいは大正リベラリズムによって変容をうけたあとの明治国家体制のいわば良質の部分と、それに呼応するかたちで民衆の中に形成されたエトスとしてのナショナリズムとを彼は受入れ、無意識のうちにそれらに依拠していた。（学問的には和辻倫理学の天皇制国家論や日本文化論を受け容れていた。）敗戦のあと彼が経験した「自明」のものの崩壊なる事態の内実をなすのは、このような体制規範と意味体系との瓦解であったにちがいない。

梅本と梅崎との間には三歳の年齢の差がある。梅本が年長である。徴兵検査ではねられた梅本には軍隊生活の経験はない。そうした違いはあるが、梅崎が戦時中に無意識のうちに依拠していた制度的な規範というものを考える際に、梅本が依拠していたと思われる規範はたいへん参考になるとおもう。十二月八日に「大君の辺にこそ死」ぬときが来たと思った梅本にくらべればはるかに覚めていただろうが、梅崎もまたおそらくは明治国家体制の良質の部分に無意識のうちに依存していたのである。二度目に崩壊したのは、そのようなものによって支えられていた意味の体系であった。

三

「幻化」（昭四〇・六）の中に、久し振りに訪れた坊津の町のたたずまいを見ながら五郎が二十年前を回想する場面がある。五郎は思う——かつて自分はここの基地で「気力も体力も充実した青年として、ひりひりと生を感じながら生きていた」と。今の五郎は「蓬髪の、病んだ精神のうらぶれた中年男」である。ここで回想されている「ひりひりと生を感じながら」生きていた生活とはどのような生活を指すか。「幻化」の中にはそれをさぐる手掛かりになるものはない。五郎の軍隊生活については、福の水死事件以外ほとんど触れられていないからである。すぐに連想されるのは「桜島」の村上兵曹の生きざまである。迫り来る死に直面することによってかえって輝きを増していた生、強制と不合理との中にあってなお一日一日に自分の生の刻印を見ようと努めていた生、そうしたものとして、おそらくひりひりした緊張の中に過ごされたであろう村上の軍隊生活である。しかし、五郎と村上兵曹とをいきなり重ねあわせて理解することは避けなければならないだろう。

梅崎に「終戦の頃」（昭二五・八「世界」）というエッセイがある。ここに「ひりひりした生」が出てくる。このエッセイによると、敗戦の年の五月に桜島通信隊付を命ぜられた梅崎二等兵曹は、命令の行き違いか何かで、桜島に行く前の二カ月ほどを、薩摩半島に点在する水上特攻隊の基地を通信兵として経めぐってあるくことになったという。坊津の基地勤務を含むこの時期の軍隊生活は、過酷だった指宿海軍航空隊での生活にくらべれば、別天地といってよい楽なものであった。物資も豊富であった。梅崎はそれらの日々、「放埒な中学生のように、存分に食い、存分に飲み、存分に遊びまわった。」こんな楽な境遇は過去にもあまりなく、将来には絶対にありえないとおもった彼は、「これが最後だ、ぎりぎりの最後だ、ということを」全身をもって直覚していた。「だからこの恵まれた状態の一分一秒を生きることが、自分の全部であることを私は感じていた。その意識が、私のすべての放恣を支えていた。このようにひりひりした生の実感は、私の生涯の他の部分では、あまり味わい得ないだろうと思う。」と梅崎は記している。

ここでの「ひりひりした生の実感」の内実をなしているものは、存分に食い、飲み、遊んだということである。そして、その放恣といってよい生きざまを支えていたものは、今の許されたひとときが自分の生きる日のぎりぎりの最後かもしれないという直覚である。この放埒の生は、目の前に迫っている死によって隈どられることによって、一層輝きを増していたにちがいない。だから「ひりひりした」ものとして回想されるのだろう。

「ひりひりと生を感じながら生きていた」五郎の軍隊生活を理解するのには、「桜島」の村上兵曹の生きざまを参考とするよりも、このエッセイに記された梅崎の実際を手引きとした方がよさそうである。梅崎は「幻化」のなかで、むかし基地のあった坊津や吹上浜を五郎に訪ねさせながら、そこでの五郎のかつての軍隊生活をほとんど描いていない。その理由として、古林尚は、自堕落な士官であった梅崎が特攻隊の士官たちから当時受けた「残酷な私的制裁」の屈辱のためだろうと推定している（講談社・文芸文庫『桜島・日の果て・幻化』「作家案内」）。それもあるだろうが、その軍隊生活が、当時の一般民間人には考えられなかったような放埒な内容のものであったことも理由として作用していたに違いない。

梅崎その人が、ひとときにもせよこのような生を持てたということは、戦争という大状況のなかにあって、彼が、自分のおかれた軍隊の枠に身をゆだねる以外にありようがなかったことにその理由の大半を負っている。食料が豊富なのも、暇なのも、彼個人の能力によるのでも責任によるのでもない。民間人がろくなものも食わずにいるときにけしからんといってもはじまらない。梅崎個人はあらゆる状況の責任から解除され、自分の未来をみずから決定する負荷の外にいた。そのような中にあって、「これがぎりぎりの最後」だと直覚した梅崎二等兵曹は勝手気儘な生を選択した。それが「ひりひりとした生」として回想される。その生はだから梅崎の責任のおよばない大状況、小状況、大枠、小枠に強制され支えられてはじめて可能であったものなのだ。五郎の「ひりひりした生」もまた、おそらく同じような枠に強制され支えられてはじめて可能であったのである。

ひりひりした生を回想した「幻化」のさきの文章のすこし前には、同じ五郎が、坊津の町に入る手前の峠で、「忽然として開けた」視界を前にして「甘美な衝撃と感動」に「全身をつらぬ」かれる場面がある。基地解散のあと故郷に帰る途上、この峠を通りかかったときの「あらゆるものから解放されて、……気が遠くなるようだった」体験、「体が無限にふくれ上って行くような解放」の思いが、二十年後の五郎に甦ってきたのである。軍隊生活の中でひりひりと生を感じるような気力の充実した日々を過ごしていた五郎にとって、敗戦がなお体が「ふくれ上って行くような解放」であったということは、その「ひりひりと」充実した生なるものが、実は閉じられた状況の中のものであったこと、死に直面させられた拘束の中のものであったこと、敗戦はその拘束からの解放であったことを示している。だから、この「ひりひり」と充実した生という言葉を捉えて、「幻化」では「戦争が生命の充実した時期として回想されている」（菅野昭正「日常をみつめる視力―梅崎春生論」昭六一・一二「新潮」）と単純にとらえることには問題がある。

「甘美な衝撃と感動」に全身をつらぬかれながら、五郎は、その時の一面に開けた海の眺望と解放の実感とが、自分にとっては「感動と恍惚の原型」であったことに気づく。この風景のことを五郎はここにやってくるまで忘れていた。しかし、この「原型」は、意識の底にあってずっと以前から五郎をそそのかしていたのだという。その無意識のそそのかしが五郎に病院を抜けださせ、坊津行きを思い立たせたのであることを五郎はこの場で悟る。

二十年前のこの体験が五郎にとって感動と恍惚との「原型」であるというのはどういうことか。まずは、その時ほどの感動の体験も恍惚の経験も五郎は他には知らないということだろう。また、その時の体験がその後の五郎に消しがたい刻印となって残っているということだろう。いや、残っているだけではなくその後の五郎の生に浸透し、それを何らかの形で方向づけているということだろう。ということは、五郎の戦後の生は、敗戦の時の「体が無限にふくれ上って行くような解放」の体験を出発点としたひとつづきの歩みとしてあるということである。

「病んだ精神のうらぶれた中年男」である現在の五郎を生んだのもまた同じ出発点である。「原型」にそそのかされた今回の九州への旅は、だから精神を「病んだ」中年男五郎の戦後の出発点確認の意味をもつ旅であった。

その旅は、入院していた精神科病院からの脱出ではじまる。脱出前の五郎は「この一箇月余り、一つ部屋に閉じこもっていた。」「淀んで変化のない、喜びもない病室」から一歩も外に出られなかった。同室の三人の患者は、電柱から落ちて頭をいためた四十がらみの男、チンドン屋に会うと気持が変になる爺さん、それにアルコール中毒の若い男である。ほかに、することといえば相手の動作を真似ることだけの、全ての責任から逃れているエコーラリイの患者がいる。この精神を病んだ雑多な人たちで構成される病室と、そこでの閉塞の生というのは、おそらく、戦後の社会とその中で二十年あまりを生きてきた五郎の生とをそれぞれに象徴しているのにちがいない。

入院の前に五郎を診断した医者は、「悲しいような憂鬱」と「漠然とした不安感」にとらえられ、時々痙攣の発作を起こす五郎に対して、それは抑圧があるからだと言い、「いろんなものが、重いものが、頭にかぶさっている」のだから「それを取除かねばならない」と言う。それを聞いて五郎は思う——むしろ頭に兜をかぶっているのが世間の常人で、自分の場合は兜を脱ぎ捨てて頭がむき出しになっているから、普通人の感じないものまで感じ、生きているつらさが直接肌身に迫って来るのではないか、その点おれが正常人の筈だ——と。世間の人は「兜」

をかぶっている。いわば既成の解釈図式なり、習慣的規範なり、物語なりを持って生きている。そのような兜をかぶっているかぎり、むき出しの頭で事物に触れることはない。ところが、自分の場合には、そのような既成の兜をかぶっていないことが、自分を環境に対して吹きさらしにし、自分の生きるつらさの原因をなし、病気をもたらしているらしい、と五郎は思うのである。五郎は、別のところで、「同行者としての連帯感が、だんだん信じられなくなって来た。酒を飲んでも、勝負ごとにふけってもだめだった。それでとうとう病院に入って、治療を受けた」と言っている。この二つを関連させれば、兜（＝解釈図式・物語・生の拠り所となる規範）を持たないことと人々との連帯感を喪失したこととが五郎を病ませるのである。くりかえすことになるが、そのような病をかかえて閉塞の生をすごす病院というのは、まさに五郎にとっての、そしておそらくは梅崎にとっての、戦後の社会そのものであっただろう。そしてそのような戦後の生の開始の位置に、あの峠での解放の体験、恍惚のひとときがある。とすれば、敗戦時の「気が遠くなるような」解放の体験こそが、戦後の五郎の「むき出しの頭」を、別な言葉でいえば戦後喪失を、準備したものであることになる。「病んだ精神」の始原も、たどればまたそこにあった。坊津の峠に再び立った五郎を襲った「甘美な衝撃と感動」というのは、現在の自分をもたらした戦後の生の始原のかたちの発見の衝撃であり感動であった。だからそれは「原型」であった。

このところで「桜島」の末尾と「幻化」とは多分つながるのである。わたしはさきに、「桜島」末尾の「よろめき」や「風景の分裂」は、そのあとに村上兵曹におとずれるだろう「途方もない解放感」のあとの「足もとのふらつく」「不安定な感じ」をもあらかじめ反映し含意していたにちがいないことを言った。そしてこの「ふらつき」や「不安定」が、解放のあとにやってくる喪失・崩壊とつながっていることも述べたが、この「ふらつき」や「不安定」の行き着く果てに、兜を失った男、「病んだ精神のうらぶれた中年男」が位置すると見ることはたやすい。

病院を抜けだして九州に赴いた旅のあいだ、五郎はいつも「誰かに追われている」感じを背中に抱いている。三田村という友人に居場所を知らせる電報を熊本駅から打ったあと、この追われている感じが消失しているのに気づいたというから、病院を無断で脱出したことがこの追われている感じの原因のようにも受けとれる。しかし、五郎は入院する前にも「外出すると、いつもその感じにとらわれ」たというから、そうではないことがわかる。この追っている「誰か」には実体はないという。吹上浜の砂丘に腰をおろして酒を飲みながら眩暈を感じたときに、ある追われている場面のイメージが五郎によみがえる。それは夢なのか贋の記憶なのかわからない。場所も時も定かではないが、青年の時のように思える。そのイメージの中で、正体の判らない者に追われていた五郎は、「吹きさらしの、どこからでも見えるこの場所にいるのが、こわくてこわくて、たまらなかった。」漁村のゆきずりの女にかくまってもらったあと、そこを飛び出して砂浜に出た五郎は、漁舟の舟底に体をすべりこませて「体を胎児のように縮め」

て、「これで当分、安心だ」と思う。ここに母の胎内に戻ることによって平安を確保したいという願望があることは確かである。「吹きさらし」の場所にいるというのは、さきの「頭がむき出し」になっている状態と同じである。だから、誰かに追いかけられている状態というのは、じつは「むき出し」の状態でいることとそのことなのである。解釈図式を失って、物語の支えなしにこの世に立ちつくしている「吹きさらし」の状態そのもののことである。その状態から逃げなければならぬ、脱出しなければならぬという思いが、位置をかえて、自分は追われている存在だと五郎に思わせるのである。別言すれば、五郎を追う者とは、意味を喪ったままの生をおくっていてよいのかと迫る五郎内面の声である。意味を求めよと迫る声だといってもよい。梅崎の作品には、背中とか背後とかがよく出てくるが、自分の視線のおよばない背後や背中というのは、ほとんどの場合、意味へと人を駆りたてる空白を意味していると見てよい。熊本の街をあるきながら「おれは早く取戻さねばならぬ。何かを！」と五郎が思うのも同じことである。また坊津での暮れ方、女を口説きながら「どうしてもこの土地を見たい。ずっと前から考えていたんだ。今はうしなったもの、二十年前には確かにあったもの、それを確かめたかったんだ。入院するよりも、直接ここに来ればよかった。その方が先だったかもしれない」と言うのも、また、いろんなものとの「つながりを確かめたいんだ」と言うのもおなじことである。女に語ったこれらの言葉は口説きの方便ではあったが、四分の一くらいはほんとだという。

五郎はこの脱出の旅で、今は失ったが二十年前にはたしかにあったものや、人や物とのつながりやらを確かめることができたか。何かを取戻すことができたか。この小説を振り返ってみると、この旅で体験したことのうち、このような願いをもつ五郎にとってプラスの意味を持つとおもわれるものは極めて限られていることに気づく。ひとつはさきにも述べた「感動と恍惚の原型」の発見である。戦後の自分の根どころがどこにあったかの発見といってもよい。もうひとつは、吹上浜での少年とのひとときである。歩いていく砂浜の左側の海（死）の誘いに曝されていた五郎が、少年と共にする食事を「野天の豪華な真昼の宴だ」と感じる。そして気がつくと、「海からの誘惑が消失して」いるのを見出す。人とのつながり、五郎の言葉を借りれば「お前は独りでズクラを獲り、おれは独りで踊っていた。それだけの話」の互いの「判り合い」が、五郎を死から遠ざけたのである。もうひとつ選ぶとすれば、熊本の宿で女指圧師の厚ぼったい足裏で自分の足裏を踏まれながら、〈こんなに厚みがあってゆるぎなく、したたかなもの〉と、「渇仰に似た欲望」を感じながら五郎が思う場面をあげてもよい。言葉も思想も介在しない、皮膚と皮膚との接触のもたらす肉感が五郎を撃つのである。このようないわば些細といってよい知覚体験を、その直接性ゆえに「ゆるぎなく、したたかな」ものと受けとるところに、五郎の病の重さ、あるいは喪失の深さを感じとることは容易だろう。

これら二〜三の挿話を除けば、今回の旅で遭遇したことのほとんどは、さきのような願いをもつ五郎にとってマイナスの意味をもつことばかりである。半ば自殺のような水死をした部下の福兵長の思い出がやどる坊津の町は、沢山の鳥が群れていたこともあって、五郎に冥府をおもわせる。その夜の宿で床についた五郎は、自分が福の体になって波にただよいはじめるのを感じながら眠りにはいる。この夢が誘いとなったのか、翌日吹上浜を歩きながら五郎は、最初に水死人を見た小学生のときの体験を思い出す。そしてそのあと、海に泳ぎに出たまま戻らない行為に出ようかという死への誘惑をおぼえる。熊本の宿屋では、昔顔なじみだった宿の女主人に会うことを期待していたのに、彼女は十年前に死んだことを告げられる。青春の思い出につながる熊本の街を歩いても、「度の合わない眼鏡をかけた時」のような違和と不快があるだけで、あちこちで風景の拒否に出会う。学生時代を思いだしてみても、「おれの青春はひねこびて小さく、華やかそうに見えて、裏には悪夢のようなものがぎっしり積み重なっている」という思いをさせる材料ばかりが甦ってくる。子飼橋のたもとで「悲しみのかたまりになって」熱いそばを食べ、闇の彼方の阿蘇の火柱を眺めていた学生時代の自分のことは思いだせても、その時の自分の悲しみの「根源」は思いだせない。熊本の街を歩いたすえに五郎は「歯切れの悪いお菓子を食べているような気分」にされる。

だから、今回の九州への旅は、五郎にとっては、喪失を再確認する旅という意味をもつ結果におわったといってよい。五郎がもうひとつ確認したことは、繰り返しになるが、その喪失の原点には敗戦のときのあの「感動と恍惚の原型」が位置しているということである。敗戦にともなう「気が遠くなるような」解放こそが、彼の喪失の現在を生んだものであることの確認である。これらが、意味を求め、「今はうしなったもの」「二十年前にはたしかにあったもの」を求める旅が五郎にもたらしたものである。そのようないわば全てが喪失であるような中で、五郎は、自殺することよりも生きることをよしとしている自分を見出す。意味のない生、吹きさらしの生であっても、それを生き切ることの方に加担したいというのが、おそらく五郎が唯一この地上に確保することのできた橋頭堡なのだろう。そのような五郎が、少年とのひとときが示すように、ゆきずりの人と人との間のような、互いに「かまう」ことのない人間関係をよしとしていることは既に見た。互いに独りであることを承知しながらの人間の共存・ミットレーベンである。このように見てくると、「幻化」の五郎と「風宴」の主人公「私」とは、幾分かのずれはあっても、ほとんど重なってくるように、わたしには思われる。処女作「風宴」ははるかに「幻化」の世界を呼び出す出発であった。そして遺作となった「幻化」は、それに呼応して一層深い軌跡を描きながら、「風宴」の世界にむけてひとつの円環を閉じていると言えると思う。

「風宴」論ノオト

いつかそのうちに梅崎春生についてまとめて論じてみたいと思っていた。こんど急に書く機会を与えられたので、「風宴」についてかねて考えていたことをとりあえずノオト風に記しておくことにする。

出世作「桜島」(昭二一・九)以前にも梅崎には「地図」(昭一二)「微生」(昭一六)「不動」(昭一八)などの小説作品があるが、それらはいわば習作の域を出ていない。それらの中で作家梅崎の誕生を告げる作品といえるのが「風宴」(昭一四・八)である。多少誇張すれば、この作品にはその後の梅崎のほとんど全てが含まれているとさえ言える。そういう意味でもこの作品は処女作の名に値する。

「風宴」には三日間のことが描かれている。「私」が泥竜館という下宿屋に天願氏を訪ねて、下宿屋の若い娘の臨終に際会した日と、その翌日と、そして娘の告別式のおこなわれた翌々日とである。「私」は授業に出ることをしないで毎日なにをするでもなく、時間をどうつぶしてよいかわからないでいる怠惰な学生である。小説の全体は一見するとその「私」の心象風景であるかのような印象をあたえる書き方になっている。

そこでの語りには終始「死」がつきまとっている。冒頭には「私」の見る夢が出てくる。その夢の中で「私」は小学校の庭に埋めてある死骸を掘りだす作業に従事していて、自分の鍬の先に人間の足首をひっかける。いやな夢からさめた「私」の下宿の部屋の窓の外には墓地があり、そこの墓標の間を「空しい音を立てて」風が吹き抜けていく。「ふしだらな生活」のせいと思われる疲労をいだいた「私」は、どこに行くあてもないままにその日泥竜館をおとずれるが、そこで「私」は娘の臨終に出会い、ひょんないきさつからその夜の通夜の席に出ることになる。そしてその翌々日、「私」は娘の告別式に出て、柩を送るのである。死骸からはじまって臨終、柩へと、いわば「死」が「私」の心象を絶えず触発するかたちとなっている。おそらくそのためだろう、死骸、墓場、墓標、空しい音立てて吹く風、ふしだらな生活、疲労、臨終、通夜、告別式、柩……と、ちょっと内容を紹介しただけでマイナスイメージを持った言葉がこれだけつらなってくる。

そのせいか、これまで「風宴」について論じられたものをみると、この作品のこうしたマイナスイメージに沿ってうけとったものが多い。《「風宴」における、かくれた主人公は、じつは死者であり、死の到来によって、ひらかれる不気味な別界の「風宴」こそ、真の劇的主題をなすもの、といえるかもしれない。》という把握をした佐伯彰一は、梅崎のこの処女作が「死のかげ」からの出発であるというのは「ただの修飾句ではない」と書いている（「死のかげのもとに—梅崎春生」、『梅崎全集・別巻』所収）。富岡幸一郎は「私」の「胸の空洞を吹き抜ける風の悲しい密度」という言葉や、「底知れぬ絶望感」という「私」の表白に着目して、それらは「梅崎春生が若年にしてすでに垣間見てしまい、以後どのような現実体験もこれを変えることのできなかった生存の晦冥」であると書いている（「乾いた眼——梅崎春生論」、『梅崎全集・別巻』所収）。いずれも見事な読みといえるだろう。

　このような読みが示すとおり、あるいは「風宴」という作品そのものが示すとおり、この作品を書いた昭和十四年、二十四歳の当時梅崎はすでに色濃いアンニュイと、虚無的な気分とに侵されていたことが推察できる。梅崎のニヒリズムということが言われるが、梅崎にニヒリズムがあったとしたら、だからそれは、既存の諸価値の瓦解のあとに半ば普遍的な規模でひろがった敗戦後のニヒリズムとは、さしあたり区別されなければならない。敗戦が梅崎に何かを失わせたとしたら、それは喪失の上に重なる更なる喪失という事態であった筈で、このとき梅崎が失ったものが何であったかは追求してみるに値する。

　しかしその前に「風宴」を問題にしなければならない。この作品に見られる喪失のかたちともいうべきものを問題にしてみなければならない。そして、この作品に喪失という事態が色濃く見られるとしたら、そうした事態にありながら主人公がどこに出口をもとめようとしていたかをも問題にしてみなければならない。そうすればこの作品が単にマイナスイメージの連鎖だけから成り立っているのではないことが明らかになってくるだろう。

泥竜館の娘の通夜の席は酒宴がすすむとともに次第に乱れてくる。やがて二〜三人が歌をうたいはじめる。つづいて天願氏が琉球の歌をうたう。それにつづいてモナリザのおばさんがうたう。

ああ情無やぼた餅は／突かれて焼かれてたたかれて／
おわんの牢屋に入れられて／……

ああ、何という悲しい歌ばかりみんな歌うのだろう。押えに押えて来た心の苦しみや悲しみが、その悲しいうたごえにつれてどっと胸の中に流れ出て来た。（中略）熱いものが胸から喉にぐっとこみあげて来たような気がした時、不覚にも私は思わず両手で眼をおおうた。（中略）私は座にいたたまれなかったのだ。人の生死や、人の苦楽と関係のない、身を裂くような悲しみが、心の底から沸き起った。私はあわてて廊下に転び出た。／廊下を曲って私は便所に入った。じっとしゃがみながら私は声をしのんで泣いた。何故泣きたいのか、はっきりわからなかったけれど、あとから涙がいくらでも流れ出た。（中略）外は暗くて、本郷の家々は電灯を消して寝ている。（中略）物干竿があって取り忘れた着物がほしてある。私は窓の桟を力をこめて掴みながら、何ものかに襲いかかりたいような空しいさびしさを感じた。

アンニュイに蝕まれて「何処にいくというあてもな」く暮らしている怠惰な学生の「私」が日頃胸の内に秘めていたものが、思わず吐露されたといってよい場面である。この悲傷のおとずれにはもちろん酒の力もあずかっていただろう。が、このとき「私」を襲った激情は「私」が「押えに押えて来た心の苦しみや悲しみ」の流出であるという。そしてその悲しみは「人の生死や、人の苦楽と関係のない、身を裂くような悲しみ」であるという。これだけの言葉から日頃の「私」が内に秘めていた苦しみや悲しみの内実を推察するのは難しいが、「私」を襲った悲しみが「人の生死や、人の苦楽と関係のない、身を裂くような悲しみ」であったというのは注目してよいと思う。泥竜館の娘の死やその近親者の悲嘆を身近に見たが故の悲しみではないという。また人の生活の苦楽に関係した悲しみでもないという。ということはこのとき「私」を襲った悲しみは、何かに条件づけられた悲しみではなくて、これといった直接の原因のない悲しみであるということになる。だとするとそれはなにか根源的な性質の悲しみであるということになる。おそらくそれは人間が人間であるがゆえの悲しみといった意味で根源的であるのにちがいない。そして、人間が人間であるがゆえの根源的な悲しみというものがもしあるとすれば、それは人間存在の根本に関係した悲しみであるに違いない。それがどんな悲しみであるかはいろいろに性格づけることができるだろう。が、ここでは仮にそのような悲しみを、人間というものが根源的に受動的な存在であることにもとづいた悲しみとでも解しておくことにする。あるいは、人間存在が根源的にはある無みされた存在であることを感じることから来る悲しみと解してもよい。「私」の虚無的な日常の背後には、人間存在のこのような感得があったととらえることができる。そして、そのような感得と日頃の「私の心の苦しみ」とはおそらく無縁ではない筈である。

身を裂くような悲しみに襲われたその夜、酔った「私」は泥竜館の天願氏の部屋に泊まる。そして翌日——

天願氏の狭い部屋に、寝床を二つとって、その一つに私が目覚めていた。雨戸がしめてあるので、暗くて時刻は判らない。雨戸に大きな節穴があって、障子に倒逆した小さい風景を映していた。天然色映画のように、何か高価な感じのする色がその風景を彩っていた。どういう風景だかはっきり判らない。私は頭を逆さまに立てて、眸を定めてその画に見入った。ゆらゆらして遠近がわからなかった風景が次第に所を定めて来た。家があった。柿の木らしい木が軒の上に梢をのばしている。その梢のあたりが微かに動いている。白い壁があった。物干竿がかかっている。それに、豆人形の着るような小さい小学生の小倉の上着がかかっている。それがぶわぶわとうごいた。(中略)

雨戸をあけ放った。（中略）／もう昼はとっくに廻って居るらしかった。風物がみんな長い影を引いて、気のせいか夕暮れに近いように見える。巷のざわめきがここに伝わって来る。豆腐屋のラッパが、空気を細く切りながら聞こえて来た。

「私」は昼すぎに目覚める。雨戸が閉ざしてあるので部屋は暗い。雨戸の節穴から漏れる光によって、障子に屋外の風景が映し出されている。ピンホール・カメラ（針穴写真機）の原理である。映し出された風景は逆立ちしている。そのために「どういう風景だかはっきり判らない。」判るためには「私」は「頭を逆さま」にしなければならない。「私」は頭を逆さまに立てて、その画に見入る。すると、画面がはっきりしてくる。そこには家があり、木の梢があり、物干竿があり、竿には小学生の着る小倉の上着がかかっていて風に揺れている。

画面に映っているのはひとびとのありきたりの生活を示す風景である。だが、それを見るためには「私は頭を逆さまに立て」なければならない。これまでの「私」の姿勢のままでは「それ」を見ることができないのである。「私」はそれまでの生きる姿勢を「逆」にすることによってはじめて、ひとびとの生活の風景をまともに見ることができる。そしてそのようにして「私」に見えてきたひとびとの日常生活の「風景」は「何か高価な感じのする色」に彩られている。

ここにあるものはだから、「何もすることが無い」無目的の生、「暗く歪んで」いる生、ひとびとの生活とは異なったある例外者的な生を生きている「私」によるひとびとの日常生活の発見ともいうべき事態である。例外者的な生活をしている孤独な人間による日常的な生活の価値(「何か高価な感じのする色」)の再発見ともいうべき事態である。そして例外者がそれを発見するためには彼は自分のそれまでの姿勢を逆さにしなければならないことがここでは確認されている。そのようにしてひとびとの日常生活に見入った「私」に、いま、「巷のざわめきが」伝わって来、「豆腐屋のラッパ」の音が聞こえてくる。

それらの音に耳傾けながら「私」は「今日も学校に出なかった！」と呟く。そしてかたわらに眠っている自分の「影」のような天願氏の「ぼろ屑を捨てたように頼りない寝姿」を見ているうちに、その姿に「何か親近な感情に裏打ちされた」「わけの判らぬ憎悪を感じ」る。そのあと「私」は「足を忍ばせて部屋を出て」、「本郷台から嶮しい坂を下りて」「小石川界隈のごみごみした路を」歩きまわる。

日が短いので黄昏の色がもはや巷にしのび寄って来た。魚屋で鯵を買う内儀さん、自転車に乗って急ぐ小僧、巷全体が物の臭いを立てながら傾斜している露地うらや空地の侘しい明るさの中、少女たちが縄跳びをしたり、しゃがんで地面に人形の絵を書いたりしている。何でもない風景だけれど、思いがけず涙が浮かんで来た。

「黄昏の色」に染められた「侘しい明るさ」の中にひとびとの営みがあり、そして子供たちの遊びがある。「黄昏」の「侘し」さは貧しさだけにとどまらないある否定的なものをあらわしていよう。そして「明るさ」はある肯定的なものをあらわしていよう。否定性、根源的な無みするものによって隈どられながらもひとびとの生活はある「明るさ」の中にある。それが「侘しい明るさ」である。さきの言葉でいえば、人間存在の根源的な受動性をそのままに生きながらひとびとの姿は明るいのである。それは「私」の感じた根源的な悲しみに通じる姿である。だから「私」は「思いがけず涙」を浮かべる。

そのあと、今晩も「またどうやって時間をつぶしたらよいか」わからない「私」は、「何もかも、一時でも忘れさせて呉れるなら」酒でも阿片でもいいと、頽廃的な気分になって独りで飲み屋にゆく。そこであとから来た天願氏と会う。そして飲みながら天願氏に「君は頽廃に酔っているんだよ。」などと言われる。天願氏に先に帰られた「私」は夜の十二時頃に飲み屋を出て、「蹌踉として風の巷によろめき」出る。外には電線をふるわせて風が吹いている。

ああ、何もかも風のようだ！　私は私の胸の空洞を吹き抜ける風の悲しい密度を感じながら、こう思った。底知れぬ絶望感が私をおそった。忽ち私の心の中の何ものかが、祈拝の姿勢をとった。私は歩き出した。今から私は蓬莱町の私の部屋に戻ろう。あの汚い部屋を立派に掃除して、明日から学校に出よう。平凡な学生でもいい。おろかな学生でもいい。規律正しい生活と、一秒一秒が退屈の分子をふくまない立派な生活をしよう。自分の生活をきびしく律する高邁な精神を本当に求めよう。私は熱い涙を流しながらそう思っていた。

「私」の胸のなかはほとんどからっぽである。積極的なものは何もない。その中はいわば否定性によって蝕まれている。「私の胸の空洞を吹き抜ける風の悲しい密度を感じる」というのは、そうした内面に巣くう虚無をみつめているということにちがいない。「何もかもが」虚無の風に吹きさらされている。そう思ったとき「私は底知れぬ絶望感」におそわれる。つづいて「私」は突然自分の心のなかで「何ものかが、祈拝の姿勢をとった」のを感じる。そして平凡でもよい、規律正しい生活をしようと心に決める。

ここで言われている「祈拝の姿勢」というのはどういうことなのか。それは「底知れぬ絶望感」に続いて生起している。自分の内部にはほとんど何もないこと、あるのは空洞であることを感じたときに、「私」は何ものかに祈り、何ものかを拝みたい気持ちにおそわれるのである。手もとの辞書を調べてみたが「祈拝」という言葉は出ていない。あるのは「起拝」という言葉と「跪拝」という言葉だけである。このときの「私」の姿勢は、梅崎の造語（?）を別にすれば、おそらく「跪拝」という言葉に近いのではないかとわたしは思う。「私」の祈拝の姿勢、あるいは跪拝の姿勢のかなたに浮かびあがってきているものは、「平凡な」生活、「規律正しい生活」、「一秒一秒が退屈な分子をふくまない立派な生活」である。さきの引用文からとれば

「天然色映画のように、何か高価な感じのする色」に彩られたひとびとの日常生活である。

だからここに見られるものは、そう言ってよければ、例外者の普遍への拝跪ともいうべき事態である。あるいは一般性の持つ権威を容認する単独者の姿勢ともいうべき事態である。「無」に蝕ばまれて「世外の生」を送ってきた内面的な世捨人が、「世」の持つ意味をいまさらに諾なおうとする姿であるともいえる。日常性を逸脱した否定性の空間に長く居住していることはできないことの、それは苦渋に満ちた確認でもあるだろう。そうした確認にうながされて「私」は、「おろかで」「平凡」でもいいから「規律正しい生活」を人並みに営もうと決意する。そうした営みが「私」に要求するものが「高邁な精神」であることを「私」は知っている。

しかし、高邁な精神を持ちつづけることは難しい。「私」は「その夜遅く」「不思議な力にひかれて、再び泥竜館の玄関に立つ。」そして天願氏の部屋に忍び入り、天願氏の苦しそうな寝顔に見入る。「思わず私はぐっと胸がせまって」来るのを感じる。そして、「生きて行くことはいい。生きて行くことはいいことだ。」と「意味なく」呟く。

その夜、天願氏の側に寝床を敷いてよこたわった「私」は、一旦は自分の下宿に帰りながらふたたび引き返してきた自分のぶざまな恰好を自嘲する。そして「私には立派な生活は出来ぬ。どのみち退屈を食ってしか生きられぬ男だ。」と思う。そんなことを想いながら部屋の闇の中をみつめている「私」の目の前に、やがて、何十人という座頭が押し合いへし合いしながら川にかかった木橋を渡っている様が幻のようにあらわれてくる。いつか古い絵でみたことのある場面である。幻視の中に再現された絵の中では、「風が座頭の衣を吹き、川浪を起し、中空に吹き荒んで」いる。それを見て「暗やみの中で私は足指を曲げて感動」する。

座頭とは僧形の盲人である。押し合いへしあいしながら橋を渡っていく盲人というのは、いうまでもなく、生存の意味もわからぬままに、あるいは生きることの意味を問うこともしないで生きている世の一般のひとびとをあらわしているだろう。それらの人の衣を無の風が吹きなびかす様を見ながら「私」は感動に捉えられるのである。だからこの場面は、「私」を通夜の席にいたたまれなくしたあの悲しみや、「私」を「思いがけず涙」ぐませた黄昏の下町の様子の、いわばリフレインである。ここで「私」がみつめているのも、人間存在の根源的な悲傷性ともいうべきものである。悲傷に裏打ちされながらもひとびとがなお生を営んでいるという事実に「私」は感動する。

翌日は娘さんの告別式の日である。風は全く止んで空は淡青色に晴れわたっている。泥竜館の玄関につくられた祭壇にむかって焼香する下宿人にまじって「私」も焼香し手をあわせる。告別式がすんだあと天願氏の部屋に集まっていた「私達」のところへおかみさんが来て、これから焼場に行くが皆さんも行くかと訊く。天願氏が大きな声で「参りましょう」と返事をする。下宿人一同とともに「私」も焼場までいくことになる。

玄関に立った時、棺は既にかつがれて露地を出ていた。そこの通りに自動車がたくさん並んで待っているのである。私達は露地を出た。

「ああ、何だかお正月のような気がする」と天願氏が言った。

侘しい露地の明るさの果て、本郷の家並が曲がりくねって連なり、戸毎に日章旗がひらひらとはためいている。祝祭日なのである。日の光さす道を曲がりながら、霊柩車は既に粛々と動き出した。大気は割に冷たかったが、お正月のような澄んだ明るさは、私の胸にもほのぼのと通って来るようであった。

乗り手をうながす為に自動車の運転手たちがぶうぶうと調子をつけて警笛を鳴らし始めた。私達は黒い露地の土を踏み、侘しい明るさを拾いながら、通りの方へぞろぞろと出て行った。


末尾は出棺の場面である。折から戸毎に日章旗が掲げられている祝祭日である。「お正月のような澄んだ明るさ」があたりには満ちている。その中で霊柩車は粛々と動きはじめ、乗車をうながす自動車の警笛が鳴り、ひとびとは「侘しい明るさ」の中で、「露地の土を踏」んで通りの方へとぞろぞろと歩いていく。「ああ、何だかお正月のような気がする」と天願氏はいう。すすんで焼香した天願氏につづいて「私」も焼香する。そのあと、「さあ、出かけよう」と先に立った天願氏の声にさそわれて「私」もまた焼場までついてゆく。ひとびとの日常的なしきたりへのはにかみながらの寄り添いであり、そのぎごちない受容である。そして、ここにもまた「侘しい明るさ」が出てくる。繰り返すことになるが「侘しさ」は否定性のもたらすものであり、無に彩られている。そして「明るさ」はひとびとの生きる健全といってよい日常性だろう。「無」に枠どりされながらも、ひとびとの生活は健全にあるのである。このことは「お正月のような澄んだ明るさ」の中をゆく霊柩車というイメージと重なっている。霊柩車は否定性の象徴である。故人を送る弔いの行事が祝祭日に営まれるというのも同じ重なりを示している。否定性の果てになおいつもかわらぬ日常性があり、その日常性の中を死の車が行く。——これでこの小説は終わっている。

以上は、この小説の中の比較的印象的とおもわれる場面を書かれている順序にしたがって選びだし、わたしなりの解釈をつけてみたものであるが、これらの場面をもう一度順序に並べてみる。

① 死骸の足を鍬にひっかけた夢をみた「私」と、墓場の隣の「私」の下宿、そしてどこにいくあてもない疲労した「私」。

② 通夜の席にいたたまれなくなった「私」が「人の生死や、人の苦楽と関係のない、身を裂くような悲しみ」におそわれて、便所に入って「声をしのんで泣」く場面。

③ 天願氏の部屋に泊まった「私」が翌日暗い部屋の中で、障子に映った倒逆した小さい風景に、頭を逆さまに立てて眺めいる場面。

④ 小石川界隈のごみごみした路を歩きまわった「私」が、黄昏の町の何でもない風景に、

思いがけず涙ぐむ場面。

⑤　底知れぬ絶望感におそわれた「私」が、忽ち祈拝の姿勢をとって、平凡でおろかでもよいから、明日からは規律正しい生活をしようと決意する場面。

⑥　天願氏の部屋に忍び入った「私」が、暗闇の中に何十人という座頭たちの姿を幻視して足指を曲げて感動する場面。

⑦　お正月のような澄んだ明るさの中を霊柩車がゆき、「私」もまた焼場までついていく末尾の出棺の場面。

これらの各場面があらわしている意味をわたしはわたしなりの言葉をもちいて解釈してきたが、いまそれを要約して言いあらわしてみると、次のようになる。

①「死」を身近に感じながら、何のあてもない虚無的な生を送っている「私」。
②人間存在の根源的な悲傷性に悌泣する「私」。
③例外者的な生き方をしている「私」によるひとびとの日常生活の意味の発見。
④日常の生活をひとびとが侘しい明るさの中で営んでいることへの「私」の感動。
⑤普遍あるいは一般性への「私」の祈拝の姿勢と、例外者的な生き方からの脱出への希求と決意。
⑥右の希求の躓き。そして根底で否定性に曝されながらも盲目に生きるひとびとのそれ以外にありようのない生き様に対する「私」の感動とおそらくは悲傷。

⑦　ひとびとの日常性への「私」の控え目な寄り添いと、ひとびとの日常性が「死」に限界づけられながらも明るく営まれていることへの「私」の認識と共感。

このように見てくると、この小説の各場面の「私」が、あるひとつの方向らしきものに沿って布置されていることがわかる。ということは、この小説が相当の計算のうえに成りたった虚構の物語であることを示しているといえるだろう。従来この小説は心象風景を叙したものとされてきた。たしかに心象風景にはちがいなかろうが、心象風景という言葉によって、一見私小説風にしつらえられたこの小説のもつ際立った虚構性を見失うようなことがあったら間違いである。「桜島」が虚構であるのと同様に、この小説もまた虚構の産物なのである。

この小説の中では要所要所で終始「風」が吹いている。「ああ、何もかも風のようだ！私は私の胸の空洞を吹き抜ける風の悲しい密度を感じながら、こう思った。底知れぬ絶望感が私をおそった。」とあることからわかるように、この小説で吹く「風」はいわば虚無の風である。だから「風宴」とは、虚無の風の宴を意味している。だとすると、虚無によって手玉にとられた悲喜劇的な宴こそが人生の姿であるということをこの小説は描いていることになる。そうとることもできる。たとえば、この小説は、若き日の梅崎のシニカルな人生への目が、「死の視点から見た人生の生の無意味さを風刺」している作品だとする、和田勉のとらえ方（同氏著『梅崎春生の文学』）がそれである。しかし、この小説の末尾にちかい告別式の日には「風は全く止んでいた」ことを無視するわけにはゆかない。終始吹いていた風が吹きやむというのが、さきにわたしの言った「あるひとつの方向」である。その方向が何であるかについては、すでにわたしは十分に触れた筈である。この同じ方向を「幻化」（昭四〇・六）の末尾もまた指し示していたことを指摘しておきたい。

初出一覧

『津軽』について ……………「文学と教育」第四〇集（平成一二年一二月発行）
「富嶽百景」について …………「現代文学史研究」第四集（平成一七年六月発行）
「瘤取り」論ノオト …………「太宰治研究」一二（平成一六年六月発行）和泉書院
「パンドラの匣」論ノオト …「文学と教育」第四三集（平成一四年六月発行）
「冬の花火」論ノオト ………「現代文学史研究」第三集（平成一六年一二月発行）
「トカトントン」論 …………「文学と教育」第四二集（平成一三年一二月発行）
「斜陽」論 ……………………「文学と教育」第一九集（平成二年六月発行）
「美男子と煙草」論 …………「現代文学史研究」第二集（平成一六年六月発行）
「人間失格」論 ………………「現代文学史研究」第一集（平成一五年一二月発行）
椎名麟三論ノオト……………「文学と教育」第三四集（平成九年一二月発行）
「桜島」と「幻化」…………「文学と教育」第二九集（平成七年六月発行）
「風宴」論ノオト ……………「文学と教育」第二五集（平成五年六月発行）

あとがき

前著『回帰のかたち―広津・堀・太宰その他―』を刊行してからすでに十四年になる。その間に書いた論文を集めたものが本書である。

『津軽』について」を「文学と教育」誌に発表したときに、同誌を主宰する大久保典夫東京学芸大学名誉教授から、しばらくこの調子で太宰について書いてみないか、と勧められたことがあった。その言葉にしたがって、以後太宰の作品についての論ばかりを書いてきた。同誌が終刊になったあとは、「現代文学史研究」を発表の舞台とした。この雑誌も同氏の主宰によって刊行されているものである。

折角、太宰の作品論を集めた本を出すのだからということで、前著に載せた『斜陽』論」を転載させてもらうことにした。また、椎名麟三と梅崎春生の作品について論じた論文があったので、それも末尾に載せることにした。収めるところのものほとんどは作品論である。太宰、椎名、梅崎という三人の作家が、その生涯のなかで、どのような対人生の姿勢を自分のものにしていったかについては、これらの論は作家論ではないので、正面きって論じることはしていない。しかし、そうしたことはわたしの作家に関する関心の中ですくなくない位置を占めているので、個々の作品論のなかに自ずから滲み出ている筈である。そうしたところを読みとっていただければ、何かのご参考になるかもしれない。

前著を出すときに、それまでに書いたものを一本にまとめることを勧めてくれたのは大久保氏であったが、今回も同氏の強い勧めがあって、本にすることを決心することができた。前著の「あとがき」にも記しておいたことであるが、氏には昭和二十九年に出会って以降今日まで、五十年の長きにわたって、変わらぬ友情と励ましとをいだいてきた。氏の励ましと、氏の提供してくれる発表の舞台とがなかったなら、わたしは早い時期に書くことから離れてしまっていたことだろう。だから、氏に対しては殊のほかに感謝の思いが深い。

「文学と教育」誌および「現代文学史研究」誌の合評会などの諸集会は、わたしに若い世代の研究者との交流の機会をもたらしてくれた。そうした機会に知り合った若いひとたちがわたしに与えてくれた刺激と啓発とにもわたしは感謝しなければならない。また、わたしに大学で文学について講ずる機会を与えてくれた、大河内昭爾武蔵野大学名誉教授ならびに佐藤健一日本大学教授にも、この機会に感謝の意を表しておきたい。

「昭和文学会」とその前身である「昭和文学研究会」の発足に、わたしは会の会計事務担当として関わった。二十五年以上も前のことである。笠間書院とのわたしの関わりはその時に生まれた。当時は同書院の池田猛雄社長がまだご健在であった。一部の仲間の同人雑誌的性格を持つ筈だった評論・研究雑誌発行の当初企画が、全国組織の「昭和文学会」の機関誌へと変貌・発展していったのには、故・池田社長の示唆が与かって力あったとわたしは記憶している。今回、笠間書院から本を出すことになった背後には、そうした故人とのご縁もまた介在していたのだとわたしは感じている。

笠間書院の池田つや子社長と橋本孝氏とにはいろいろと好意あるご配慮をいただいた。記して厚く感謝する次第である。

平成十七年九月

郡　継　夫

太宰治――戦中と戦後

2005年 10 月15日
初版第 1 刷発行

【著者】

郡《こおり》 継夫《つぐお》

本名・郡 仁次郎。大正15(1926)年、茨城県下館市に生まれる。
(旧制) 下妻中学、(旧制) 水戸高等学校、東京大学経済学部、
卒業。
化学会社に勤務したあと、日本大学商学部講師、武蔵野女子大
学講師を歴任する。現在、現代文学史研究所代表幹事。

【装幀】
右澤康之

【発行者】
池田つや子

【発行所】
笠間書院
www.kasamashoin.co.jp
〒101-0064
東京都千代田区猿楽町2-2-5 興新ビル
Tel.03-3295-1331 Fax.03-3294-0996
落丁・乱丁本はお取り替えいたします
ISBN4-305-70299-1-C0095

【印刷・製本】モリモト印刷